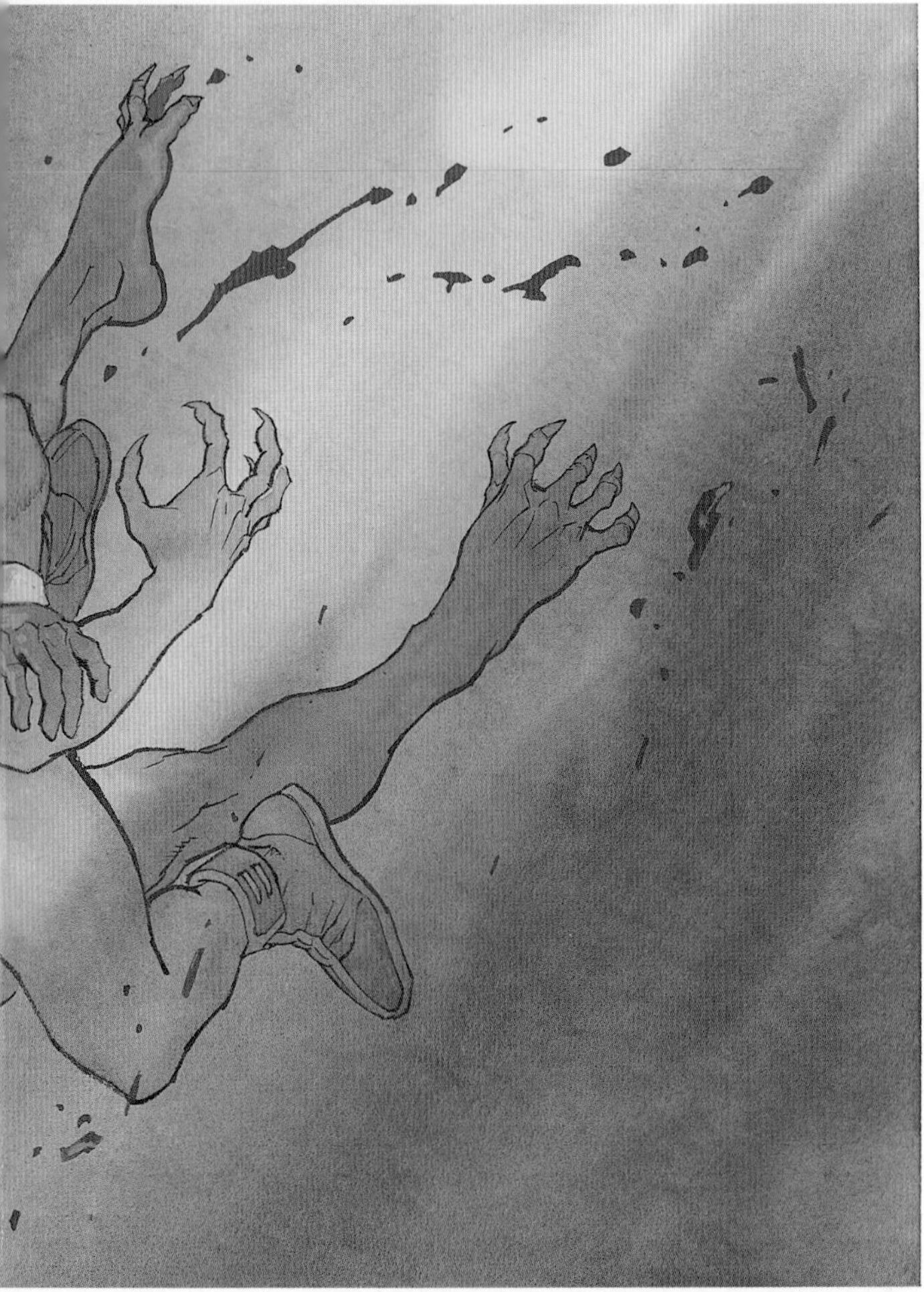

『人面魔獣の挑戦』

ナイフと牙が、ともに銀色の光を放った。(254ページ参照)

ハヤカワ文庫JA

〈JA951〉

クラッシャージョウ⑥

人面魔獣の挑戦

高千穂　遙

早川書房

6444

カバー／口絵／插絵　安彦良和

目次

人面魔獣の挑戦

第一章　バロン・ギルバート

1

屍体《したい》が、眼前に横たわっていた。

たしかめる必要はなかった。一瞥《いちべつ》しただけで、即死は明らかだった。豪華な絨緞《じゅうたん》を血が真紅《しんく》に染めあげている。おびただしい量の流血だ。凶器はおそらくニードルガンであろう。死体の上半身が、ぐずぐずに崩れた肉塊と化している。数万本に及ぶグラスファイバー製の微小な針が肉体に叩きこまれた。酸鼻《さんび》を極めたこの姿は、その結果だ。

ジョウはただ茫然として、その場に立ち尽くしている。

痛恨《つうこん》の一瞬だった。

油断をしたとか、そういったたぐいのことではない。ちょうどウォーミングアップにかかろうとしたときに、試合が開始されたようなものだ。虚を衝《つ》かれたと表現するのが、もっとふさわしい。

そもそものはじまりは、太陽系国家キマイラ連邦の首相、バロン・ギルバートが専用回線で、ジョウのチームに護衛の仕事を依頼してきたことからであった。

惑星ヌブで手軽な一仕事を片づけ、宿舎のホテルにジョウ、タロス、リッキー、アルフィンが戻ってくると、黒っぽいスーツを着た男が三人、ロビーでかれらを待っていた。

「ミスタ・クラッシャージョウですね」

と、近づいてきたその男たちは、物腰こそ丁重極まりないものの、目つきがやたらに鋭く、鍛えあげられた筋肉からは、獰猛《どうもう》な猟犬の匂いが色濃く漂ってくる。

どこかの国のシークレットサービスか、さもなくば殺し屋だ。と、ジョウは直感した。

男たちは、太陽系国家オルトリアのキマイラ連邦大使館に所属するシークレットサービスだった。ヌブはオルトリアの第三惑星で、首都カーソンがその大陸のひとつにあった。各国の大使館は行政の中心地に設置される。キマイラ連邦大使館も、むろんカーソンに置かれていた。

ジョウたちとシークレットサービスの三人は、大使館差しまわしの大型エアカーで、カーソンへと向かった。

数時間でカーソン市内に入った。外交特権を振りかざし、ハイウェイ走行時並みの高速度で大使館に直行した。

キマイラ連邦大使館は、カーソン中央公園に隣接する静かな町なみの一角にあった。大きな建物ではないが、瀟洒《しょうしゃ》な造りである。

大使館の中庭にするりと滑りこみ、エアカーは停まった。

七人がエアカーから降りた。まだ正午をまわったばかりだ。陽光はまぶしいほどに明るい。空は蒼《あお》く澄みわたっている。

ジョウたちは、地下室に案内された。狭い、穴ぐらのような部屋だ。

壁の一面に巨大なスクリーンと、通信機器の操作パネルがしつらえられている。室内にあるのは、それだけだ。来客用のソファひとつない。

シークレットサービスのひとりがパネルの前に歩み寄り、ずらりと並ぶスイッチを端からつぎつぎと押していった。

スクリーンに映像が入った。男の顔だった。四十五、六といったところか。面長で、鼻筋が高い。眉間《みけん》の縦じわが深く、髪はその多くが銀色になっている。瞳の色は濃いアクアマリン。なかなかに魅力的な顔立ちだ。口もとに、くつろいだ笑みを薄く浮かべている。

「きみが、あの有名なクラッシャージョウか？」

スクリーンの男が訊《き》いた。太いバリトンだ。

「有名かどうかは知らないが、俺はクラッシャージョウだ」

ジョウは答えた。ふてくされた口調である。強引にここまで連れてこられたことに不快感をおぼえている。

「で、あんたは誰だ?」

ジョウは訊き返した。男は苦笑して、答えた。

「怒っているようだな」

「当然だ!」ジョウの声が高くなった。

「人が疲れて帰ってきたところをつかまえて、ちょっときてくれとわめき散らす。揚句《あげく》の果ては、ホテルのロビーで、大の男が土下座をしてまで、懇願《こんがん》する。みっともなくて、うんざりだ。仕方がないから、付き合ってやったが、今度は肝腎《かんじん》の相手が、スクリーンの中ときた。冗談じゃねえ。もったいをつけるのも、ほどほどにしろ!」

ジョウは怒鳴る。そのあいだに、タロスが静かにジョウの背後へと移動した。身長は二メートル余。風貌がフランケンシュタインの怪物そっくりの大男。それがタロスだ。位置を変えたのは、シークレットサービスの三人を牽制《けんせい》するためである。ジョウの罵倒《ばとう》はすさまじい。警護官ならば、かれらの主人を非難する者に対して、なんらかの行動にでるはずだ。タロスは、その事態に備えた。

が、タロスの予測は外れた。三人のシークレットサービスは、ジョウが何を言おうと、微動だにしなかった。顔色ひとつ変えなかった。タロスはいささか拍子抜《ひょうしぬ》けした。

そして、それはジョウも同じだった。

ジョウが威勢よく切った激しい啖呵《たんか》にもかかわらず、スクリーンの男は笑顔を平然と保った。不快感をいっさい示さなかった。

「まことに、もっともだ」男は大きくうなずいた。

「怒るのは当然だろう。非礼は幾重にも謝る。しかし、これにはわけがあるのだ。そのことをどうか知っていただきたい」

「あんたの名前は？」

男の言を無視して、ジョウは無造作に訊いた。わけなど、どうでもいい。まずは身許《みもと》を明らかにしろ。そう迫った。

男は軽いため息をつき、短い間を置いてから、答えた。

「わたしはキマイラ連邦首相、バロン・ギルバートだ」

「…………」

スクリーンの中の双眸《そうぼう》が、ジョウをまっすぐに見据《みす》えた。ジョウの反応をうかがうかのような視線だ。

「きみに、ぜひ頼みたい仕事がある。クラッシャージョウ」バロン・ギルバートは、言葉をつづけた。

「急を要する仕事だ。可能ならば、いますぐキマイラ連邦に——わたしのもとにきてほしい」

「無理だね」ジョウは小さくかぶりを振った。

「契約こそまだ交わしていないが、銀河系全域からの予約で、年内のスケジュールは完全に埋まっている。アラミスに問い合わせれば、手のあいているクラッシャーが見つかるはずだ。仕事はそちらに依頼してくれ」

「無理はわかっている」バロン・ギルバートの口調が強くなった。

「だから、こうしてハイパーウェーブの個人回線を使ってまで、わたし自身がお願いをしている」

「…………」

「首相であるわたしは、簡単にキマイラ連邦から離れることができない。だが、使いの者だけでは、きみに事の重大さをわかってもらうのは不可能だ。そこで、やむなくわたしは無礼を承知で、きみたちを大使館に招き、この個人回線のスクリーンの前に立ってもらった。ジョウ。いま、わたしは誠意を尽くしている。そのことを理解し、わたしの強い要請の意を汲《く》みとってもらえないだろうか」

「ふむ」

ジョウは小さく鼻を鳴らした。知らず、腕を組んでいる。低い声が、ぶっきらぼうに口をついてでた。

「どういう仕事だ？」

「標準時間で五百八十時間、わたしを護衛してほしい」

答えは即座に返ってきた。

「護衛？」ジョウの濃いアンバーの瞳に、いぶかしげな光が宿った。「護衛なら、専門家がたくさんいる。何も、クラッシャーなんかに頼む必要はない」

「だめだ！」バロン・ギルバートは大きく首を横に振った。「わたしが信頼できるのは、きみたちだけだ。他の誰でもない。銀河連合主席、ド・テオギュールをクーデターから救った、クラッシャージョウとそのチームだけが、わたしの身を守ることができる」

「しかし……」

「話しておこう」

ジョウの言葉をさえぎり、バロン・ギルバートが言を継いだ。顔が血の気を失って白い。微笑は、とうに口もとから消えている。

「わたしは命を狙われている。相手は、殺人結社《クリムゾン・ナイツ》だ」

「《クリムゾン・ナイツ》！」

声が重なった。ジョウとタロスだ。ふたりは同時に叫び声をあげ、同時に絶句した。驚愕《きょうがく》の表情が、ふたりの顔に浮かんでいる。

「そう。《クリムゾン・ナイツ》だ」バロン・ギルバートは、ゆっくりと繰り返した。「わたしは、かれらの標的になっている」

「まさか」

ジョウの頬がひくひくと跳《は》ねた。

《クリムゾン・ナイツ》。裏社会に身を置く者はもちろん、少しでもその方面に関心のある者ならば、知らぬはずのない暗殺結社だ。組織やメンバーのことなど、実体は闇の中にひそんでいて、なにひとつ明らかになっていない。だが、《クリムゾン・ナイツ》の名と、その殺し屋が共通して使用する武器——銀河連合によって製造ならびに所持が禁じられているニードルガンのことを知識として持っている人間はけっして少なくなかった。

ジョウは《クリムゾン・ナイツ》に関する記憶を急いで探った。

〝残忍無比〟〝迷宮入り〟〝推定被害者数八百二十二名〟などといった脈絡のない情報が脳裏に浮上してきた。ジョウは、それらの断片的な情報をもとに、具体的なイメージを組み立てようとした。しかし、その作業は徒労に終わった。わかったのは、《クリムゾン・ナイツ》が、恐ろしいほどに優秀で、統制のとれた殺人集団であるということだけだった。

「知ってのとおり」と、バロン・ギルバートは言う。

「《クリムゾン・ナイツ》に狙われて、生きながらえた者はいない」

「どうして《クリムゾン・ナイツ》が相手だと知った？」

ジョウが訊いた。声が低い。

「三日前、わたしの側近のひとりが殺された。凶器はニードルガンだ。あらゆる状況からみて、つぎはわたしということになった。確率は、九十六パーセント以上と判定されている」

「なるほど」

ジョウは唇を噛んだ。バロン・ギルバートが入手した情報がどれほどのものかは不明だ。が、九十六パーセントというのは、おそらく相当に現実的な数字だろう。

「いますぐきてくれ。キマイラ連邦に」

すがるようにバロン・ギルバートは言った。双眸に必死の色がある。

ジョウは口をつぐみ、黙した。即答できない。その依頼を一蹴《いっしゅう》できない。

血が、ふつふつとたぎりはじめていた。

2

〈ミネルバ〉がポイニクスの衛星軌道にのった。窓外が惑星の色で青く染まった。

太陽系国家キマイラ連邦は、恒星キマイラをめぐる五つの惑星から成り立っている。惑星の名は、内側からペルセト、ポイニクス、パエトーン、レトビア、そしてインファーノ。第五惑星インファーノを除く四つの惑星が完全に改造されている。総人口はおよそ七十一億人。

太陽系国家とは、ひとつの太陽系をひとつの行政府が統治している国家のことだ。二一一一年に恒星間航行を可能にしたワープ機関が完成して、人類は他の惑星への大規模な移民を開始した。それは急激な人口増加により、滅亡の危機に瀕《ひん》していた地球政府の果敢《かかん》な決断であった。

移民し、新天地の開拓に成功した人びとは、かれらの故郷テラに倣《なら》い、惑星全体をひとつの国家として地球連邦から独立をはかった。連邦はこれを認め、惑星国家時代が到来した。が、惑星国家時代は短かった。惑星改造技術が向上し、それまで人類の居住に適さなかった惑星までが、植民可能になったからだ。惑星という惑星はつぎつぎと改造され、惑星国家はひとつの太陽系全体を統治する太陽系国家となった。二一六一年のいま、銀河連合に加盟している八千の国家は、そのすべてが太陽系国家である。キマイラ連邦もそうだ。四つの惑星、ペルセト、ポイニクス、パエトーン、レトビアがそれぞれ州として自治権を得ている連邦国家だ。各惑星には州都があり、州知事が行政を統括している。

キマイラ連邦の首都は、第二惑星のポイニクスにある。州都リシリスとは大陸を異《こと》にし、連邦全体の立法行政府として大陸全体が連邦直轄の特別区となっている。首都の名はリーベンバーグ。そこに、キマイラ連邦首相バロン・ギルバートはいた。

リーベンバーグが朝になった。

〈ミネルバ〉は軌道周回を終え、降下態勢へと入った。急速に高度を下げていく。

〈ミネルバ〉はジョウの愛機だ。全長百メートル、全幅五十メートルの万能タイプ外洋宇宙船である。滑走路を使用する水平型だが、垂直離着陸も可能で、宇宙船というよりも航空機に近いフォルムをしている。先細りに先端が尖《とが》り、銀色に輝きながら後方へと大きく広がった船体は、ボディそのものが翼を兼ねている。その船体側面に青と黄色で鮮やかに描かれているのは、クラッシャーのシンボルである流星マークだ。二枚の垂直尾翼にはジョウの船を意味する赤いデザイン文字の〝J〟がまばゆく輝く。外洋宇宙船としてはもっとも小さなクラスだが、装備、動力系統に惜しみなく予算をそそいだ、特注の宇宙船であった。

管制官から通信が届いた。副操縦席のジョウがそれを受け、右どなりの操縦席に着くタロスに指示をだす。

リーベンバーグ宇宙港のビーコンを捉《とら》えた。タロスが操船レバーから手を放した。ここから先は、着陸直前まで自動操縦となる。

副操縦席の真うしろ、動力コントロールボックスのシートに納まっているリッキーが口をひらいた。

「急を要するって、バロン・ギルバートは言ってただろ」大声で叫ぶように言う。

「だけど、俺《おい》らたちが着く前にあのクリームソーダなんとかが……」

「《クリムゾン・ナイツ》よ！」

リッキーの右横、空間立体表示スクリーンのシートに腰を置くアルフィンが首をめぐらし、言った。長い金髪が、ふわりと宙を舞う。

「あ、そうだ。その《クリムゾン・ナイツ》だ。そいつらがバロン・ギルバートを殺《や》っちまってたら、アラミスに振りこまれた手付金はどうなっちまうんだい？」

「あほか」リッキーの言葉に、タロスが応じた。

「そいつはこの商売の初歩の初歩。大初歩の話だぞ」

「だから、なんだよ」

「つまらねえことを訊くんじゃない。時間の無駄だ」

「けっ」

リッキーがタロスを睨《にら》みつけた。丸いどんぐりまなこが大きく見ひらかれ、顔が怒りで紅潮した。

「てめえ、このチームに入って何年になる」タロスがつづけた。

「もう三年じゃねえか。いいかげん、クラッシャーのしきたりを頭ん中に叩きこんだらどうだ。いつまでも素人《しろうと》でいられたんじゃ、こっちが迷惑する」

「タロスぅ」

アルフィンが口をはさんだ。

「ん？」

「それ、あたしも知りたいわ。どうなるの？」

わずかに小首をかしげ、アルフィンは訊いた。肩にかかった金糸を思わせるしなやかな髪が、さらさらと音を立てて流れ落ちる。宝玉のごとき碧眼がタロスをまっすぐに見つめ、愛らしい花のような唇が小さくひらいて、純白の歯をほの見せている。

「アルフィンが訊くのは当然だ」タロスは、あっさりと口調を変えた。

「キャリアが浅いから、しようがない」

「こら！」

リッキーが怒鳴った。自分のときと反応が違いすぎる。

「はっきり言って、金の受け取りはまったく関係ない」リッキーの怒声を無視し、アルフィンに向かってタロスは言った。

「クラッシャーの仕事は契約書がすべてだ。契約書に互いのサインが入ってから仕事がはじまる。この依頼、金はもらっても、契約書はまだ交わしちゃいない」

「じゃあ、あのお金はなんなの？」

「餌《えさ》だな。俺たちを呼ぶために捨て金として振りこんだ。こうしておけば、断りづらくなると、向こうが勝手に考えている」

「だったら、バロン・ギルバートがもう殺されていたとしても」

「金はこっちのものだ。返す必要はない」

タロスはにやりと笑った。

「ぼろもうけじゃない。バロン・ギルバートには悪いけど、着いたら死んでてくれるといいわね」

天使のような顔で、アルフィンはとんでもないことを言う。タロスの笑いが苦笑になった。

「しかし、契約はシビアだぜ」

「え？」

「万が一にでも、護衛の契約をしてからバロン・ギルバートが殺されたら、俺たちは最悪の事態に陥《おちい》る」タロスは笑みを消した。

「前払いの金は没収され、さらに違約金を徴収される。しかも、犯人は絶対に捕まえなくてはならない。その捜査は無報酬だ」

「ひっどーい」

アルフィンは小さな握りこぶしを並べて握り、それを口もとにあてた。

「クラッシャーの契約ってのはそういうものだ。とはいえ、そうびくつくことはない。クラッシャージョウのチームがどじを踏むなんてことは、金輪際《こんりんざい》ありえない」

「そうよね」

「そうだ」

タロスは常になく大きくうなずいた。何か、自分に言いきかせているような芝居がかったしぐさになった。単なる噂《うわさ》であったが、タロスは《クリムゾン・ナイツ》の尋常《じんじょう》でない恐ろしさを何度も耳にしている。気を引き締めてかからねば、この仕事は完遂《かんすい》できない。そんな思いが、心の隅のどこかにあった。

「タロス」

それまで、ひとり口をつぐんでいたジョウが、低い声で言った。タロスは姿勢を戻し、ジョウに視線を移した。

「宇宙港が近い。着陸に備えろ」

「了解」タロスはうなずき、操縦レバーを握り直した。

「リッキー、着陸スタンバイだ。動力を第三レベルにダウン」

「けっ」

リッキーは鼻を鳴らした。まだむくれたままだった。

〈ミネルバ〉がリーベンバーグ宇宙港に着陸した。

宇宙港ビルのカウンターで、入国手続きを終えるのと同時に、バロン・ギルバートの秘書が忽然《こつぜん》とあらわれた。シモノビッチという名の小男である。カーソンのキマイラ連邦大使館でスクリーンの映像を通じ、すでにバロン・ギルバートからじきじきに紹介されていた。年齢は四十歳前後。目つきが鋭く、身長のわりに肩幅が広い。黒っぽいスーツをかっちりと身につけている。

「お迎えにまいりました。こちらへどうぞ」

四人の前に立ったシモノビッチは、抑揚のない乾いた声でそれだけ言った。言ってから、さっさと歩きだした。

宇宙港ビルの玄関にでた。車寄せに銀色の大型リムジンが停まっていた。ソファのようなシートに六人がゆったりと乗車できる豪華なエアカーである。一般にプルマン・リムジンと呼ばれているタイプだ。車体後部のドアが、観音開き《かんのんびら》きに大きくひらいた。シモノビッチがひらききったドアの横でジョウたちを待っていた。巨大なエアカーである。ジョウ、タロス、リッキーの表情がわずかにこわばった。こういう扱いには、慣れていない。アルフィンひとりが平然としている。

「ご苦労さま」

軽く会釈《えしやく》し、優雅な身のこなしで、アルフィンはプルマン・リムジンの中へするりと

進んだ。ひょんなことでクラッシャーになったが、アルフィンは太陽系国家ピザンの元王女である。プルマン・リムジンは、彼女の日常の足だった。気おくれすることはまったくない。

アルフィンにつづいて、あとの三人もプルマン・リムジンにぎくしゃくと乗りこんだ。シモノビッチは後部シートではなく、助手席に入った。

プルマン・リムジンがなめらかに発進した。

時速四百キロでハイウェイを走り、二十分ほどでリーベンバーグ市内に至った。

リーベンバーグ市は、美しい街だった。居住区はほとんどない。建物はどれもが政庁舎である。緑地が多く、公園の中にいるような錯覚をおぼえる。広い。人工の首都という言葉から受ける冷たい印象は皆無だ。温帯の陽射しがいかにも明るく、そして暖かい。道路の雰囲気《ふんいき》が変わった。丈《たけ》高い樹木が柱廊のごとく両側に連なるようになった。もう一般公道ではない。これは総理府への進入路である。前方に、ひときわ華麗な建物が荘厳に聳《そび》え立っている。

「首相官邸です」

シモノビッチが言った。

プルマン・リムジンが官邸の正面玄関前に停車した。玄関に人影はない。よく見ると、プルマン・リムジンの運転手もアンドロイドである。

シモノビッチが先に車から降りた。クラッシャーの四人も、左右のドアからいっせいに外にでた。

シモノビッチが先導する。邸内に進んだ。地味なつくりだが、首相官邸だけに壁や床、天井の細工は手がこんでいる。

二階の奥深い一室に通された。あまり広くない部屋だ。

そこに、バロン・ギルバートが待っていた。

バロン・ギルバートは長身だった。タロスとほぼ同じである。ジョウを見ると、大股でつかつかと歩み寄り、だしぬけにその右手を把《と》った。

「待ちかねた。クラッシャージョウ」

満面に笑みを浮かべている。映像で見たときは鋭い印象があったが、それは完全に失《う》せている。だが、瞳の奥深く、本音に近い部分には笑いがない。明らかに醒《さ》めている。暗殺団に狙われているという不安からだろうか。それとも、他に何か理由があるのか？

握手に応じながら、ジョウはそんなことを考えた。

「まずは、かけたまえ」

部屋の中央、窓寄りの場所にソファとテーブルが置かれていた。窓の向こうには中庭の緑があり、陽光が強く燦《きらめ》いている。

ジョウ、タロス、リッキー、アルフィンは、ソファに腰をおろした。シモノビッチは立ったままである。バロン・ギルバートは、ジョウに相対する席に着いた。

「なぜ、わたしが《クリムゾン・ナイツ》に狙われるようになったか、先にそれを話しておこう」

間を置かず、バロン・ギルバートは切りだした。

「ぜひ、聞いておきたい」

ジョウはあごを引いた。それは願ってもない申し出だった。二一二〇年代に浮遊宇宙塵塊の破壊や惑星改造に従事する人間が必要とされたことから生まれたクラッシャーは、その仕事の性質上から、いまでも世間に〝ならず者の集団〟と思われていたりする。だが、それは完全な誤解だ。クラッシャーは厳しく統制された宇宙のスペシャリストである。かれらは、あるときは優秀なパイロットであり、またあるときは勇猛な戦闘員となる。そして、さらには通信、探索、捜査のプロとしての能力も発揮する。掟《おきて》も厳しい。違法な仕事にかかわった者がいれば、そのクラッシャーは相応の処分を受け、クラッシャーの社会から追放される。だから、仕事を受けるとき、クラッシャーは内容と状況をよく聞いた上で、その仕事が非合法か否かを必ず確認しておかなくてはならなかった。

バロン・ギルバートは細巻きのシガリロを口にくわえ、火をつけた。紫煙がバロン・ギルバートの表情をおぼろに隠した。

「第五惑星インファーノへの入植計画。それがすべてのはじまりだった」

低い声が響いた。バロン・ギルバートは静かに口をひらいた。

3

「インファーノ?」

ジョウの頬がぴくりと跳ねた。

「ご存知だと思うが、インファーノにはまだ入植がおこなわれていない」バロン・ギルバートはシガリロを二、三服すると、紫煙を吐きながら、それを処理ポッドに投げ入れた。

「では、なぜ入植がおこなわれていないのか、その理由を知っておられるかな?」

「改造がすんでいないから。そうだろ」

リッキーが答えた。

「残念ながら違う」バロン・ギルバートは、ゆっくりとかぶりを振った。

「インファーノはクラスⅢ《スリー》までの改造が完了していて、十分に居住可能な惑星になった」

「ふうん」

リッキーは、答えるんじゃなかった、という表情《かお》をつくった。

「入植を開始できないのは、ペルセト、ポイニクス、パエトーン、レトピアの各州が、それぞれ勝手にインファーノの開発構想を抱いていたためだ」

「勝手に、とはまた穏やかじゃない物言いだな」

ジョウが言った。

「本当に勝手なのだから、そうとしか言いようがない」バロン・ギルバートは肩をすくめた。

「それぞれの州議会が自分たちに都合のいい建白書を作成し、連邦議会とわたしにあてて、それを我先にと送りつけてきた」

「原則があるんじゃないのか。かりにも国家計画だ。各州の人口に比例して移民数を決め、それに見合った開発をする。その原則から外れた建白書なんて、何通できても政府の決定には関係ないはずだ」

「筋だけを言えば、ジョウ、きみの言うとおりになる」バロン・ギルバートは、新しいシガリロを把り、火をつけた。

「だが、政治はそんな単純なものじゃない。とくに我が国は州の発言力が強く、政府は各州の調整機関にも等しい存在になっている。建白書を無視することはできないのだ」

「…………」

「しかも、問題はほかにもある。さらに厄介《やっかい》なことだ。それが事態をいっそう複雑にした」

「？」

「政党の対立だよ」バロン・ギルバートは、わずかに顔をしかめた。

「わたしの所属する自由国民党と野党の民主平和党の意見が、インファーノの移民計画をめぐって真っ向から対立してしまった。しかも、まずいことにポイニクス、パエトーンの州知事が与党派で、ペルセト、レトビアの州知事が野党派だった。おかげで与野党とも、各州のエゴと党方針が入り乱れ、党内意見までがぐしゃぐしゃになった」

「最低だな」

「やむなくわたしは連邦議会を解散した。総選挙で野党との格差を広げ、せめて議会運営だけでも円滑《えんかつ》に進めようという狙いでその手を打った」

「ふむ」

「狙いはおおむね的中した。世論調査では、我が党が議席の八割を確保可能という見通しがでている」

「あんたとしては、万々歳《ばんばんざい》ってわけだ」

「何ごともなければね」

シガリロの煙が渦を巻く。

「《クリムゾン・ナイツ》か？」

「民主平和党が泣きついた」バロン・ギルバートはシガリロを処理ポッドに投じた。「形勢不利と見て、非常手段を使うことにした。わたしを暗殺してから、スキャンダルを派手に撒《ま》き散らす。死人に口なしだ。反論できないまま、我が党のイメージはあえなく失墜《しっつい》し、総選挙は民主平和党の逆転大勝となる」

「そんなにうまくいくのかなあ？」

リッキーが首をかしげた。

「わたしの側近が実験台にされた」

「ニードルガンで殺されたと言っていたな」

「必死で対処したが、死後に湧きあがってきたでっちあげスキャンダルを消すことはできなかった」

「…………」

「わたしとしては、この選挙で負けるわけにはいかない。負ければ、インファーノは民主平和党お抱えの利権屋に食いつぶされてしまう。それを看過《かんか》することはできない」

バロン・ギルバートは、まっすぐにジョウを見据えた。

声が途絶え、室内がしんと静まりかえった。

ややあって。

「わかった」

　ジョウが言った。言って、強くうなずいた。

「依頼を受ける。いまから五百八十時間、あんたを護衛する」

「そうか」

　バロン・ギルバートの表情が明るく輝いた。

「《クリムゾン・ナイツ》が相手と聞いて、やる気がでた」ジョウは薄く笑った。

「さっそく、あんたのスケジュールに合わせて護衛プランをつくり、その上で契約を交わしたい」

「けっこうだ」

　バロン・ギルバートは弾《はず》んだ声で応じた。安堵《あんど》からか、顔の筋肉が弛緩《しかん》している。

　一時間後。

　バロン・ギルバートとジョウたちは、シモノビッチの示すスケジュール表をもとに五百八十時間の護衛プランをまとめた。そして、それが決定したところで契約を交わした。

　契約書へのサインを終えると同時に、バロン・ギルバートはソファから立ちあがった。

　シモノビッチが端末で執事を呼んだ。

　アンドロイドの執事がきた。

「安全確保のため、いま官邸にはアンドロイドしかいない。食事を用意させたから、まずは腹ごしらえをしてもらおう」

バロン・ギルバートにうながされ、ジョウたちも腰をあげた。

アンドロイドが先導する。四人は室外にでた。シモノビッチはバロン・ギルバートのもとに残った。

通路を一、二歩、進んだ。

そのときだった。

悲鳴があがった。シモノビッチだ。すさまじい悲鳴である。たったいま、閉じたばかりのドアの向こう側からけたたましく響いた。その声につづき、何かが砕けるような音も聞こえた。

ジョウは反射的に振り向き、ドアに飛びついた。ひらかない。ロックがかかってしまったのだろうか。タロスが勢いをつけ、体当たりした。タロスは全身の八割を改造したサイボーグだ。並みの人間とはパワーが違う。軽合金でつくられたドアがぐにゃりとねじまがり、外れた。

ジョウがダッシュした。リッキー、アルフィン、タロスもそのあとを追った。

室内に飛びこんで最初に目に映ったのは、硬直したように立ち尽くしているシモノビッチだった。シモノビッチは目をかっと見ひらき、髪の毛を大きく逆立てている。つぎに、崩れて穴のあいた壁がジョウの視野に入った。窓のあった場所だ。

そして。

ジョウは最後に、絨緞の上に転がっている赤い肉塊を見た。人のからだだ。上半身がずたずたに引き裂かれていて原形をほとんど留めていないが、その肉塊にへばりついている衣服は、まぎれもなく先ほどまでジョウたちと向かい合っていたキマイラ連邦首相、バロン・ギルバートの着るクリーム色のスーツだ。

ジョウの顔から、血の気が引いた。凍りつくように、動きが止まった。

「中庭に人が！　閣下が撃たれて」

シモノビッチが叫んだ。

その声で、ジョウは我に返った。耳が周囲の物音を捉えた。鳥が騒いでいる。中庭の方角だ。そのかしましい啼《な》き声に混じって、異質な音が聞こえてくる。きーんと尾を引く、甲高い電子音だ。

弾かれるように、ジョウが動いた。窓ぎわに駆け寄り、中庭を見た。樹木が並び、視界が悪い。が、左手やや上空に黒い点が小さく浮かんでいる。

「イオノクラフト！」ジョウは首をめぐらした。

「タロス、行くぞ。エアカーで追う」

振り返ると、タロスの足がドアの向こうに消えるところだった。リッキー、アルフィンの姿も、とうにない。「イオノクラフトだ」という声を聞くのと同時に、三人とも飛びだしたらしい。ジョウも床を蹴り、通路へと走った。

玄関から屋外にでた。車寄せに、宇宙港からここまで乗ってきたプルマン・リムジンがある。その左右に、三人がとりついているのが見えた。車体の脇には、アンドロイドが一体、ねじくれた恰好で仰向けに転がっている。プルマン・リムジンの運転手だ。タロスに操縦席から引きずりだされ、地面に叩きつけられたのだろう。

三十メートルを四秒で移動し、ひらいているドアから、ジョウはプルマン・リムジンの助手席に飛びこんだ。間髪を容《い》れず、タロスがエアカーをスタートさせた。ジョウは放りだされそうになりながら、ドアを閉めた。

「東南東だ！」

ななめ前方を指差し、ジョウは叫ぶ。

「了解」

タロスはリミッターを切り、上昇噴射をマキシマムにセットした。

ハイウェイを走行するとき、通常、エアカーの最大高度は十五センチと定められている。航空機ではなく、地上走行車輛として扱われているからだ。しかし、法律上はそうであっても、実際はエンジンの推力に十分な余裕があれば、エアカーはかなりの高々度を維持することができる。

プルマン・リムジンに搭載《とうさい》された核融合タービンエンジンの推力は六トンオーバー。一般的なセダンタイプエアカーの二十倍近い推力である。全備重量二トンのプルマン・

リムジンをゼロ発進させても、まだ余力を残す。怪物的な超強力エンジンだ。これは、VIPの使用を考慮してのことであろう。地上で攻撃を受けても、この推力があれば避難、逃走はいかにも容易《たやす》い。

持てる力のすべてを解放され、プルマン・リムジンは一気に高度百メートルまで上昇した。

リーベンバーグに高層ビルはない。建物はどれも一様に三、四階建てである。厳しい建築基準のせいだが、そのため百メートルの高度でも、視界はぐんと増した。

「あれだ！」

地平線近くに黒い影があった。瞳を凝《こ》らさなくては見えない影だが、それをジョウは目ざとく発見した。

「距離約二千三百メートル。高度四十二メートル。時速はそうですな、四十から四十五キロってとこですか」

タロスが、コンソールの計器を素早く読んだ。のんびりとした、まるで他人事のような口調である。緊張したときにタロスがつくる一種のポーズだ。さすがはクラッシャー歴四十年の超ベテラン。厳しい状況に追いこまれていても、苦しむ表情《かお》を素直に見せたりはしない。

コンソールに前方視界スクリーンがあった。ジョウは、その画面中央に黒点を移動させた。ズーミングで、映像を大きくする。黒点が形になった。直径およそ一メートルのパンケーキに手すりをつけただけのフォルムが、六インチスクリーンの上に大きく浮かびあがった。間違いない。もっともシンプルなタイプのイオノクラフトである。パンケーキの上に立って、手すりにしがみついているのは、体型からして男だ。背景に輪郭《りんかく》が溶けこむ、鮮やかなブルーの服を身につけている。どうやら同色の覆面もかぶっているらしい。

「殺さず、生け捕りにする」ジョウが言った。「《クリムゾン・ナイツ》の全貌を吐かせてやる」

エアカーは時速五百キロで疾駆《しっく》する。イオノクラフトの十倍の速度である。彼我《ひが》の距離が、みるみる詰まっていく。イオノクラフトは高度四十メートル前後を保ち、逃げつづける。着陸して地上に逃げる気はないようだ。

「クラッシュパックをあけろ」

マイクをオンにして、ジョウが言った。プルマン・リムジンの前部シートと後部シートは防弾・防音ガラスで完全に仕切られている。双方の会話は、端末経由でないとできない。

後部シートのリッキーとアルフィンが、膝の上でクラッシュパックをひらいた。クラッシュパックは、クラッシャー専用に開発されたプラスチック製の武器収納用トランクである。中には、組み立て式の無反動ライフル、超小型バズーカ砲、レイガン、手榴弾、携行食糧等が、コンパクトに詰めこまれている。優秀なクラッシャーならば、これひとつあれば、連合宇宙軍の小隊くらいを相手にして、互角の戦闘をやってのける。

シートの間に仕切りがあるので、アルフィンは窓越しに無反動ライフルのキットをジョウに手渡した。ジョウは手早くそれを組み立てた。リッキーは超小型バズーカ砲、アルフィンはもっとも手軽なレイガンを手に把った。

「距離二百メートル」

タロスがぼそりと言った。

4

ジョウは正面に向き直った。イオノクラフトはもう、手が届きそうな位置にいる。

「どうするつもり？」

アルフィンが訊いた。イオノクラフトは軽くて、脆弱《ぜいじゃく》な乗物だ。うかつにバズーカでも発射しようものなら、至近弾であってもこなごなに砕けてしまう。

「エアカーで威嚇《いかく》しながら、高度を下げさせるしかないんじゃないか」

リッキーが言った。

「しかし、近接するのはリスクがでかい」タロスが言った。

「敵はニードルガンを持っている可能性がある。あいつにやられたら、いかにこいつの装甲が厚くても、エンジンを撃ち抜かれる」

ニードルガンは、数万本に及ぶ微小な針を高初速で射出し、人体であろうと金属であろうと、ずたずたに切り裂いてしまう恐ろしい武器だ。針には、対物用のタングステンカーバイドや対人用のグラスファイバーが用いられ、記録で見る限り、《クリムゾン・ナイツ》は、これまでのところ、グラスファイバー針のみを使用している。しかし、番径さえ合えば、両者の実包《じっぽう》は共通しているため、ニードルガンを変えることなく、針はどちらでも使うことが可能だ。タングステンカーバイド針なら、五メートル以内で発射すれば、強力な戦車の装甲でも貫通できる。イオノクラフトに乗る暗殺者が、タングステンカーバイド針の実包を所持していないという保証は、どこにもなかった。

「真上から車体をかぶせ、噴射を浴びせてやろう」

ジョウが口をひらいた。

「だめですね」タロスは首を横に振った。

「イオノクラフトがひっくり返ります。高度四十二メートルだと、落ちたときは、間違いなく即死でしょう」

「厄介だな」

ジョウは唇を噛んだ。プルマン・リムジンは、イオノクラフトまであと十数メートルと迫っている。それなのに、手がだせない。

「もうひとつ厄介なことがあります」タロスが言を継いだ。

「こいつの推進剤があと二十分くらいしかもちません。むりやり飛ばしているので」

プルマン・リムジンは、イオノクラフトを中心に置いて、半径十五メートルの周回行動に入った。絶対に逃さないという意志の表明だ。が、これがエネルギーの急速な消費につながることは、誰の目にも明らかだ。当然、それに気がついているのだろう。イオノクラフトに乗るスナイパーは、いかにも平然としている。

「どうでしょう」タロスがあごをしゃくった。

「この距離です。ライフルで誘導できませんか」

「ふむ」

ジョウは手にした無反動ライフルに視線を向けた。レバーひとつで半自動にも全自動にもなる愛用の銃だ。いまは三十ラウンドのマガジンが装着されている。小型の慣性中和機構と特殊なショックアブソーバ、それにマズル・ブレーキ及びエヴァキュレータの組み合わせで反動が完全に消されているため、宇宙空間で使っても射手はショックを感じない。

「やってみるか」

ジョウは窓から半身を突きだし、ライフルを構えた。速度がイオノクラフトのそれと合致している。風圧はほとんどない。全身をブルーで覆った男は身じろぎもせず、パンケーキの上に立っている。ヒップホルスターに、一目でニードルガンと知れる大型の拳銃を押しこんでいるが、それを抜こうとする気配はまったくない。吹きさらしのイオノクラフトに乗っていて距離十五メートルでは、ニードルガンは水鉄砲よりも無害な代物《しろもの》となる。抜かないのは当然のことだ。

ジョウは機関部についているセレクトバーをフルオートに切り換えた。照準を、男の頭頂部にセットする。一瞬、このまま男の頭を吹き飛ばしてやりたい衝動にかられた。だが、あとのことを考え、それを必死で抑えこんだ。

トリガーボタンを静かに絞った。

乾いた銃声が、連続的に響いた。軽い音だ。青い布きれと一房の髪が宙に舞った。数発の銃弾が男の頭皮をぎりぎりのところでかすめた。

イオノクラフトが、すうっと沈む。

「うめえ」

思わず、タロスが感嘆の声をあげた。

どんなに気を張りつめて筋肉を硬直させていても、反射行動だけは完全に制御しきれない。至近弾がくれば、恐れや怯えよりも先にからだが動く。ましてや、男は連射で頭部の表皮を剝《は》ぎとられた。無意識に男はイオノクラフトを操作し、あたかも首をすくめるように、その高度を下げた。抜群の精度を誇る無反動ライフルの性能と、ジョウの超一流といわれる射撃技術とが合体して生まれた絶妙の離れ技だ。

さらに二度、ジョウはトリガーを引いた。

そのつど、イオノクラフトは高度を減じた。しかし、男はたしかにプロだった。威嚇であることに気づき、反応を制御しはじめた。銃弾を浴びても、さほど降下しない。

ならば、少し手荒くやるしかない。

ジョウはつぎの連射で、男の左耳をもぎとった。

けたたましい悲鳴が響いた。鮮血の尾を蒼空に残し、イオノクラフトがすとんと落ちる。墜落するかと思われる動きだが、そうではなかった。イオノクラフトは地上を目前にして、態勢を立て直した。

「高度十八メートル」タロスが言った。

「いけますぜ」

いつの間にか、周囲の風景が大きく変わっていた。よく手入れされた林のつづく丘陵地帯が眼下に広がっている。イオノクラフトを追っているうちにリーベンバーグの市街地を飛びだし、郊外へとでてしまった。

「まだだ」銃を構えたまま、ジョウが大声で言った。

「あと十メートル、降ろす。そうしたら、イオノクラフトの機関部をぶちぬく」

市街地ならば、高度十八メートルでも問題なかった。手近なビルの上に追いこめば、事足りる。撃墜しても、ビルの屋上との落差はせいぜい数メートル。乗員が死ぬことはないだろう。が、ここではそうはいかない。いま少し、低い位置に誘導する必要がある。

タロスが、プルマン・リムジンを接近させ、隙あらば再上昇しようとするイオノクラフトをなめ上から牽制《けんせい》した。無反動ライフルの銃口が、頭を血で染めた男を確実に追う。ブルーの覆面の一部が裂けて、顔の半分ほどが剝きだしになっている。

ジョウ、タロス、リッキー、アルフィン四人の意識が男に集中した。それ以外のところをまったく見ていない。

トリガーにかかるジョウの指に力が加わった。

だしぬけに轟音が鳴り響いた。そして、プルマン・リムジンが、突き飛ばされたかのように揺れた。

無反動ライフルが暴発する。あらぬ方角を撃つ。

「どうした?」

ジョウは首をめぐらした。背すじに冷たいものが流れた。

「エアカーだ」

つぶやくように、リッキーが言った。

包囲されている。プルマン・リムジンが、五台の装甲エアカーに。

四人は、装甲エアカーを見た。角張ったルーフに、迫撃砲のそれと思われる太い砲身が、大きく突きでている。先ほどの轟音と振動の原因だ。車体側面を砲弾にえぐられた。

幸いにも、装甲エアカーにひけをとらないプルマン・リムジンの頑丈なボディが、それを弾き返した。間一髪で、致命傷を免れた。

「ちいっ」タロスが舌打ちする。

「油断したぜ」

吐き捨てるように言い、エンジンの出力を最大にした。プルマン・リムジンが、再び高度百メートルの上空へと舞いあがった。

タロスの蒼白い顔が、珍しく紅潮している。素早く操縦レバーを操り、包囲の輪からの脱出をはかる。

装甲エアカーが上昇してきた。プルマン・リムジンほどではないが、二、三トンの推力は持っていそうだ。動作が速い。

「リッキー、撃て！」

ジョウが怒鳴った。

「失《う》せろっ！」

リッキーの肩に載《の》り、窓から突きだされていた超小型バズーカが、轟然《ごうぜん》と火を噴いた。

アルフィンがシートに転がって、後方噴射をよけた。

装甲エアカーのエンジンボンネットにロケット弾が命中した。しかし、表面をわずかに灼《や》いた程度だ。装甲を撃ち抜けない。

「追加だ！」

リッキーはバズーカを連射した。目標は変わらない。二発目のロケット弾が、尾を引いて走った。

装甲エアカーのエンジン部が爆発した。

火球が広がる。装甲エアカー全体がオレンジ色の炎に包まれ、こなごなに砕ける。

「やったぜ、くそ馬鹿！」

リッキーは快哉《かいさい》を叫び、つぎの獲物を探した。だが、射程距離内に装甲エアカーは一台も見当たらない。

「こっちよ」

身を起こし、アルフィンが言った。プルマン・リムジンの後方だ。リッキーの死角である。いくらリムジンの車内でも、バズーカ二挺は同居できない。といって、アルフィンが手にしているレイガンでは、とても歯が立たない。

「！」

アルフィンは上着のボタンをむしりとった。窓をあけ、それを装甲エアカーめがけて

投げつけた。このボタンはアートフラッシュと呼ばれる強力な武器だ。強酸化触媒ポリマーである。クラッシャーの着るクラッシュジャケットは、防弾耐熱の上、武器の集合体にもなっている。

アルフィンの投げたアートフラッシュのひとつが装甲エアカーのルーフに命中し、発火した。

まぐれもまぐれ。大まぐれの大ヒットである。

炎がうねるように湧きあがった。この炎は、対象物の内側へと食いこんでいき、簡単に消えることがない。

炎に包まれた装甲エアカーが爆発した。搭載していた迫撃砲弾に引火したのだろう。

車体が炎上し、地上に落下していく。

「ナイスだ。アルフィン。あと三台」

タロスが言った。それをリッキーが訂正した。

「いや、あと二台だぜ」

言い終えるのと同時に、リッキーはバズーカで五発のロケット弾を連射した。

それがすべて、一台の装甲エアカーのノーズに叩きこまれた。エアカーが爆発した。

車体がひしゃげ、ばらばらになる。

「ジョウ!」アルフィンが甲高く叫んだ。

「イオノクラフトが着陸しようとしている」

「なに」

ジョウはスクリーンに視線を向けた。アルフィンの言うとおりだった。イオノクラフトが地上すれすれの位置にいる。高度はもう五メートルを切った。

「逃がさん！」

ライフルを構え直し、ジョウはトリガーを絞った。

つぎの瞬間。

装甲エアカーが迫撃砲を放った。狙いはイオノクラフトにつけられていた。華奢《きゃしゃ》なイオノクラフトがその一撃を受け、吹き飛んだ。乗っていたスナイパーも運命をともにした。血まみれの肉塊と化し、大地に転がった。

装甲エアカーが口封じに仲間を始末した。

「野郎！」

ジョウの頭髪が逆立った。怒りで、血が沸《わ》きたった。ジョウはいまの一発を撃った装甲エアカーを探した。

それは、真正面にいた。

「タロス、反転！」

反射的にジョウはそう叫んだ。が、間に合わない。装甲エアカーはもうプルマン・リムジンに照準を固定していた。

迫撃砲が火を噴く。身を引き、プルマン・リムジンの窓を閉めた。

すさまじいショックが車体を襲った。厚さ十センチの防弾ガラスが小粒のダイヤのように砕け、そのかけらが車内に吹きこんできた。

「くっそう」

ガラスの破片に直撃され、顔面を朱に染めたジョウが、おもてをあげた。タロスの手がレバーとコンソールの間をめまぐるしく往復している。サイボーグのタロスに、目立った傷はない。

「あきません」表情を歪め、タロスは言った。

「姿勢制御ノズルをいくつかやられました。もう飛べません」

「バズーカはどうした？」

ジョウはうしろを振り返った。仕切りになっていた防弾ガラスが砕け、リッキーとアルフィンがシートに倒れて気を失っている。かばおうとしたのだろう。血まみれのリッキーが、アルフィンの上にかぶさっている。

「装甲エアカーは？」

「見当たりません」

タロスはかぶりを振った。地上が、すぐそこまで迫ってきている。木々の梢《こずえ》が近い。

「…………」

ジョウは拳《こぶし》でコンソールを殴《なぐ》った。皮膚が破れ、血がにじんだ。満身創痍《まんしんそうい》のプルマン・リムジンが、草地に着陸した。きしむような金属音が、ジョウの耳朶《じだ》を激しく打った。

5

ぼろ屑《くず》のようになって、クラッシャーの四人は首相官邸に戻った。

プルマン・リムジンを失い、歩いて帰ってきたので、着いたときにはもう陽はとっぷりと暮れていた。背負ったクラッシュパックが、いまのジョウには、やけに重い。

玄関まで進むと、人影が見えた。アンドロイドの執事だった。ジョウに向かい、一礼して言った。

「しものびっち様ガ、オ待チカネデス。コチラヘオイデクダサイ」

案内されたのは、バロン・ギルバートが射殺された部屋だった。破壊された窓と壁がきれいに修理され、血にまみれていた絨緞も、新しいものに交換されている。惨事のあとは、どこにもない。

シモノビッチは、ひとりでソファにすわっていた。ジョウたちが入ってきても、立とうとしない。うって変わって横柄《おうへい》な態度である。

「…………」

無言で、シモノビッチはジョウたちを眺めまわした。

四人は立ったまま、シモノビッチの前に並んだ。

「みじめな姿だな」

ぼそりと、シモノビッチが言った。

四人ともほこりと泥と乾いた血で、全身がどす黒く汚れている。表情も、ひどく暗い。

「エアカーは、どうした？」

シモノビッチが訊いた。

「壊れました」

抑揚のない低い声で、ジョウは答えた。そのあと、思いだすのも不快な追跡行とその顚末《てんまつ》について、ぼそぼそと語った。

「つまり、逃げられたということだな」

「違う」ジョウは首を横に振った。

「犯人は爆死した」

「その犯人ではない！」

シモノビッチが怒鳴った。目の端が吊りあがり、太い血管が額に浮きだしている。

「わたしの言う犯人は、《クリムゾン・ナイツ》の組織そのものだ。それと、《クリムゾン・ナイツ》に首相暗殺を依頼したやつらのことだ。スナイパーなどという下っぱ連中はどうでもいい」シモノビッチは声高く言う。「おまえたちは五千万クレジットのプルマン・リムジンと引き換えに、犯人へとつながる手懸りのひとつでも確保してきたのか？」

「……………」

「どうなんだ？」

シモノビッチは、テーブルを平手で打った。

「こいつがあります」

タロスが、もそもそと動いた。足もとに置いたクラッシュパックの中から黒い塊を取りだした。

ニードルガンだ。テーブルの上に載せた。

「これは？」

シモノビッチの眉が小さく跳ねた。

「無傷じゃありませんが、ニードルガンです」

「《クリムゾン・ナイツ》の武器か」

シモノビッチは、ニードルガンを手に把り、それをしげしげと見つめた。

「これで首相を撃ったんでしょう。イオノクラフトの破片の中に埋もれていました。奇跡的に原形を留めています」

「手懸りになるのか？　これが」

シモノビッチは上目遣《づか》いにタロスを見た。疑わしげな表情である。

「ニードルガンは禁制品です」タロスは少し余裕を見せ、言った。

「現物があれば、つくったやつを探りだすのは、それほど骨じゃない」

「ふむ」

シモノビッチはソファに背中をもたせかけた。ニードルガンをテーブルの上に戻し、両手の指を胸の前でからませ、せかせかと動かしている。

ややあって、言った。

「警察が動かなかっただろう」

「え？」

なんのことかわからず、四人はきょとんとなった。

「警察だ」いらだたしげに、シモノビッチは言を継いだ。

「郊外とはいえ、キマイラ連邦の首都で派手な戦闘をやらかしたのだ。それなのに、警察が出動しなかった。おかしいとは思わないのか」

「そういえば」

リッキーがぽんと手を叩いた。

「たしかに警察の姿を見ていない」ジョウが言った。

「動顚《どうてん》していて、まったく気がつかなかった」

「特Aクラスのチームと聞いていたが実体はそんなものか。噂《うわさ》はあてにならない」

シモノビッチは冷ややかに言い、せせら笑った。

「…………」

ジョウは、言葉を返せない。

「警察に手をまわしたのは、このわたしだ」シモノビッチの態度が、ひときわ尊大なものになった。

「なぜそうしたのかは、説明するまでもなかろう。このまま、おめおめと首相暗殺を発表したら、我が自由国民党は一夜にして崩壊する。誰が、どういう目的で首相を暗殺したのか、それが確たる証拠とともに明らかにされない限り、このことは公《おおやけ》にはできない」

「…………」

「ジョウ」血走った目で、シモノビッチはジョウの顔を睨《ね》めつけた。

「いまから標準時間で二百四十時間、おまえたちに猶予《ゆうよ》をやる」

「…………」

「見てのとおり、官邸のアンドロイドを総動員して、この部屋は完全に修復した」シモノビッチは手を大きく広げた。

「アンドロイドの記憶も、データバンクから消去した。首相暗殺は、なかったことになった。総選挙まで、あと五百七十時間。そのうち二百四十時間くらいまでなら、首相急病ということでごまかしとおすことができるだろう。だが、それ以上は無理だ。二百四十時間！　二百四十時間以内に、誰が、なんのために首相を殺したのか、その情報を証拠と一緒にここへ持ってこい」

「…………」

「考えてみれば、おまえたちも不運だった」シモノビッチの声が、わずかにやわらいだ。「契約をすませた直後の、ちょっとした隙間を敵に狙われた。その事情を知っているから、わたしも寛容になる。二百四十時間以内に、おまえたちがこの事件を完璧に解決したら、わたしは、おまえたちが契約をまっとうしたものと解釈する」

「本当か？」

かすれた声で、ジョウが訊いた。

「間違いない」シモノビッチは強くうなずいた。

「約束しよう。二百四十時間以内に解決がつけば、われわれは事の真相を公表し、失地を回復して巻き返しをはかることができる。そうすれば、バロン・ギルバートという稀《け》有《う》の人材を失ったことを除いて、我が党にはなんの問題も残らない。結果として、契約が履行《りこう》されたことになる。心配なら、契約書にいま言った条項をつけ加えてもいい」

「…………」

「できるか？　一度、失敗したおまえたちに」

「やってみせる」

ジョウは言った。きっぱりと言い放った。

「よかろう」シモノビッチは、ソファから腰をあげた。

「契約書を書き直す」

深夜。ジョウたち四人は、リーベンバーグ宇宙港の駐機スポットに繋留された〈ミネルバ〉へと帰ってきた。秘密保持のため、首相官邸に留まることは許されなかった。

〈ミネルバ〉のリビングルームに入った。

リビングルームの、クリスタルテーブルを中心に置いて丸くしつらえられた床兼用のソファの上に、四人はどさりとからだを落とした。

疲労の色が濃い。

ドンゴがあらわれた。栄養ドリンクのボトルをかかえている。身長一メートルほどのロボットだ。横に寝かせた卵形の頭部に、メーターや端子などが顔の造作を思わせるように配置されている。

キャタピラをしゃらしゃらと鳴らし、ドンゴはリビングルームへと進んできた。

四人は、ボトルを受け取り、栄養ドリンクを一気に飲み干した。ジョウ、リッキー、アルフィンの蒼白だった顔色に、わずかに赤みがさした。タロスだけは変わらない。

「ふう」

ソファの背にからだを預け、あごを上に突きだして、ジョウは大きなため息をついた。上体が弛緩《しかん》している。いかにもくたびれたといった風情《ふぜい》である。

「あたし、死んだ」

か細い声で、アルフィンが言った。立てた膝を両腕で抱え、その上に頭をななめに傾けてのせている。長い金髪が肩から背中、足へとかかっていて、いつもなら、ぞくぞくするほど美しいポーズになるのだが、きょうばかりは懈怠《けたい》な雰囲気が先に立つ。

「兄貴。俺らたち、これからどうするんだい？」

リッキーが訊いた。

「うーん」

ジョウはうなった。

「てめえ、アホか」

タロスが言った。これ見よがしに、ニードルガンをテーブルの上に放りだす。重い金属音が響いた。

「こいつの素性をたどるんだ」不快感をあらわにし、タロスは言葉をつづけた。

「おまえ、何を聞いていた？」

「できるのかよ。そんなこと」

リッキーは唇を尖らせた。

「できようができまいが、やるしかないんだ。このくそボケガキ」

タロスは、恐ろしく機嫌が悪い。

「怒鳴ることないじゃないか！」

リッキーが言い返した。

「るせえ！　てめェの風船頭には、怒鳴るくらいがちょうどいい」

「なんだとお」

リッキーは、ソファの上に仁王立《におうだ》ちになった。

「おもしれえ、やるか」

タロスも腰を浮かした。

「うるさい！　やめろ」

ジョウが爆発した。顔を赤く染め、唇と固く握った両の拳《こぶし》を、わなわなと震わせている。怒り剝《む》きだしのすさまじい形相《ぎょうそう》だ。

タロスとリッキーは事あるごとに喧嘩《けんか》をする。もちろん、身長二メートル余のタロスと、一メートル四十センチしかないリッキーとの喧嘩だ。勝負にはならない。それをあえてやるのは、ふたりにとって、これが一種のゲームになっているからだ。五十を過ぎたベテランのタロスと、十五歳、クラッシャー歴三年めのリッキーとの間には大きな世代のギャップがある。ふたりはそれを埋めるために、こうやって激しくやり合う。それは、ジョウも承知していて、常ならば、勝手にやらせている。止めに入ったりしない。

しかし、きょうは事情が違った。災難ともいえる不祥事《ふしょうじ》で、極限まで落ちこんでいる。そんなときに横で騒がしく暴れられたら、たまったものではない。

「すんません」

いつになく激しいジョウの怒りの前に、ふたりは黙ってソファに腰を置き直した。神妙な顔つきで、恐縮する。

ジョウの表情から、ゆっくりと怒気が失せた。

「アルフィン」

ぽつりと言った。

「え?」

不意を衝《つ》かれ、アルフィンはうろたえた。まさか、ここで自分が呼ばれるとは思っていなかった。

「至急、検索してくれ」

ジョウはテーブル脇の端末を視線で示した。

「検索？」

「ギャラクティカ・ネットワークで調べるんだ。特殊銃器、とくにニードルガンに詳しい研究所、あるいは専門家を探す」

「そうか」アルフィンは大きくうなずいた。

「いいわよ」

「時間がない」

「まかせといて」

アルフィンは端末のコンソール前に身を移した。パネルに仮想キーを浮かびあがらせ、それを素早く叩いた。この手の検索をアルフィンは得意にしている。王女時代に、専門家から技術を学んだ。

大型スクリーンに文字と画像が並んだ。文字も画像もめまぐるしく入れ替わる。アルフィンが打ちこむ条件をもとにデータがチェックされ、それがつぎつぎと表示されていく。

数分にわたって、画面の間断ない更新がつづいた。アルフィンは銀河系内に存在するほとんどすべてのデータベースにアクセスし、情報を吟味《ぎんみ》した。

だしぬけに、文字と画像の動きが止まった。

細かい文字が、スクリーン全体をびっしりと埋めた。

タロスが身を乗りだし、画面の文字を声にだして読んだ。

「ドクター・マハリック。工学博士。四十二歳。ミネッティ・インダストリー・コーポレーション付属小火器研究所第三開発室室長。二一五三年、デボーヌ総合大学特殊銃器研究室にて、マハリックタイプA-33ニードルガンを試作、発表。翌五四年、マハリックタイプB-50ニードルガンを完成。二一五五年、ミネッティ・インダストリー・コーポレーションに入社。二一五六年の銀河連合によるニードルガン禁止決議以降は、ショックビームガンの研究、開発に従事。現在に至る」

「この人よ」アルフィンが言った。

「この人しか、いない」

6

「ミネッティ・インダストリー・コーポレーションか」タロスがうなるように言った。

「こいつはおもしろい名前がでてきた」

「どこにある？　その企業は」

ジョウが訊いた。

「でてますよ」タロスは画面を目で追った。

「ああ、これだ。りょうけん座宙域のアリオン。太陽系国家グリフォンの第六惑星です」

「よし」

ジョウは立ちあがった。全身にまとわりついていた疲労の影が瞬時に消えた。

「アリオンに行くのかい？」

リッキーがジョウを見た。

「もちろんだ」

ジョウの答えは、もう決まっていた。

四人は操縦室に移動した。船内に活気が戻った。空気が生き生きとしている。

二分後。〈ミネルバ〉が離陸した。星域外に向かい、ワープに入った。

苦い追跡が、はじまった。

惑星アリオン。

銀河系最大の銃器及び戦闘車輛のメーカー、ミネッティ・インダストリー・コーポレーションがその半ばを支配する、赤道直径一万五千四百キロの惑星である。

ミネッティ・インダストリー・コーポレーションの本社、工場などの主要な施設は、南半球に広がるガリキア大陸に置かれていた。だが、研究所の施設については、そうではなかった。それらは、惑星の全域に点在していた。

小火器研究所は、北半球のほとんどを覆う大洋のほぼ中央、スパイロスアイランドと呼ばれる周囲四十キロあまりの孤島にあった。

孤島とはいえ、小さな宇宙港も存在している。

アリオンの衛星軌道をめぐる出入国管理ステーションで入国手続きを終え、ミネッティ・インダストリー・コーポレーションの許可をとって、〈ミネルバ〉はスパイロスアイランドへと向かった。

スパイロスアイランド宇宙港に着陸した。本当に小さな宇宙港だった。滑走路がなく離着床だけがある。垂直型の宇宙船は離着床を使うが、〈ミネルバ〉のような水平型は滑走路を必要とする。離着床のひとつに、垂直降下した。

下船して宇宙港ビルの外にでると、ミネッティ・インダストリー・コーポレーションの大型ワゴンが四人の前に、すうっとあらわれた。スパイロスアイランドは、そのすべてがミネッティ・インダストリー・コーポレーションの所有地だ。したがって、ここを訪れる者はみなミネッティ・インダストリー・コーポレーションの客となる。ワゴンによる送迎は、当然のサービスだった。

ジョウが、アンドロイドの運転手にマハリック博士の名を告げた。サービスワゴンが走りだした。時速はせいぜい五十キロ程度か。エアカーの高速に慣れたジョウたちには、ひどくじれったい。あせる気持ちを鎮め、ぼんやりと窓外に目をやった。

美しい島だった。気候が亜熱帯のそれに保たれているらしく、原色の植物がさまざまに乱れ咲いている。自然が存分に利用され、事情を知らなければ、どこかのリゾート地にきたのかと思ってしまうほどだ。

景色に見とれているうちに、サービスワゴンは美術館を思わせる巨大な建物の玄関前に着いた。

アンドロイドが到着を告げ、ワゴンのドアがひらいた。四人は降りて、眼前に聳《そび》え立つ巨大な玄関をいっせいに見あげた。

「でかい」

リッキーがあきれた。

「本当に、ここが研究所なの？」

アルフィンも、半信半疑であった。企業の研究施設にしては豪壮華麗すぎる。

「入れば、わかるさ」

ジョウは肩をすくめた。

玄関を抜け、建物の中へと進んだ。広大なホールにでた。ロビーであろうか。あまりに空間が茫漠としているので、とてもそうとは思えない。ちょっとした広場である。

周囲を眺めまわした。右手、数十メートルほどの彼方に、受付らしきものがあった。大理石の床を蹴り、早足でそこに向かった。

それはたしかに受付だった。三体の女性型アンドロイドがデスクの前に並んで立っている。四人のクラッシャーを見て、笑顔をつくった。

「マハリック博士に会いたい」

ジョウは、そう言った。予約をしておいたので、面倒な手続きはない。アンドロイドによって連絡がとられ、三階の一室へ行くよう指示された。

また何十メートルも歩き、ホールの端に移動した。エレベータがある。それに乗り、三階で降りた。降りると、左右に伸びる真っ白な通路があった。壁も床も天井も、発光パネルで埋めつくされている。機能的かつシンプルな造りだ。ようやく研究所らしい雰囲気になった。

ハミングバードが一基、ふわふわと飛んできた。小型の浮遊型ロボットである。四人を待っていたらしく先に立って誘導を開始した。通路を左へと進む。右側の壁にはなんの表示もないドアが、およそ十メートル間隔で規則正しく並んでいる。

ハミングバードは、そのドアのひとつの前で止まった。壁が一段奥まっただけのそっけないドアだ。そのドアが中央でふたつに割れ、音もなくゆっくりとひらいた。

「お入りください」

ドアの内側から声がかかった。

ジョウを先頭に、四人はドアをくぐった。

そこは、予想外に殺風景な部屋だった。三方に工作台とおぼしき張りだしがあり、大型小型あわせて十台ほどの工作機械がそこかしこに置かれている。が、それ以外にはほとんど何もない。スツールが五脚とテーブルがひとつ。調度はそれだけだ。部屋にいる人間もひとりきりである。その男が、ジョウたちに向かって、声をかけた。若い男である。三十より上には見えない。マハリック博士は四十二歳だ。そこにいるのはのっぺりとした顔のやさ男で、風貌もデータにあったマハリック博士のそれとは、はっきり異なっている。

「マハリック博士は？」

ジョウが訊いた。

「クラッシャージョウですね」男はにこやかに笑みを浮かべ、言った。

「わたしはマハリック先生の助手で、マクガイヤーといいます。博士はいま、別室におられます」

「受付には、ここへ行くように言われたぜ」

ジョウは首をひねった。

「そうでしょう」マクガイヤーはうなずいた。「ここは、先生のプライベート・ラボラトリーです。だから、受付は必ずそう言います」

「じゃあ」

「あとは、わたしが言いつかっています」マクガイヤーは、ジョウの言葉をさえぎった。「こちらのエレベータに乗ってください」

「こちら？」

ジョウはマクガイヤーの指先が示す先を見た。壁の一画が横にスライドし、ぱっくりと口をあけている。

「別室への直通エレベータです。クラッシャーのチームがこられたら、お乗せするようにと言われています」

「わかった」

ジョウはマクガイヤーの言葉に従った。素直にエレベータに乗った。なんとなく不自然な雰囲気もあるが、細かいことをいちいち気にしていたら、きりがない。とにかく、何があっても、マハリック博士に会わなければならないのだ。

ドアが閉まり、エレベータが動きだした。軽い浮遊感覚がある。が、わずか二、三秒で、それは消えた。ドアが再びひらいた。

「すぐなのね」

そう言いながら、まずアルフィンが一歩、外に足を踏みだした。その足がそこで止まった。

「なんだ、これ？」

リッキーが頓狂《とんきょう》な声を発した。

「うーん」

タロスはうなっている。

「どうした？」

タロスとリッキーに視界をふさがれ、ジョウは外の様子を目にできない。上体をひねり、タロスの腰の脇から顔を覗かせた。

「！」

絶句する。

声がでない。四人は棒立ちになった。

眼前にあるのは。

市街地だ。

立ち並ぶビルの群れ。商店には品物が展示され、真正面には道路が一本、縦にまっすぐ走っている。歩道には街路樹。ビルの屋上には広告塔。行き交う人の姿はまったくない。だが、この光景はまぎれもなく、どこかの都市の一画だ。

「どうなってるの？」

あっけにとられ、四人はエレベータを降りた。と、同時にそのドアが閉まった。しかし、四人はそれに、まったく気づいていない。

リッキーが手近な建物の前に走り寄り、その壁にてのひらをあてた。

「本物だ」

語尾が震えた。

「ホログラムじゃないのか」

ジョウの表情が険しくなった。状況が判然としない。ジョウたちは、小火器研究所の中にいた。少なくとも、そこから外にでるような行動はとっていない。それが、いつの間にかどこかの市街地の真ん中にいる。これは……。

「錯覚ではないとなれば、建物の中に市街地があるということになる」

ジョウはつぶやいた。

「信じらんない」

アルフィンが首を横に振った。

そのとき。

「ジョウ」タロスが言った。

「音がこっちにきます」

「ああ」ジョウは小さくあごを引いた。

「聞こえている」

ジョウのまなざしが鋭くなった。まるで、獲物を見つけた猛禽《もうきん》のそれだ。一点を凝視《ぎょうし》している。

音は正面、やや右寄りのビルの向こうから聞こえてくる。ジョウが見据えているのは、そのビルだ。金属のきしむ音。次第に大きくなってくる。何かがこちらへ近づきつつあるのだろうか。

「武器は？」

ジョウが訊いた。目は前方を見つめたままだ。振り向こうとしない。

「奥の手を除いて、銃器は皆無です」タロスが答えた。

「武器の携帯は御法度《ごはっと》だと、面会を申し込んだときに言われています」

「頼りはクラッシュジャケットだけね」

アルフィンが言った。クラッシュジャケットは、クラッシャーの制服ともいえる特殊作業着だ。すべてのクラッシャーは、例外なくこれを着用している。ブーツと一体になった銀色のスラックスと、色違いの上着とが組み合わされたウェアで、上着の色は、同一チーム内ではひとりひとり違う。ジョウのチームでは、ジョウがブルー、タロスが黒、リッキーが淡いグリーン、アルフィンが赤の上着をそれぞれ身につけている。ただし、クラッシュジャケットが特殊なのは、デザインやカラーによるものではない。その機能が特殊なのだ。防弾耐熱はもちろん、チタニウム繊維の手袋をはめ、衿《えり》のところでヘルメットを留めれば、簡易宇宙服にもなる。左袖口には通信機がつき、上着のボタンはアートフラッシュになっている。一種の戦闘装甲服だ。そういっていい。

「マハリック博士を訪ねてきただけなのに、戦闘準備かよ。むちゃくちゃだぜ」

リッキーがぼやくように言った。

「くるぞ！」

ジョウが言った。からだが、すうっと沈んだ。

それが合図のようになった。大音響が轟き、眼前の小さなビルが真ふたつに裂けた。がらがらと崩れ落ちる。細かい瓦礫《がれき》とほこりが四方に散る。

ジョウたち四人は、地面に身を伏せた。その姿が白煙に包まれる。甲高《かんだか》い金属音が、ふいにはっきりとした騒音に変わった。

ジョウが頭に積もった瓦礫と土ぼこりを払いのけ、上体を起こした。

「なに？」

息を呑《の》み、言葉を失った。

距離は判然としない。遠いようであり、近いようでもある。破壊され、ぽっかりと隙間のできたビルの連なりの中に蒼空が見える。そして、その下に荒れ果てた赤土の丘が広がっている。

そこに。

三両の戦車がいた。

M九九軽戦車。

連合宇宙軍の制式戦闘車輛である。

第二章　太っちょ《ファティ》カノン

1

M九九は、重戦車M三二五四Tとともにその名を銀河系に轟かせている特殊空挺戦車だ。M三二五四Tが輸送船で惑星上に運ばれ、機動歩兵と共同で作戦行動をとるのに対し、M九九はカプセル及びパラシュートで地上に降下、戦車部隊単独で後方攪乱《かくらん》任務を遂行する。

戦闘重量二十二・一七トン。車体長七・二三メートル。砲塔上面高二・八八メートル。全幅二・八一メートル。出力四千二百十馬力の核融合タービンエンジンを搭載《とうさい》。路上最高速度で百五十キロ、不整地最高速度でも百二十キロという高速を誇る。主砲は二百十五ミリガンランチャー。通常砲弾のほかに二十五ミリ対地誘導ミサイルを発射できる。また、レーザー砲二門、対空小型ミサイルランチャー一基も装備している。開発及び生

産は、ミネッティ・インダストリー・コーポレーション。

「戦車だ！」

リッキーが叫んだ。虚脱している場合ではない。

「散れっ」

ジョウが指示を発した。と同時に、M九九の主砲が火を噴いた。四方に散った四人の姿が、一瞬にして掻《か》き消すように見えなくなった。そこへ、対地ミサイルが誘導されてきた。

ほんの一、二秒前までジョウたちがいた場所に火柱があがった。

「ジョウ！」

袖の通信機から、タロスの声が響いた。ジョウは左へ跳び、道路脇に駐車していたエアカーの蔭へと転げこんでいた。

「無事か？　タロス」

「それなりに」

「リッキーとアルフィンは？」

「俺《おい》らは平気」

「あたしも」

ふたりの声が同時に返ってきた。

「ジョウ、わかりました」タロスが言った。

「うしろを見てください。エレベータのあったところです」

　ジョウは背後を振り返った。巨大な白い壁がある。それが視界のすべてを覆っている。

「壁だ」

「そうです」タロスがつづけた。

「文字どおり、壁です。それと、誘導ミサイルが外れたことではっきりしました。M九も無人です。無線操縦されています」

「どういうことだ？」

「俺たちは、まだ研究所の中にいるんですよ。ここは、屋内演習場です。あきれるほどでかかった建物の意味が、この演習場にあります」

「試作品をテストする模擬戦用の実物大屋内セットってわけか」

「じゃあ、俺らたちもテストされてるのかい？」

　リッキーが訊いた。

「それは微妙だ」タロスが答えた。

「事故にみせかけて殺そうとしている可能性もある」

「嘘《うそ》だろ！」

「どちらでもいい」ジョウがうなるように言った。

「やばい状況に陥っているのは同じだ。見ろ。街路の突きあたりを」

「あっ」

通信機の向こうで、リッキーとアルフィンが驚きの声をあげた。

「歩兵ですな」

タロスは他人事のように言う。

そこにいるのは、たしかに重武装した歩兵の一群だった。第一種戦闘服とその装備を身につけた歩兵が十人あまり、ビルの蔭を伝ってこちらへと向かってくる。

「あれ、人間じゃないわ」

アルフィンが言った。

「そうだ」ジョウはうなずいた。

「動きが速すぎる。それに、画一的だ。人間はあんなふうには動かない。あいつらは第一種戦闘服を着たアンドロイドだ。間違いない」

「となると、やりようが……」

「ある」

ジョウはタロスのセリフを引き取り、きっぱりと言い放った。

第一種戦闘服は、機動歩兵の装甲宇宙服《パワード・スーツ》ほど強力な装備ではない。装甲宇宙服は、バズーカからレーダーまで備えた個人用戦車ともいうべき代物《しろもの》だが、第一種戦闘服は宇宙服に毛が生えた程度のもので、防弾効果もほとんどない。耐熱もせいぜい八百度あたりまでである。特長といえば、動きやすいことくらいだ。これが第二種ともなると性能がもっと高い。しかし、いずれにせよ、金にあかせてクラッシャーが特別につくらせたクラッシュジャケットの比ではない。

「なぜ、第一種を着せたのかしら？」

「プログラムのせいだ。アルフィン」ジョウが言った。

「後方攪乱のM九九と行動する歩兵は、ゲリラ戦を得意とする特殊部隊だけだ。特殊部隊の隊員は第一種を着ている。模擬戦を指揮するコンピュータのプログラミングが、ちゃんと実状に合わせてセットしたのだろう」

「するってえと」タロスが言った。

「M九九と歩兵は味方同士で、歩兵を巻きこむM九九からの攻撃はないということになりますな」

「そうだ。だから、まず歩兵から片づける。四人とも現在地を教えろ。俺は、道路脇に停車している赤いエアカーの蔭だ。タロスは？」

「その筋向かいです。ビルの外壁のへこんでいるところ。そこからは見えないはずです」

「リッキーは？」

「ミサイルが爆発したとこにいちばん近い家。そこの植えこみの奥。こっからだと、ジョウの隠れてるエアカーがよく見える」

「植えこみなら、俺にも見える。アルフィンはどこだ？」

「ジョウの真うしろよ」

「ぶっ」

ジョウは吹いた。あわてて振り向くと、数メートル離れたビルの隙間にもぐりこんで立っているアルフィンが、ジョウに向かって手を振っているのが見えた。

「お、オッケイ」

ジョウは言った。通信機から、くっくっとリッキーの笑う声が聞こえてきた。ジョウは真っ赤になった。

「いいか、みんな！」照れかくしに、ジョウは大声を張りあげた。

「武器がほとんどない。最初にやるのは、歩兵の火器を奪うことだ。たぶんレーザーガンを所持している。ふたりが一組になって行動しろ。俺はアルフィンと組む。アルフィンにはビルの二階へとあがってもらう。上から援護してもらいながら俺が歩兵に近づき、そいつを倒す。リッキーとタロスも同じように策を練り、動いてくれ」

「了解！」

三人の声がひとつに重なった。

ジョウは拳を固め、親指を突きだしてアルフィンに合図を送った。アルフィンは身をひるがえし、ビルの中に消えた。

「さて」ジョウは正面に向き直った。

「やるか」

ジョウはエアカーの蔭から飛びだした。ビームがきた。幾条もの光線がジョウの足もとに集中する。M九九がミサイルを射出した。ジョウの背後で爆発し、エアカーが炎の塊《かたまり》となった。

走る。

ジョウはひた走る。

火器を持たないジョウに、反撃はできない。活路は、まず距離を縮めるところにある。接近し、アートフラッシュか光子弾を投げる。もしくは素手で相手を倒す。やれることは、それだけだ。

ビームがジョウの腹部と足を擦過《さっか》した。クラッシュジャケットを着ているので致命傷にはならないが、灼けつくような痛みと軽度のやけどだけは免れることができない。

ビルの入口にくぼみがあった。ジョウは、その中に転がりこんだ。五十メートル近い全力疾走だった。緊張とやけどの激痛で体力の損耗《そんもう》が激しい。咳《せ》きこみ、喘《あえ》ぐ。深呼吸で息をととのえ、通信機を口もとに寄せた。

「ちゃんと真横についているわ。ビルとビルの間が狭いから、移動しやすいの」

「屋内セットの宿命か。このまま三十メートルほど先行してくれ。そうすれば前進してくる歩兵部隊とほとんど並ぶ。そこへ光子弾だ。やつらの電子アイをつぶす。アートフラッシュは使うな」

「いいわ。まかせて」

「頼むぞ」

通信が切れた。

ジョウは、くぼみの底で様子をうかがいながら、アルフィンの行動を待った。いつでも動けるように、身構えている。

五十秒とはかからなかった。いきなり、通信機からアルフィンの叫び声が響き渡った。

「いっけーっ！」

すさまじい閃光が、道路の中央で炸裂《さくれつ》した。光子弾の爆発的な光だ。ジョウは背を向けて、その光を避けた。この光を十メートル以内で直視したら、どんなに優秀な電子アイでも、一発で灼き切れる。肉眼なら失明に至る。

ジョウは地面を見ていた。色濃く映っていた自身の影が、すうっと薄くなった。

いまだ。

ジョウはくぼみから躍りでた。身を低くし、歩道の上をまっすぐに進んだ。歩兵からの攻撃はない。

電子アイをやられて、右往左往しているアンドロイドの歩兵が、三体いた。うち一体がジョウのほうへとやってきた。ジョウは駆け寄り、その歩兵に飛びかかった。

足を払い、叩きつけるように引き倒す。アンドロイドの急所は、腰のバッテリーとそこにはめこまれている電子回路だ。ジョウは全身の力をこめ、そこをかかとで蹴りつぶした。

鈍い音が響いた。歩兵の動きが止まった。ジョウはアンドロイドの手からレーザーガンをもぎとった。ミネッティＭＬ19。連合宇宙軍の制式レーザーガンである。

ジョウは残る二体の歩兵を、そのレーザーガンで射ち抜いた。これで戦果がレーザーガン三丁になった。

「アルフィン」

無傷の歩兵との遭遇を避けるため、またビルの蔭にもぐったジョウは、通信機でアルフィンを呼んだ。

「なあに？」

間を置かずに、応答があった。

「そっちから、俺が見えるか？」

「ええ」

「じゃあ、すぐにきてくれ。武器を確保した」

「了解」

アルフィンがきた。ジョウからレーザーガンを受け取った。

「ビルの上のほうが狙撃しやすいわ。ジョウもこない?」

アルフィンが提案した。

「いや」ジョウは首を横に振った。

「これまでどおり、上と下に分かれよう。そのほうが攻撃に幅ができる」

「わかった。そうする」

アルフィンはきびすを返し、またビルの中に戻ろうとした。

そのときだった。

だしぬけに、けたたましい轟音が耳をつんざいた。ジョウとアルフィンは、反射的に身を伏せた。すかさず音のした方角を見る。正面右手だ。先ほど破壊されたビルの左どなりである。そこの壁に、細かいひびが無数に走っている。

「M九九!」

アルフィンが金切り声で叫んだ。その直後、ビルが崩れた。数千もの雷がいちどきに落ちたような音とともに、膨大な量の瓦礫が奔流《ほんりゅう》となって道路へと降ってきた。駐車中のエアカー数台があっという間に呑み込まれ、瓦礫の渦の中に消える。一瞬にして、道路がプラスチックと特殊建材の塊の下敷きになった。

「タロス！」

通信機に向かい、ジョウが怒鳴った。いやな胸騒ぎがした。表情がひどくこわばった。

2

タロスとリッキーは、歩兵部隊の攻撃がジョウに集中している隙をみて、瓦礫の山を駆け登り、手近なビルの二階に、窓から侵入していた。

「どうすんだよ。こんなとこに入っちまって？」

リッキーが訊《き》いた。タロスは何もないがらんとしたフロアをさっさとひとりで進んでいく。

「おまえ、俺たちが二手に分かれたのを察して、歩兵の連中も隊を二分したことに気がついているか？」

タロスは振り向こうともせず、口をひらいた。

「あったりまえだ」リッキーは、昂然《こうぜん》と胸を張った。

「こっちに三、四体、ジョウのほうにはその倍くらいって感じかな」

「そうだ」タロスはうなずいた。

「では、なぜこっちを選んだ歩兵が少ないか、わかるか？」

「なぜって、それは……」

リッキーは言いよどんだ。

「理由は簡単だ」タロスは、リッキーが考えるのを待たなかった。

「M九九の確保する丘が、こっちのビルの裏手にあるからだ。歩兵は位置情報をM九九に渡している。だが、いくら居場所を教えていても砲撃の結果までは制御できない。戦車の攻撃でビルが崩れ、その巻き添えをくらったら、こっちへきた連中は全滅してしまう。それはまずい。そこで、リスクを可能な限り減らした。そういうことだ」

「ふうん」リッキーは鼻を鳴らした。

「けど、それがどうして俺らたちがビルの中に入ったことにつながるんだい？」

「歩兵を狭い場所に引き入れるためだ」

「へ？」

「俺たちがビルに入ったのを見届けたんだ。当然、連中もビルの中に入る。そのほうが有利だと判断して」

「タロスは俺らたちが有利だと思ってるんだろ」

「俺には奥の手がある」タロスは自分の左腕をぽんと叩いた。

「あいつらは、それを知らない。だから、俺たちが勝つ」

「じゃあ」

「俺たちがうまく立ちまわれば、ジョウのほうも有利になる。見てな。こんな茶番劇、あっという間に終わらせてやる」

タロスの足が止まった。

ふたりはビルの突きあたりにきていた。正面に大きな窓がある。窓の向こうは、二メートルほどの距離を置いて、すぐつぎのビルの壁になっている。タロスは窓を蹴り割った。準防弾ガラスくらいの強度はあるのだろうが、サイボーグのタロスに蹴られてはひとたまりもない。粉微塵《こなみじん》に砕けた。

「こっちへこい」

タロスは、リッキーを呼んだ。

「ここから顔をだし、あっちのビルの屋上を眺めていろ」

「？」

リッキーはきょとんとなった。タロスの指示の意味がわからない。タロスは肩をそびやかし、言葉を継いだ。

「歩兵は不意打ちを恐れて、屋上を伝い、ここにやってくる。そこで、おまえが顔を見せ、俺たちがここにいることを連中に教えてやる。見せ終わったら、首は即座にひっこめろ。俺はあの――」と、タロスは右手の階段を指し示した。「階段の脇にいる。ひっこめたら、合図を送れ。しくじって、そのピーマン頭を射抜かれるなよ」

「けっ。タロスじゃねえやい」

「おりこうさんだ」タロスは軽くいなした。

「そのあとの手順はこうする」

タロスは、作戦のすべてをリッキーに伝えた。

「オッケイ」

リッキーは強くあごを引いた。

「ミスるなよ」

タロスは階段の脇に移動した。腰をかがめ、左手首をねじって外した。タロスの左腕は、ロボット義手になっている。腕の中に仕込んであるのは、大型の機銃だ。

しばし、沈黙の時が流れた。

タロスは、窓際に立つリッキーの小さな背中から目を放さない。

ぴくんとリッキーの肩が震えた。

それが合図の代わりになった。タロスのからだが、反射的に伸びあがった。

リッキーがのけぞるように窓から身を引く。糸よりも細い光条が撃ちこまれ、床を激しく灼いた。

「タロス！」

リッキーがそう叫んだときにはもう、タロスの姿が階段の影の中に消えかかっていた。床を打つ甲高い靴音だけが、尾を引いている。

唐突に、遠くで銃撃戦がはじまった。

銃声は数秒で熄《や》んだ。

また靴音が響いた。今度はリッキーのほうへと近づいてくる。

階段からタロスが飛びだした。宙を舞い、着地と同時に腰をひねり、階上に向かって左腕の機銃を乱射する。けたたましい金属音とともに、半ばスクラップになったアンドロイド歩兵が一体、階段を転がり落ちてきた。タロスの脇を、幾条ものビームが乱れ走る。

「行け。リッキー！」

タロスが吼《ほ》えた。右手にレーザーガンを一挺、握っている。

「あいよっ」

リッキーの指が、胸のアートフラッシュを一個、引きちぎった。それをタロスの肩ごしに、階段めがけて投げつけた。

ばばっと、階段の中ほどでアートフラッシュが燃えあがった。炎が二メートル近く噴きあがった。

リッキーはくるりと半回転し、また窓のほうへと向き直った。ポケットから細いロープを取りだし、その先端に、やはりポケットから取りだした小さなチューブの中身を絞りだした。ロープの先端に、丸い粘土状の塊ができた。

ロープをぐるぐるとまわし、リッキーは勢いよく窓の外にロープを投じた。となりのビルとこちらのビルとでは、窓の位置にずれがある。ロープは平行に飛び、となりのビルの壁にぶつかった。粘土状の塊がぺたりとつぶれ、そのまま壁に張りつく。リッキーは、手もとのロープを手近な柱に巻きつけ、力いっぱい縛った。

炎の向こうに、歩兵の影が並んだ。三体いる。

タロスは再び機銃を乱射した。アンドロイド歩兵の首から上が吹き飛んだ。人体とほぼ同等の強度につくられているため、アンドロイド歩兵は、通常のロボットよりも壊れやすい。

「いまだ！」

叫び声をあげ、タロスは身をひるがえした。ついでにリッキーにレーザーガンを投げた。それを受け取ったリッキーは、流れるような連続動作で床を強く蹴った。

頭から、窓の外へと躍りでる。

先に張っておいたロープをつかみ、体を大きく振る。反動をつけ、となりのビルの窓へ靴底から突っこんだ。

　窓が割れ、リッキーはそのビルの床に尻から落下した。

　鈍い音が響いた。尾骶骨《びていこつ》をしたたかに打ちつけた。

「てててて」

　リッキーは呻《うめ》き、のたうちまわった。その横へ、ひらりとタロスが舞い降りてきた。

「立て、リッキー。走るんだ！」

　着地と同時に、タロスはそう言った。しかし、リッキーは激痛の余波で立つことができない。むろん、走ることも不可能だ。

　タロスは、リッキーをかつぎあげた。ぐずぐずしている余裕はない。そのまま、全力で走りだした。

　二十メートルも進めなかった。突きあげるような振動が床をうねらせた。タロスは足をとられ、転倒した。耳を聾《ろう》する爆発音と、窓のすべてを叩き割る猛烈な爆風が振動につづいてやってきた。

　先ほどまでタロスとリッキーがいたビルが崩れ、瓦礫と化していく。

　歩兵からの位置情報が途絶したため、M九九がその最終発信地点を目標に、ミサイルを発射した。

「タロス！」

通信機から、ジョウの切迫した声が飛びだした。

「無事です」タロスは早口で答えた。

「歩兵を叩いてください」

「わかった」

ジョウはタロスの言葉の意味を読みとった。

アンドロイド歩兵が浮き足立っている。人間に似せて、疑似感情回路を設けられているため、M九九のとつぜんの攻撃を受け、アンドロイド歩兵は混乱をきたした。タロスは、その状況を見抜いている。

「予定変更だ」ジョウは首をめぐらし、怒鳴った。

「アルフィン、ついてこい！」

レーザーガンを両手に構え、ジョウは道路の中央へと進みでた。

四体のアンドロイド歩兵がぶざまにも路上で棒立ちになっていた。電子アイがジョウを捕捉し、歩兵はあわてて攻撃に移ろうとした。

「遅い」

ジョウは横跳びにジャンプし、ごろごろと転がった。レーザーガンのトリガーボタンを断続的に押した。

ビームが三体の歩兵を切り裂いた。もんどりうって、歩兵がつぎつぎと倒れていく。

一体だけ瓦礫の蔭に逃げこみ、ビームをかわした。反撃しようとしている。体勢的にはジョウが不利だ。が、その一体も、いきなり昏倒《こんとう》した。アルフィンだ。アルフィンがレーザーガンで撃った。

「ジョウ」

アルフィンが駆け寄ってきた。ジョウは周囲に目を配りながら、素早く立ちあがった。もう歩兵の気配はない。

「片づいたのね」

アルフィンが言った。

「まだだ」ジョウは首を横に振った。

「M九九がいる」

きびすを返し、また走りだした。アルフィンも、そのあとにつづいた。

道路を埋めつくす瓦礫の山のふもとまできた。

きりきりという音と振動が、足を伝って耳に這《は》いのぼってくる。

「タロス」通信機で呼んだ。

「M九九はどこだ？」

「一輌、目の下」タロスの落ち着いた声が返ってきた。

「あと二輌は、丘の中腹です」

「その一輌は、やりすごせ。こっちで始末する」ジョウは言った。

「残り二輌をふたりで分けてくれ」

「了解」

ジョウとアルフィンは、瓦礫の上にからだを伏せた。M九九の通過を待つ。位置は逐《ちく》次《じ》、タロスが送信してきた。それに合わせ、伏せる角度を微調整する。

重要なのは、攻撃のタイミングだった。一輌でも残すと、ミサイルの反撃をくらうことになる。もし、くらったら、誰かが必ず肉片になる。それは間違いない。

M九九がきた。

アルフィンの目がジョウを見た。ジョウは小さくうなずいた。

つぎの瞬間。アルフィンがM九九の直前に飛びだした。彼女がおとりになった。砲塔が高速で旋回する。アルフィンのレーザーガンが、M九九のレーザー砲塔を灼いた。

ジョウが跳ね起きる。

アートフラッシュを一度に三、四個むしりとり、M九九に向かって後方から投げた。

M九九の機関部が爆発的に炎上した。火は見る間に車体全体を包んだ。

ジョウとアルフィンは頭をかかえ、瓦礫の蔭に入った。

M九九の車体上部が轟音を響かせ、吹き飛んだ。弾倉に火が入ったのだろう。耳がきいんと鳴る。爆風がジョウとアルフィンのからだを打つ。

爆発音は、さらに二度つづいた。至近のものではない。タロスとリッキーだ。ふたりが、残り二輛のM九九を仕留めた。ジョウは、ふたりがこもるビルのほうへと目をやった。黒煙が二筋、もくもくとあがっている。眼下を通るM九九に窓からひょいとアートフラッシュを落とした。それだけのことであった。

ジョウとアルフィンは並んで立ち、ビルに向かって手を振った。

すぐに、タロスとリッキーが、ビルの正面玄関からでてきた。息せききって駆けてくる。

「ジョウ」タロスが大声で言った。

「あっちを見てください。俺たちが乗ってきたエレベータの扉がひらいてます」

「なに?」

ジョウは、体をひねった。

タロスの言葉どおりだった。白い壁の一角に、小さい矩形《くけい》の口が、ぽっかりとひらいていた。

3

エレベータが停まった。

扉がひらくと、そこはマクガイヤーと名乗る助手のいた、マハリック博士のプライベート・ラボラトリーの中だった。

四人は憮然《ぶぜん》として、エレベータを降りた。

マクガイヤーの姿はなかった。かわりに、立派な鉤鼻《かぎばな》を持った鋭い表情の男が、そこでジョウたちを待っていた。長身で胸が厚く、たくましい。技師や科学者というよりも、軍人と呼ぶのがふさわしい風体《ふうてい》だ。からだに密着したグレイの服を着ており、その上に白衣を羽織《はお》っている。

男はつかつかとジョウたちの前に歩み寄った。口の端をわずかに曲げて、笑う。

「わたしが、マハリックだ」

低い声で、男は言った。

「てめえ」誰よりも先に、リッキーがわめいた。

「ぶっ殺す！」

「待て。リッキー」

突っかかろうとするリッキーの肩をタロスがつかみ、引き戻した。

「止めるな」

からだが宙に浮いた。リッキーは足をばたつかせている。

「あわてるな」タロスが言った。

「殺《や》るにも順番がある。俺たちはジョウのつぎだ」

「ジョウ、俺らを先にしてくれ」

リッキーは叫ぶ。

「だめだ」

ジョウは、にべもない。ふたりを押しのけ、ぐいと前にでた。目が細い。怒りの表情である。

「事情を、話してもらおう」

ぎりぎりまで感情を抑制し、ジョウはマハリック博士と向き合った。怒りの視線が、マハリック博士を突き刺すように捉える。しかし、博士に動じる様子はまったく見られない。

「クラッシャーは、優秀な戦闘員だと、かねてから聞いていた」マハリック博士は静かに口をひらいた。

「わたしは研究用に、その能力のデータがほしかった。クラッシャーに会う機会は少ない。ましてや、ここにきてもらうチャンスは皆無だ。きょうは千載一遇《せんざいいちぐう》の日だった」

「言ってくれるぜ」ジョウの眉根に縦じわが寄った。

「データ獲得のためなら、殺しもやりかねんということか」

「いや」マハリック博士は、軽く首を横に振った。

「きみたちに、危険はなかった」

「ふざけるな」たまらず、リッキーが大声をあげた。「ミサイルをぽんぽん飛ばしといて、危険がなかっただと」

「たしかにプログラムは実戦用のものになっていた。それは認める。しかし、そのプログラムはこちらでモニターすることにより、状況に応じて自由に干渉できるように改変されていた。たとえば二発目のミサイル。もし、きみたちがあの場に留まっていたら、わたしの操作でミサイルは軌道を変えられていた。もちろん、爆発もしない。ビルを破壊したときも同じだ。そちらのふたりがとなりのビルに移っていなかったら、あのミサイルは発射されなかった。きみたちがあまりにも的確、かつ鮮やかに行動したため、それを実践して証明できなかったのは、まことに残念だ」

「現実がどうあれ」ジョウが言った。「そちらの都合で勝手に踊らされた俺たちは不愉快だ」

「事前に了解を得ることはできなかった。それでは自然なデータにならない」

そこでマハリック博士は、言葉を切った。しばし、ジョウと睨み合うような形になった。

ややあって、意を決したらしく、マハリック博士は言を継いだ。

「四時間前に、きみたちが鑑定を依頼してきたニードルガンを受け取った」

「…………」

「大がかりな鑑定をする必要はなかった。ひと目見て、わかった。あれは、わたしのかつての助手が設計したものだ」

「！」

「わたしは、わたしの信念として、こういう場合は協力を断るようにしている。どんな犯罪がらみであろうと、一度は身内だった者を売るわけにはいかない。だが、きみたちは、わたしの身勝手で命を賭《と》するはめに陥った。この代償は支払わなくてはならない。そこで、わたしは自分の信念を一度だけ曲げることにした」

「…………」

「どうだろう？　これで許してもらえないかな」

「…………」

ジョウは即答できなかった。当然のことだが、そんな申し出でこの怒りがおさまるはずがない。しかし、おさめなければ、眼前にあらわれた犯人への手懸りがたちまち霧散《むさん》してしまう。それは、あまりにも口惜しい。

沈黙がしばらくつづいた。それが消極的な了解となった。

「合意できたようだ」マハリック博士は薄く笑った。

「こちらへ、きたまえ」

四人をうながし、マハリック博士は歩きはじめた。右手の壁の一部が大きくひらき、いくつものスクリーンやスイッチキーの並ぶコンソールパネルに変わった。

マハリック博士は、スイッチキーのひとつを爪先で弾いた。スクリーンに、分解されたニードルガンが大きく映った。《クリムゾン・ナイツ》のニードルガンだ。

「これには、構造上はっきりとした特徴がある」画面を示し、マハリック博士が言った。「磁界誘導方式を用いている」

「…………」

「このニードルガンは火薬を使わない。磁界誘導で、口紅状に固めた針を発射する。利点は、音がなく、反動が弱いということだ。が、技術的に無理があり、六年前には完成に至らないだろうと思われていた」

「…………」

「磁界誘導システムの設計者は、わたしの助手だったウーラだ。ウーラは、わたしがミネッティ・インダストリー・コーポレーションに入ったとき、大学を去って行方を断った。同時に、未完成だったこのニードルガンの資料もすべて消え失せた」

「行方を断った」ジョウの口から、呻くように言葉が漏《も》れた。「所在はいまも不明なのか？」

「まったくわかっていない」

「そんなぁ」

アルフィンが、両の拳《こぶし》で口もとを覆った。

「無駄足だったってことかよ」

リッキーも叫んだ。

「そうとは言えんな」タロスがつぶやくように言った。

「少なくとも、ウーラというあらたな情報は得られた」

「きみたちは、何か誤解しているようだな」

マハリック博士が、肩をそびやかして言った。

「どういうことだ？」

「ウーラの存在に関係なく、このニードルガンがどこで製造されているのか、わたしにはわかる」

「なんだと！」

四人の顔色が、いっせいに変わった。

「それは、どこだ？」

博士の胸ぐらをつかむような勢いで、ジョウが訊いた。

「せっかちだな。きみたちは」

《クリムゾン・ナイツ》によってジョウたちが窮地に陥っていることを聞かされていな

いマハリック博士は、苦笑してコンソールパネルに向き直った。

「ウーラの考案した磁界誘導装置には、BRTという特殊な超電導素子が使われていた」キーを打ちながら、マハリック博士は話をつづけた。

「一般には、ほとんど用途のない素子だ。しかし、きみたちが持ちこんだこのニードルガンには、これが使用されている。わたしが、この銃をウーラの設計と断定したのも、そのためだ」

「じゃあ、BRT素子の流れを追えば、ニードルガンがどこでつくられたかわかるっていうことか？」

「そうだ」

マハリック博士は、ジョウの言葉に強くうなずいた。

「これを見てくれ」

スクリーンの映像が変わった。恒星系の立体模擬映像が表示され、数字と赤い帯がその間をめまぐるしく流れていく。

「BRT素子の流通経路だ。先に言ったように、BRT素子はまったくといっていいほど需要がない。にもかかわらず、年間十五トンが、複雑な流通過程を経て、ここに送りこまれている。太陽系国家テミストラの第六惑星、テランドープだ」

「テランドープ！」

「連合宇宙軍に要請されても、わたしはこの情報をだす気はなかった。だが、きみたちはわたしのために命を懸けてくれた。惑星テランドープに行くがいい。ここにきみたちの求めているものがあるはずだ」

「惑星テランドープ」

ジョウが言った。両の拳を力いっぱい握りしめた。

ワープアウトした。

太陽系国家テミストラの星域外縁ぎりぎりの空間だった。〈ミネルバ〉が通常空間に躍りでた。

二一一一年に完成し、人類による銀河系進出を可能にしてくれたワープ機関には、ふたつの重大な欠点があった。

ひとつは、ワープ酔いである。異次元空間に転移するとき、肉体に多大な負担がかかり、はじめてワープを経験する人間はほとんど例外なく激しい頭痛や嘔吐感《おうとかん》を訴える。ときによっては、失神することもある。唯一の対応策は慣れることだけだが、かなりのベテランパイロットであっても、体調が悪ければワープ酔いを起こす。技術者が五十年にわたってさまざまな改良を加えてきたいまも、克服はなされていない。

そして、もうひとつは、巨大質量近辺での使用制限である。恒星や惑星に近い空間でワープ機関を使うことはできない。強い重力が異次元空間をねじ曲げ、ワープインしたあと、そこから脱出できなくなってしまうからだ。もっとも、この欠点には簡単な解決法があった。通常航行で安全な位置まで移動し、そこでワープに入ればいいのだ。星域は、その安全な位置までの距離をもとに定められている。恒星系の最遠惑星の軌道半長径に一千光秒（約三億キロ）を加えた距離を半径にし、恒星を中心にして球を描く。その内側が、その恒星系の星域だ。

星域内では、ワープが許されていない。

テミストラの最遠惑星は、ジョウのめざす第六惑星のテランドープであった。直径は八千キロ強。さほど大きな惑星ではない。だが、海陸比が三対七と、陸地がまさっているので、居住面積は意外に広い。

〈ミネルバ〉は星域内に進入し、テランドープへと船首を向けた。加速は、いつになく慎重な四十パーセントである。ここは、宇宙船の多い星域だ。ひしめいているという感じである。これでは無謀なマネはできない。〈ミネルバ〉のレーダーレンジ内だけでも、百数十隻の船影がある。そのほとんどが、大企業に属さない一匹狼の貨物船だ。

テランドープは、太陽系国家ウウのサラーンにも匹敵する一大自由貿易惑星であった。地上には無数の宇宙港があり、それらの宇宙港にはどれも大規模な商業都市が隣接している。いうまでもなく、そのすべてが犯罪と貧困に満ちた汚濁《おだく》の都市ばかりだ。

「いかにも《クリムゾン・ナイツ》あたりが根城にしそうなところだぜ」

ジョウが、ぼそりと言った。口調に、不快の念がこめられている。フロントウィンドウには、すでに円盤状の姿となったテランドープがある。

「俺ら、自由貿易惑星へ行くの、やだ！」

リッキーが、顔をしかめて言った。真剣にいやがっている。かれはベラサンテラ獣輸送のとき、サラーンのタカマ宇宙港で重傷を負った。以来、この手の惑星が大の苦手となった。

「そろそろ、周回軌道に入るころだぞ」

ジョウが言った。

「あと、千七百秒」

アルフィンが針路を確認した。

「ほんとに、やなんだよお」

リッキーはコンソールに突っ伏していた。

4

「問題は、情報屋だな」

独《ひと》り言《ごと》のように、ジョウが言った。

リッキーほどではないが、ジョウの表情も浮かないものになっていた。出発までに、テランドープの情報屋と接触するための適当なつてが得られなかったからだ。

暗黒街には、例外なく情報屋がいる。対立する犯罪シンジケートを手玉にとり、金のためなら敵味方かまわず、情報を売りさばく狡猾《こうかつ》な人種だ。警察も宇宙軍もつかめない極秘情報をいちはやく手にするのは、常にかれらである。かれらなら、テランドープにおける《クリムゾン・ナイツ》の情報も確実に握っていることだろう。

だが、情報屋はひどく用心深い。抗争の狭間《はざま》を泳ぐかれらが生きのびるためには、並外れたレベルの用心が必要とされる。その筋の人間でない者がかれらと接触するには、有力なつてが必須《ひっす》であった。

「ジョウ！」

だしぬけに、アルフィンの甲高《かんだか》い声が操縦室に響いた。ジョウはおもてをあげた。

「レーダーに映る光点の様子が、おかしいわ」

アルフィンは言った。空間表示立体スクリーンの映像が、メインスクリーンに転送された。

「光点がおかしい？」

ジョウはメインスクリーンに目をやった。中央に〈ミネルバ〉を示す赤い光点がある。

そのまわりに、かなりの数の白い光点があらわれた。赤い光点を包囲しているように見える。

「宇宙船か？」

タロスが訊いた。

「違う」アルフィンはかぶりを振った。

「質量が小さい。それに互いに接近しすぎている。ひとつひとつは、せいぜい十数メートルくらいの大きさよ」

「テランドープをめぐる人工衛星が何十基か、〈ミネルバ〉の近辺に大挙して集まってきたって感じだな」

ジョウが言った。

「〈ミネルバ〉との距離は、もっとも近いもので約二百キロ。じりじりと近づいてきている」

「拡大映像で直視できる距離だ。実写に切り換えよう」

画像が変わった。

スクリーンが真っ暗になった。漆黒《しっこく》の宇宙空間である。星が闇に散る中、右端に青い球体の一部がある。テランドープだ。

画面の左側下方に、星が隠蔽《いんぺい》されている場所があった。ジョウは瞳を凝《こ》らし、そこを見た。黒い塊がそこにある。レーダーに映る光点のひとつと、その位置が重なっている。

「衛星だ」ジョウは言った。

「人工衛星の集団が〈ミネルバ〉を囲んでいる」

スクリーンの中の黒い塊の上面がぼおっと淡くピンク色に輝いた。姿勢制御ノズルが推進剤を排出した。それで、全体の輪郭がおぼろげながらわかった。一端が先細りに尖った、細長い円筒形だ。全長は十七、八メートルほどか。黒塗りで、尖った側が〈ミネルバ〉のほうを向き、円筒の中央あたりに翼のように広がった太陽電池とアンテナがある。

「こいつは……」

タロスの頬がぴくりと跳ねた。

「ハンター衛星だ」

ジョウが言った。それがなんであるかは、歴然としていた。こういう形状の人工衛星はただ一種しかない。それは、電子ビーム砲を内蔵したハンター衛星である。

「アルフィン！」ジョウが叫んだ。

「すべての衛星のポジションと速度《ベクトル》を正確に把握しろ」

「了解」

空間表示立体スクリーンのコンソールパネル上を、アルフィンの細いしなやかな指が縦横に走りだした。

「ジョウ」タロスが言った。

「やつら、電波妨害《ECM》で〈ミネルバ〉を包みこもうとしてます」

「通信封鎖か」

ジョウの目が、すうっと細くなった。また、メインスクリーンをレーダー表示に戻した。ハンター衛星による〈ミネルバ〉の包囲が完了した。ボール状になった光点の群れが、〈ミネルバ〉のそれを隠した。逃げ道になりそうな空間は、もうどこにもない。と、とつぜん、画面がホワイトノイズで真っ白になった。ECMだ。

「レーダーまで殺すなんて」

リッキーが呻くように言った。

「ジョウ」アルフィンの報告が入った。

「チェック完了。あぶないとこだったわ。衛星の数は五十六基。それぞれが百六十四・一二六キロの距離をおいて、〈ミネルバ〉と速度《ベクトル》を合致させている。でも、その後の動きは、もう把握できない」

「まずいな」タロスが他人事のように言った。

「一斉攻撃をくらったら、なすすべもなく蜂《はち》の巣にされる」

「先制攻撃しかない」ジョウが言った。

「ミサイル全門斉射だ」

「しかし」タロスがジョウを見た。

「この状況だと、みんな途中ではたき落とされます」

「もとより承知」ジョウはうなずいた。

「撃つのはミサイルだけじゃない。ビーム砲も併用する。それに重要なのは、ミサイル発射に伴い、派手な爆発が起きるということだ。テランドープの近くで異常な爆発が観測されれば、誰かがそれに気づき、当局に通報する。通信が不可能でも、それが救難信号代わりになる」

ジョウは再度、スクリーンを実写映像に切り換えた。ハンター衛星が暗黒星雲のように背景の星々を黒くさえぎっている。その〈ミネルバ〉に向けられた尖端が紫色にぼおっと輝く。電子ビームの発射が近い。

「限界ぎりぎりまで抵抗してやる」

ビーム砲とミサイルのトリガーレバーを起こし、自動照準の状態で、ジョウは発射ボタンを押した。

ミサイルが放たれた。四十基のミサイルが、〈ミネルバ〉から輻《や》のように飛び散った。

ミサイルは射出十秒後に弾頭が割れた。五つに分かれた。

二百発の弾頭が、激しく入り乱れた複雑な軌道を描いてハンター衛星に襲いかかった。

距離が詰まる。

百キロ。八十キロ。五十キロ。

ハンター衛星が光った。

尖端から、加速された電子の奔流《ほんりゅう》が細い一本のビームとなって、ほとばしった。

弾頭が爆発する。爆発があらたな爆発を呼び、つぎつぎと誘爆する。

電子ビームの速度に比べれば、ミサイルの動きなど停止しているにも等しい。衛星の総数に対して四倍の数の弾頭が、あっけなく破壊されていく。このペースで打ち落とされたら、ハンター衛星に到達する弾頭は皆無となる。

ジョウはビーム砲のトリガーボタンを絞った。弾頭による戦果はもともと期待していない。大量の弾頭は、電子ビームから〈ミネルバ〉を守るバリアーとして撃ちだした。攻撃の主体は、あくまでもこのビーム砲だ。

光条が、弾頭の隙間を縫い、闇を鋭く切り裂いた。

二基のハンター衛星が、火球と化した。閃光がすうっと広がり、消える。その一瞬で衛星が燦《きらめ》く細片となる。

ジョウは立てつづけに十二基のハンター衛星を屠《ほふ》った。弾頭が残り少ない。ミサイルの二次攻撃は可能だが、一次攻撃分の弾頭が残っているうちに、可能な限りのハンター衛星をビーム砲で始末しないと、あとがつづかなくなる。

弾頭が一発、ハンター衛星に命中し、爆発した。

ハンター衛星がビーム砲にやられて数を減じ、弾頭のすべてを迎撃しきれなくなった。しかし、これは弾頭が拡散して〈ミネルバ〉のバリアーとしての役割を果たせなくなったことをも意味している。

ずうんと突きあげるような衝撃がきた。ジョウの左手のパネルに、赤いLEDがいくつか灯った。電子ビームが一条、〈ミネルバ〉を貫通した。赤いLEDは、その被弾個所だ。致命的な区画は幸運にもやられていない。

ジョウはミサイルの二次攻撃に踏みきった。

二十基を発射した。百発の弾頭がハンター衛星をめざす。これで搭載していたミサイルはすべて撃ちつくした。いよいよ正念場である。二次攻撃の弾頭の最後の一発が爆発したとき、ハンター衛星がまだ十基以上残っていたら、〈ミネルバ〉に勝ち目はない。

再び、ミサイル＋ビーム砲と電子ビームの凄絶な戦闘がはじまった。タロスが急加速によってハンター衛星の結界を破ろうと試みた。が、それは不首尾《ふしゅび》に終わった。惑星の軌道上にあっては、おのずから加速にも限度がある。ハンター衛星は、そのくらいの加速には十分、敏感に反応した。

〈ミネルバ〉の周囲がオレンジ色の閃光で華やかに彩《いろど》られた。弾頭が電子ビームによって吹き飛ぶ、その最後の姿だ。ごくまれにハンター衛星を仕留めることもあるが、ミサイルの大部分はむなしく虚空《こくう》へと散った。

「くっ」

ジョウは唇を噛んだ。ビーム砲を左右、上下とそれこそ休む間もなく連射しているが、ハンター衛星の優位は、いっこうに揺るがない。ECMによってレーダーを使ったマルチ照準が妨げられているからだ。ジョウは、ハンター衛星一基ごとに照準をセットし直している。これでは当たるものも当たらない。

〈ミネルバ〉の被弾数が増えた。メインエンジンこそタロスの操船技術でなんとか損傷を免れているものの、姿勢制御用ノズルは、すでにいくつかが死んだ。このままでは遠からず〈ミネルバ〉は身動きかなわなくなる。いや、その前に宇宙の塵《ちり》となって消え去る可能性が高い。

最後の弾頭が爆発した。

残るハンター衛星は十八基をかぞえた。万事休すである。ビーム砲をフルに撃ちまくっても、道連れにできる衛星はせいぜい二、三基だ。十八基の電子ビームの一斉攻撃はかわしようがない。

もはや、これまでか。ジョウは拳を固め、コンソールを殴った。

と、そのときだった。

奇跡が起きた。

とつぜん、十基を超えるハンター衛星が爆発した。

予想だにしなかった一斉爆発である。スクリーンを火球がまばゆく埋めた。ジョウたちは茫然となる。何がどうなったのか、まったく理解できない。

「ジョウ」タロスが言った。

「ECMが弱まってます」

「あっ！」アルフィンも声をあげた。

「宇宙船が一隻、こちらに向かってくる」

やった。と、ジョウは思った。ミサイルの爆発を見た宇宙船がいた。不審な爆発だ。当然、何が起きているのか調べにくる。そして、なんらかの攻撃をハンター衛星に対しておこなった。

となれば。

きたのは、戦闘宇宙船である。間違いなく、武装している。

ジョウは気力を取り戻した。ビーム砲のトリガーレバーを握り直した。連続射撃を再開する。レーダーが復活したので、照準確定がスピードアップし、精度があがった。

わずか数秒で、勝負は決した。ハンター衛星のほとんどが吹き飛んだ。最後の二基は、救援にきた宇宙船が息の根を止めた。船が反転し、〈ミネルバ〉の船首側へと、大きくまわりこんでくる。

フロントウィンドウいっぱいに、その船のシルエットが広がった。

「あれえ」

リッキーが頓狂《とんきょう》な声をあげた。そのまま声を失った。

それは、ジョウ、タロス、アルフィンも同じだ。そろって口をぽかんとあけている。

船は、百五十メートルクラスの垂直型だった。安定翼が船首近くに二枚、船尾に四枚ついている。塗装はメタリックブルー。船腹に青と黄色で流星のマークが描かれている。

「クラッシャー」

しばし、間を置いて、ようやくタロスが言葉を発した。

「誰の船だ？」

ジョウは船尾の安定翼を見た。記されている飾り文字は、渦を巻いているようにデザインされた、赤い〝B〟である。

「ブロディ！」ジョウは叫んだ。

「クラッシャーブロディ」

その船のチームリーダーを、ジョウはよく知っていた。

5

メインスクリーンに、男の顔が映った。

なによりもまず、ひげだらけの男だった。顔の下半分に黒ひげがひしめくように密生している。おまけに髪の毛がまたむさくるしい。肩胛骨《けんこうこつ》のあたりまでぼさぼさに伸びていて、まるで原始人か、鉱山町に多い放浪者のようだ。しかも、目の両端が吊りあがっていて眉が異様に太い。恐ろしく威圧的な顔だちである。だが、悪相ではない。年齢もまだ若く、十九のジョウといくつも違っていないという感じがする。二十二、三といったところだろうか。

「よお」男はがらがらと響く蛮声で言った。

「珍しいとこで会ったなあ」

「ああ」

ジョウはのったりと答えた。あやういところを助けてもらったのに、声が弾まない。表情も暗い。助けてくれた相手が知り合いで、しかも、クラッシャーであったからだ。実にもうう っとうしい。へたなことを言って、失敗を償《つぐな》うために行動しているのがばれたら、それこそ不名誉だけではすまないことになる。一生の恥だ。

「こんなところで、何をしている？」

案の定、ブロディは事情を訊いてきた。

「ちょっとな」

ジョウは、言葉を濁した。内心、よけいなことを訊かずに早く立ち去ってくれと願っている。

「いまのハンター衛星は、なんだ？」ジョウの心を知らず、ブロディは問いを重ねた。

「そっちの仕事に関係しているのか？」

「すまん。答えられない」ジョウは仕方なく、はっきりと言った。

「極秘の任務についている。悪いが、これもんだ。話すと契約違反になる」

ジョウは人差指を一本立て、自分の口もとにあてた。

「そうか」ブロディはうなずき、すぐに納得した。

「そいつは、すまなかった。だったら、何も訊かねえ」

あっさりと言った。さっぱりとした気性の、陽気なクラッシャーである。しつこいところはどこにもない。からからと笑い、ブロディは言葉をつづけた。

「売れっ子は派手な仕事が入って、うらやましい。俺なんざ、地味なくせに面倒なやつばかりまわってくる」

「そうでもないだろ。そっちは、何をやっている？」

ジョウはうっかり質問を放ってしまった。口にだすのと同時に、まずいと思ったが、もう遅い。これでまた交信が継続される。ブロディの人なつっこさにのせられ、やりとりを打ち切りそこなった。

「それが、雇われた仕事じゃねえんだよ」

顔のわりに気のいいブロディは、おしゃべりが大好きだ。さっそく、うれしそうに話をはじめた。〈ミネルバ〉とクラッシャーブロディの船〈ゴーレム〉は、のんきにも船首を並べてテランドープの衛星軌道を周回している。ジョウにしてみれば、気が気ではない状況だが、もうどうしようもない。問いかけたのはジョウのほうである。

「へえ、雇われてないのか」

ひきつった笑顔をむりやりつくり、ジョウは気のない相槌《あいづち》を打った。

「そうなんだよ。まいっちゃうぜ」だみ声で、ブロディは言を継ぐ。

「実は、ここひと月ほどの間にクラッシャーが五チームも行方不明になっちまったんだ。そこで、その捜索をおこなえと、評議会から命令が下った。厄介な任務だが、議長からじきじきに頼まれたんじゃあ、いやとはいえねえ。……と、ダンはあんたの親父さんだったな」

「気にするな」ジョウは言った。

「親父は親父、俺は俺だ」

おおいぬ座宙域にクラッシャーの星、アラミスがある。すべてのクラッシャーの故郷とでもいうべき惑星だ。引退したクラッシャーとその家族は、みなアラミスに居を構える。アルフィンのようにピザンの王女であった者も、リッキーのようにローデスの浮浪児だった者も、無事生き抜いて引退したときは、アラミスに住み、アラミスを故郷とする。

　アラミスには、銀河系全域に散らばっている全クラッシャーを統括するための行政組織、クラッシャー評議会があった。引退したクラッシャーで構成されており、議長はクラッシャーの中のクラッシャーと呼ばれた男、ダンがつとめている。ブロディの言葉どおり、ダンはジョウの父親だ。九年前、ダンは宇宙船の事故に遭《あ》い、重傷を負った。かれを救出したのは、当時十歳のジョウであった。ダンはそれをきっかけにクラッシャーを引退し、息子のジョウに道を譲った。そして、同時にクラッシャー評議会を組織して、その初代議長に就任した。

「それよりも、クラッシャーが行方不明というのはなんだ？」ジョウの表情が険しくなった。「それは尋常《じんじょう》な話じゃないぞ」

「調査にかかったばかりで、まだ俺にもよくわかっていないんだが」ブロディも真顔になった。

「その五チームは、定期報告がふっつりと途絶え、消息もまったく聞かれなくなっちまったらしい」

　クラッシャーは、定期的に仕事の状況、人員の移動をクラッシャー評議会に報告する義務がある。怠れば、罰則が適用される。

「そこで、手のすいてる俺に調査してこいと、白羽《しらは》の矢が立った。事情がはっきりしないと、情報公開もできない」

「五チームのリーダーを教えてくれ」ジョウはコンソールに身を乗りだし、言った。

「俺たちが手懸りを持っているかもしれない」

「もとより、そのつもりだ」ブロディは浅くうなずいた。

「でなきゃ、話さん。どんな小さなことでもいい。とにかくネタが要《い》る。チームは報告の途絶えた順から言おう。クラッシャーリーガン、クラッシャーペルアーノ、クラッシャードレーク、クラッシャースカルパ、クラッシャーマンフリィ。以上だ。人数にして、二十二名になる」

「ドレークだと！」

ブロディの言葉が終わらないうちに、タロスが大声で叫んだ。ブロディもジョウもぎょっとして、目を丸くした。

「ドレークが行方不明なのか？」

タロスが叫ぶ。

「あっ」ジョウの顔色も変わった。

「ドレークって、あのドレークか」

タロスはクラッシャーダンの〈アトラス〉に操縦士として乗り組んでいた。ドレークはそのとき同僚だった機関士だ。もちろん、ジョウもよく知っている。

「信じられねえ、ドレークが消息を絶ったなんて」

タロスは幾度もかぶりを振った。

「心あたりがあるか？」

ブロディが訊いた。

「いや」ジョウが答えた。

「役に立たなくて悪いが、ここ一か月に会ったクラッシャーは、その中にいない」

「そうか」

「ブロディは、どうしてテランドープにきたの」

アルフィンが尋ねた。

「ある筋から、クラッシャーペルアーノをここで見かけたって情報が入った。しかし、無駄足だった」ブロディは肩をすくめた。

「テランドープの情報屋にもあたってみたが、何も知らなかった」

「情報屋！」

また大声があがった。今度はジョウだった。ブロディは再度、目を丸く見ひらいた。

「テランドープの情報屋に知り合いがいるのか？」

嚙みつかんばかりに、ジョウが言う。

「ああ」ブロディはあごを引いた。

「親父の昔馴染《なじ》みがひとり……」

「紹介してくれ！」

ジョウが言葉を吐きだす。ただならぬ態度だ。いままで話題にしていたクラッシャー行方不明事件のことも、どこかに飛んでしまった。

「かまわねえが、どうしたんだ？」

驚いて、質問はしないという約束を、ブロディは忘れてしまった。

「理由は訊くな」必死の表情で、ジョウは言った。

「極秘任務の一部だ。黙って紹介してくれ」

そこまで言われては、ブロディも断りようがない。

「わかった。紹介する」かすれた声で、ブロディは言った。

「太っちょ《ファティ》カノンという情報屋だ」

太っちょカノンは、背の高い、ガリガリに痩《や》せた、細長い筒のような男だった。年齢は四十前後。肌が浅黒い。ラテン系の血が濃いのだろう。性格は陽性そのもので、あきれるほどどけたたましかった。

「詐欺《さぎ》だな。どこが太っちょ《ファティ》だよ」

会うなり、ジョウはそう言った。聞きようによってはひどく無礼な物言いだが、慣れているのか太っちょカノンはいっこうに気にしない。長いコーンパイプを右拳に握り、けらけらと笑っている。

「やれやれ、会うやつら、みんな同じことを言いやがる」

騒音と紙一重の壮絶な音楽に合わせて腰をくいくいとくねらせながら、壁一面のスピーカーに負けないきんきん声で太っちょカノンはわめいた。黒サテンのスリムパンツに原色のフリルシャツを着こみ、その上にパンツと共布のベストを引っかけている。伊達《だて》眼鏡《めがね》は、鳥の羽をかたどった黄色いプラスチックフレームのミラーグラスだ。

「実を言うと、半年前まではたしかに体重二百二十キロの太っちょだったんだ。ところが、ドクターストップがかかっちまって、お定まりの脂肪除去手術ということになった。そうしたらどうだい、手術の後遺症だかなんだか知らねえが、体質ががらりと変わっちまった。いくら食っても、痩せつづける。気がついたら七十八キロのひょろひょろカノンになっていた」

「でも、太っちょカノンなんだろ」

「仲間に馬鹿受けで改名させてもらえない。このまま〝太っちょ〟にしておけば、組織の不興を蒙《こうむ》って殺し屋をさしむけられても、人違いと思うってな」

太っちょカノンはけたけたと笑った。ジョウは気が滅入る。タロスでもいれば気のきいたせりふを返すこともできるのだろうが、ジョウには、それができない。

クラッシャーブロディから太っちょカノンに関する詳細を聞きだすやいなや、急ぐからと言って、ジョウはそそくさと〈ミネルバ〉をテランドープへと降下させた。〈ゴーレム〉はまた、あてどのない調査の旅を続行する。

オイレックス宇宙港という、予想外に大きな宇宙港へ〈ミネルバ〉を着陸させ、入国手続きを終える間も惜しく、ジョウは太っちょカノンと連絡をとった。

電話でクラッシャーブロディの紹介だと告げ、教わった暗証を打ちこむと、すぐに面会オッケイの返事がきた。ただし、ジョウひとりならばの条件つきだった。

ジョウはタロスたちを〈ミネルバ〉に残し、オイレックス宇宙港から四十キロ離れた都市、カニバルポリスへレンタルエアカーで向かった。

都心にある高層ビルの最上階、豪華なペントハウスが太っちょカノンの家だった。百三十二階でエレベータを降り、さらに階段を登った。

ノッカーを決められた回数だけ叩き、合言葉を交わしてジョウはペントハウスの中に入った。出迎えたのは、太っちょカノンと、巨大なハンマーの一撃にも似たすさまじい音量の最新ヒットナンバー、『ミルクウェイ・ララバイ』だった。

「何を知りたい？」

ボリュームをパトカーの電子音くらいまでに絞り、パイプの葉を詰め直して、太っちょカノンが訊いた。ふたりは安っぽいプラスチックのテーブルをはさんで、安っぽいプラスチックの椅子に腰を置いている。部屋とオーディオ装置は超一流だが、曲と調度は三流以下だ。

「《クリムゾン・ナイツ》のアジトの所在を知りたい。どこにある？」

　ジョウはずばりと切りだした。

「がほっ」太っちょカノンは煙にむせて咳きこみ、椅子から一メートル半ほど飛びあがった。

「おめえ、なんて言った？」

　血相を変え、ジョウを凝視する。

「《クリムゾン・ナイツ》のアジトを教えろと言った」

　ジョウは淡々と答える。

「帰ってくれ！」太っちょカノンは手を挙《あ》げ、ドアを指差した。

「くる星を間違えたな。帰れ」

「違う」ジョウはゆっくりとかぶりを振った。

「ここでいい。本部があるかどうかはわからないが、とにかく《クリムゾン・ナイツ》のアジトがひとつ、このテランドープにある」

「俺は知らん」

「嘘だ」

「なんだと？」太っちょカノンは椅子を蹴倒して立ちあがった。

「どこに、そんな根拠がある」

「ニードルガンだ」

ジョウはぼそりと言葉を返した。

「ニードルガン？」

虚を衝《つ》かれ、太っちょカノンはきょとんとなった。情報屋は自分の知らない情報を前にすると、混乱をきたす。

「ニードルガンだ」

ジョウは言葉を繰り返した。もう一度、そう言った。

6

あたかも自分が調べあげたようにしてマハリック博士の名を隠し、ジョウはＢＲＴ素子の取り引きがテランドープのみに集中していることを太っちょカノンに話して聞かせた。

「そうか」太っちょカノンは大きなため息をつき、椅子を起こしてすわり直した。

「そんな調べがついていたのか」

「ついていたんだよ」

ジョウは覗きこむように太っちょカノンの目を見た。

「銀河をしろしめす百億の神々の名にかけて誓うが、俺は《クリムゾン・ナイツ》のことは知らなかった」持ち前の陽気さをすっかり潜め、硬い表情で太っちょカノンは言った。

「しかし、話がニードルガンのことになると、事情はちょいと違ってくる」

「思いあたる節《ふし》があるのか？」

「ある」太っちょカノンの声が高くなった。

「武器の密造工場だ」

「…………」

「どこの組織に属するのか、そこらあたりがはっきりしなくて、前から胡散臭《うさんくさ》く思っていた工場だ。なるほど。《クリムゾン・ナイツ》がらみとなれば、うなずけるところが多い。それに、BRT素子も、たしかにテランドープへと運びこまれている」

「ほお」ジョウは感心した。

「けっこう知ってるじゃないか」

「当たり前だ」太っちょカノンは胸を張った。

「俺は情報屋だぞ」

「じゃあ、武器工場の場所を教えてくれるんだな」

すかさず、ジョウは言を継いだ。

「ちょっと待ってくれ」

太っちょカノンは、あわてて立ちあがり、窓際に駆け寄った。ラックの下の棚から酒びんをひっぱりだす。親指でキャップを弾き飛ばし、その中身を一気にあおった。

「ふう」

一瓶《ひとびん》、飲みきった。ラベルから見て、弱い酒ではない。みごとな飲みっぷりである。

「オッケイ、準備完了」

アルコールで勢いがついたらしい。《クリムゾン・ナイツ》何するものかという顔つきになり、太っちょカノンは両手をぱんと打ち鳴らした。

ジョウの前に戻る。椅子の脇に安っぽいテーブルがあり、その天板がスクリーンになっていた。端末のキーを叩くと、スクリーンに映像が入った。

地図である。

山や谷の起伏をそのままに表現した、ホログラムの立体映像だった。テランドープのワルハラ大陸北西部が鮮明に浮かびあがった。カニバルポリスは地図の中心やや北寄りの位置にある。

「BRT素子がテランドープに陸揚げされたあと、どこをどう流れていくのかまでは、俺は知らねえ」太っちょカノンは言った。

「俺が知っているのは武器密造工場のありかだけだ。それでいいか？」

「十分だ」

「だったら、カニバルポリスの北東二千六百キロのところを見てくれ」

太っちょカノンは、あらためてキーを打った。映像が上へ流れるように移動する。いかにも荒々しい、峻険《しゅんけん》な褶曲《しゅうきょく》山脈が画面の中に進みでてきた。ジグザグに入り組んだ山なみは、東西に長い。

「コモドア山脈のど真ん中だ」

座標の移動操作を終え、太っちょカノンはモードを切り換えた。とたんに映像が一変した。高々と聳え立つ尖峰が三つ、スクリーンを埋めた。

「立派な山だろ？」

上目遣《うわめづか》いに、太っちょカノンはジョウを見た。

「こんなところに、アジトがあるのか？」

「極秘情報だぜ。はじめて売る」

太っちょカノンは、にたりと笑った。如才《じょさい》のない弁舌だ。この一言で、礼金は確実に二倍になった。ジョウは肩をすくめた。この要求は呑《の》むしかない。

「山の名はグラン・セルペス」太っちょカノンは、三つの尖峰の中でもっとも高いひとつを指差した。

「標高は六千八百四十九メートル。このあたりじゃそこそこの高山だが、九千メートル級がざらにあるテランドープでは二流クラスにランクされている」

「………」

「そのグラン・セルペスの山麓にマティマティコと呼ばれる高原が広がっている」太っちょカノンは指で該当する地域を示し、丸く輪を描いた。

「武器密造工場は、このマティマティコ高原の地下にある」

「ふむ」ジョウはうなりながら腕を組んだ。

「ガセっぽいネタだ」

「冗談じゃねえ」太っちょカノンは、いかにも心外だという表情をつくった。

「仁義の都合で情報源は言えねえが、百パーセント確実というネタだ。絶対の信頼を持ってくれて間違いない」

きっぱりとした口調だった。ここまで言いきられたら、ジョウも信じるほかはない。

「わかった」

ジョウは立ちあがった。

「帰るのか？」

「ああ。だが、もう少し聞いておきたいことがある」

「なんでも訊きな」太っちょカノンは相好を崩し、うれしそうにジョウを見つめた。

「とっておきをしゃべっちまったんだ。もう隠すことなんて、何ひとつない」

「工場の規模と警備体制がどうなっているのかを知りたい。これからすぐに行くんだ。使える情報をくれ」

「げっ」

太っちょカノンの血相が変わった。いきなり蒼《あお》ざめた。

「あんた、《クリムゾン・ナイツ》を相手にどんぱちをやる気なのか？」

「でなきゃ、こんなことを訊きにこない」

「………」

太っちょカノンは息を呑んだ。声を失い、絶句した。

「どうした？」

ジョウが問う。

「勘弁してくれ」ジョウにうながされ、太っちょカノンは、喉《のど》の奥から声を絞りだした。

「そこまでは知らない。本当だ。そんな情報を持っているやつ、テランドープにはひとりもいない」

「本当に本当か？」

ジョウの瞳が、強い光を帯びた。

「嘘じゃない。神に誓う」

太っちょカノンは明らかに怯《おび》えていた。情報屋だけに、《クリムゾン・ナイツ》の恐ろしさはいやというほど承知している。あの名高い暗殺団と一戦を交えたがる人間がいようとは、夢にも思わなかった。ジョウのことも、せいぜい連合宇宙軍あたりに頼まれて、《クリムゾン・ナイツ》の動向を探りにきた馬鹿な手合いだと、勝手に合点していた。

ジョウはしばし、太っちょカノンを凝視した。恐怖に全身をこわばらせているが、嘘をついているようには見えない。

「いいだろう」

ポケットから一束の紙幣を、ジョウは引きずりだした。ざっとかぞえ、札束を情報屋の眼前に突きだす。

「規定の五割増しだ」

「いくらでも、かまわない」

太っちょカノンは、ひったくるようにジョウの手から札束をもぎとった。

「じきにおもしろいニュースが入るぜ」ジョウはくるりと太っちょカノンに背を向けた。

「テレビから目を離さないことだ」

部屋の外にでた。ドアを閉めた。

と同時に、不安なまでにすさまじい静謐《せいひつ》が、ジョウの全身をすっぽりと包んだ。ジョウはぎょっとして立ち尽くした。いつのまにか、耳があの下品な騒音にすっかり慣れてしまっていたらしい。ジョウは舌打ちし、エレベータに乗った。

〈ミネルバ〉に帰った。さっそくリビングルームで作戦を練った。

「敵の戦力がわからないとなれば、めいっぱいの重装備でいくほかはありません」

タロスが言った。常識的な意見だった。

「では、〈ミネルバ〉、〈ファイター1〉と〈ファイター2〉、それにガレオンで一斉出撃だな」

スクリーンに映るグラン・セルペスの模式図を睨み、ジョウが言った。

「〈ファイター1〉はだめだ」

リッキーが口をはさんだ。

「なんだと？」

「ハンター衛星の電子ビームにぶち抜かれていた」いかにもくやしそうな口調で、リッキーはつづけた。

「兄貴が留守の間に船体の総点検をやったんだ。それでわかった」

「そうか」

ジョウの構想から、〈ファイター1〉が消えた。

「地下工場ってのが問題ですなあ」タロスが他人事のように言った。

「地上にあれば、一気に叩けるんだが」

「情報屋が情報を握ってないなんて、落第よ。金なんか踏み倒しちゃえば、よかったのに」

アルフィンが過激なことを言う。

「そう怒るな」ジョウは苦笑した。

「わからないものは、どうしようもない。こういうときは、当たって砕けてみるのも一興だ」

「砕けるなんて、いや」

アルフィンは、ぷいと横を向いた。

「俺たちの装備割りあてをやりましょう」

アルフィンの横槍を無視して、タロスが口をひらいた。いまは脱線している余裕がない。

「そうだな」ジョウはスクリーンに視線を戻し、額に指をあてた。

「タロスとアルフィンとドンゴが〈ミネルバ〉。俺が〈ファイター2〉。リッキーがガレオンという配置でどうだろう？」

「〈ミネルバ〉は、自分とドンゴだけで飛ばせます」

タロスが異を唱えた。暗にアルフィンを引き取ってくれと申し入れている。

「ガレオンが俺らひとりってのはいいね」リッキーが大声で言った。

「ばっちりやれるよ。ぜんぜん問題なし」

こちらも、先手で逃げを打った。

「わかったよ」ジョウは渋面をつくるしかない。

「アルフィンは俺と一緒に〈ファイター2〉だ」

「うふっ」アルフィンの機嫌が目に見えてよくなった。

「すごくいい組み合わせ。あたし、ジョウと組むと不思議に腕が冴《さ》えるのよ」

「うー」

ジョウはうなり、ソファから転げ落ちた。


三十分後。

〈ミネルバ〉はすべての準備を完了して、オイレックス宇宙港から蒼空へと舞いあがった。高度二万二千メートルで、針路を北東にとった。

ハンター衛星の一件からみても、〈ミネルバ〉はマークされている可能性がある。しかし、この期《ご》に及んでじたばたしてもはじまらない。策は何も弄《ろう》せず、堂々と離陸した。

そのまままっすぐにコモドア山脈をめざす。迂回《うかい》などはしない。

一時間ほど水平飛行し、高度を下げた。コモドア山脈が眼下にある。大地に高く盛りあがった、ワルハラ大陸の巨大な背骨だ。雲の切れ目から、猛々《たけだけ》しい光景が覗いている。

マティマティコ高原の北四十キロほどの地点に、ひろびろとした草原があった。そこにいったん〈ミネルバ〉を降ろした。

格納庫のハッチをひらき、ガレオンをだした。リッキーが操縦している。ガレオンはまっすぐに進み、草原を横切って深い林の中へと姿を消した。

三時間後、再び〈ミネルバ〉は地上を離れた。今度は高度五千メートルまで上昇し、ジョウとアルフィンの搭乗する〈ファイター2〉を下腹のハッチから射出した。

〈ファイター2〉は全長十メートルの小型搭載艇だ。そのフォルムは、尾のないエイに似ている。塗色は白。純白の機体だ。その後尾にはロケットノズルがふたつ、大きく突きでている。アクセントは、機体上面に描かれた赤い飾り文字の〝J〟。それと機体前面、小さな窓の下には黒く〝FIGHTER2〟と機体名が記されている。

〈ファイター2〉は高度をギリギリまで下げ、地表を這《は》うように飛行した。奇襲を意図しての慎重な行動である。山腹への激突や失速の危険もあるが、レーダーを逃れるには、これにまさる手段はない。

ほどなく、蒼穹《そうきゅう》にそそり立つグラン・セルペスの赤黒いシルエットが、正面に見えてきた。なんとなく猛獣の牙を連想させるが、ところどころ白い残雪が岩肌に残っていて、はっとするほど清冽《せいれつ》な印象も受ける。

コモドア山脈は神々のおわすところ。

ジョウは、ガイドブックにあった一節をふと思いだした。いまは、その言葉を素直に肯定できる。山は本来、神々の座する場所だ。しかし、ジョウが目のあたりにしているグラン・セルペスに神はいない。いるのは、血に飢え、生贄《いけにえ》を求めて暴れ狂う悪魔だ。名を《クリムゾン・ナイツ》という。

怒りが甦り、ジョウの全身が、わずかに熱くなった。美の化身グラン・セルペスに、醜い悪魔は似合わない。誰かが引きはがす必要がある。

グラン・セルペスの裾野《すその》をぐるりとまわり、〈ファイター2〉はゆっくりと上昇した。山脈の鞍部《コル》を越えた。気流が不安定だ。〈ファイター2〉の機体が風に舞う木の葉のように激しく揺れる。

「あれだ」

ジョウが言った。声が硬い。アルフィンが身を乗りだして窓外を見た。

眼下千数百メートルに、青く広がるマティマティコ高原があった。

「あと六百十五秒」

アルフィンがメーターの数字を読んだ。

「…………」

ジョウは無言でうなずいた。作戦決行まで、あと六百秒余。

攻撃の口火は、〈ミネルバ〉が切ることになっていた。

第三章　人面の魔獣

1

〈ミネルバ〉はコモドア山脈の上空にいた。高度は三万メートル。

操縦室のメインスクリーンには、華やかな原色に染め分けられたコモドア山脈一帯の映像が映しだされている。

「もっと映像を拡大して、センシングをマティマティコ高原に絞れ」

操縦席のタロスが言った。

「キャハ、了解。キャハハハ」

ドンゴが答えた。いまはジョウの代わりとして副操縦席にいる。

画像が切り換わった。スクリーンの全面が、オレンジ色に彩られたマティマティコ高原になった。

「あれだ」

　タロスがつぶやいた。一辺が数キロのオーダーに及ぶ巨大な台形のマティマティコ高原の中央に、ぽつりと小さく紺色の部分がある。

「あの濃紺のところだ。まだ寄れるか？」

　タロスはドンゴに訊いた。

「キャハハ、可能デス」

　紺色部分が拡大され、矩形になった。といっても、画面全体に占める割合はまだまだ低い。

「もっと！」

「限界デス。キャハハハ」

「ちっ」

　無理が通らなかった。タロスは舌打ちし、スクリーンに視線を据えた。

　濃紺の矩形は、地下にひそんでいる《クリムゾン・ナイツ》の武器密造工場だ。リモートセンシングは、地表から放射、あるいは反射されてくる電磁波等を解析処理して、地上の情報を遠隔地から得る。ケースにもよるが、浅ければ地下の状況もはっきりと知ることができる。

「少なくとも、情報屋は嘘つきではなかった」

タロスはまた独りごちた。メインスクリーンを通常映像に戻した。草原のグリーンに埋めつくされたマティマティコ高原の中央——武器密造工場の位置に白点を置いた。

「調達したミサイルのセッティングは大丈夫か？」

ドンゴに念押しをした。

「キャハ、問題ナシ。完璧」

「よし」レバーを握るタロスの指に力がこもった。

「急速降下する」

〈ミネルバ〉は深い角度と猛加速で、一気に地表への進撃を開始した。

鞍部《コル》をわずかに下った地点でホバリングしながら〈ファイター2〉はゼロアワーを待っていた。すでに、その時まで三十秒を切っている。

「きた」

ジョウが鋭く言った。蒼空に白い尾を引いて降下してくる〈ミネルバ〉を視認した。

レーダーではとうに捕捉していたが、やはり肉眼で見ると安堵感が大きい。

だしぬけに高原の一部から白煙が湧きあがった。

ミサイルだ。ミサイルが十数基、地下から発射された。弾頭が、まっすぐに〈ミネルバ〉をめざしている。

〈ミネルバ〉の舷側が断続的に光った。

ビーム砲の光条が疾《はし》る。ビームは飛来するミサイルを貫き、火球に変えた。〈ミネルバ〉の前進を阻むミサイルは一基もない。逆に、〈ミネルバ〉がミサイルを射出した。それが攻撃開始時間であるゼロアワージャストだった。

幾十もの火柱が、マティマティコ高原にあがった。衝撃波が丸い輪を描き、つぎつぎと広がっていく。

轟音と振動が〈ファイター2〉の前窓を激しく叩いた。

ミサイル攻撃は連続していた。第二波が地上に到達した。

再び地表が深くえぐられ、赤黒い塊と化した炎が、大地を激しく灼く。

いきなり、高原の一画が丸く盛りあがった。

内部からの誘爆かと思い、ジョウは目を凝らした。違う。そうではない。蓋《ふた》がひらくように、高原の一部が口をあけた。《クリムゾン・ナイツ》側が動いた。地下に格納されていた戦闘機が出撃した。〈ミネルバ〉を迎撃すべく、陸続と飛びだしてきた。

いまだ！

ジョウは心の中で叫び、〈ファイター2〉を発進させた。猛烈な加速だ。〈ファイター2〉は、ホバリング状態からいきなり超高速へと移行した。Gの重圧で骨がきしみ、顔が歪《ゆが》むが、歯をくいしばって耐える。意識を保とうと、アルフィンも必死だ。

逆落としのように高度を下げた。高原の中央へと強引に躍りこんだ。上昇する敵戦闘機編隊と一瞬ですれ違った。ジョウの眼前には、かれらがでてきたハッチがある。ほとんど減速させず、ジョウは〈ファイター2〉をその中へと突入させた。

《クリムゾン・ナイツ》はうろたえた。これはとんでもない離れ技だ。戦闘機編隊の一部が、あわてて反転した。全十二機のうち、四機がUターンした。編隊が大きく乱れた。

そこへ。

緑色の光線が螺旋《らせん》を描き、突き進んできた。

二機が爆発した。火だるまになって、墜落する。残る二機は光線の直撃こそあびなかったが、炎上する僚機に針路をふさがれた。かわしきれない。火球に激突した。あらたな爆発がふたつ、生じた。一瞬だった。敵戦闘機四機が、蒸発した。

不意打ちしたのは、ガレオンだった。地上装甲車であるガレオンは丈《たけ》高い草の中にひそんで、ゼロアワーを待っていた。そして、電磁主砲の一撃で四機の戦闘機を屠《ほふ》った。

ガレオンは前進を開始した。めざす場所は、《クリムゾン・ナイツ》の地下工場だ。

その上空では、〈ミネルバ〉が舞いあがってきた八機の迎撃戦闘機と空中戦に入っている。戦闘機は数でまさる上に小回りがきく。しかし武装が貧弱で、少々被弾しても〈ミネルバ〉に損傷はない。巨大な猛禽相手に小鳥が八羽、立ち向かうような形だ。

そのころ。

〈ファイター2〉は地下格納庫の制圧を進めていた。正面からすさまじい弾幕を浴びたが、それをビーム砲の乱射で制した。ミサイルを使えば、もっと楽に片づけることができたが、地下格納庫は予想よりも狭かった。うかつな攻撃をすると、自分自身が爆発に巻きこまれる。

ジョウは必死になって、ビーム砲を撃ちまくった。それが功を奏した。敵の反撃が目に見えて弱まった。ジョウは〈ファイター2〉を可能な限り地下深く進ませ、格納庫隅への着陸を強行した。着陸と同時に主操縦席をアルフィンにまかせる。バズーカ砲をかかえ、ヘルメットをかぶり、クラッシュパックを背負った。

キャノピーを数秒だけひらき、〈ファイター2〉からでた。

弾幕が集中する。豪雨のような攻撃だ。ジョウは床に身を伏せ、素早く転がって位置を移した。〈ファイター2〉は格納庫の壁のすぐ脇に降りた。軽合金の部材がトラス状に組まれた壁だ。その部材の隙間に、ジョウはもぐりこんだ。

銃撃が熄《や》んだ。ジョウはそっと顔を突きだし、敵の様子をうかがった。

突きあたり、床から七、八メートルのところに小さなブースがある。格納庫からの機体発着を指揮する管制室らしい。その下にずらりと銃座が並んでいる。銃座のいくつかは〈ファイター2〉のビーム砲で破壊されていたが、大部分はまだ健在のようだ。まず、あれを叩かねばならない。

ジョウは手を挙げて、〈ファイター2〉に合図した。通信機は傍受されることを考え、使用しない。

〈ファイター2〉が垂直噴射で数メートル上昇した。ビーム砲での攻撃を再開する。間髪を容れず、銃座も反撃を開始した。

ジョウはバズーカ砲をトラスの間から突きだし、トリガーボタンを押した。

銃座のひとつが吹き飛んだ。銃身が首をめぐらす。その狙いがジョウへと変わった。

ジョウの周囲に弾着が集中した。ジョウは身を引き、〈ファイター2〉がそれを鎮めるのを待った。銃座が灼き裂かれる。すかさず、ジョウはバズーカ砲でとどめを刺した。

また銃撃が弱くなった。

チャンスだ。ジョウは背後を振り返った。しゃりしゃりと響く金属音が耳朶《じだ》を打つ。地上からこの格納庫へとつづく斜路にガレオンの姿が見えた。ゆっくりと下ってくる。

「ぴったしだ」

ジョウはそうつぶやき、また正面に向き直ってバズーカを撃った。大型の予備弾倉を腰に提《さ》げているので、ロケット弾が尽きる心配は当分ない。

〈ファイター2〉が、さらに数メートルほど上昇した。そのまま百八十度転針する。ガレオンが電磁主砲でそれを援護した。地上装甲車は、時速十五キロくらいでのったりと進んでくる。選手交代だ。〈ファイター2〉は外にでる。全長十メートルもあっては、地下工場で身動きがとれない。その点、全幅二・九八メートル、全高一・五二メートルのガレオンならば、人間専用の通路であっても容易に入りこむことができる。

ガレオンが、ジョウの真横にきた。電磁主砲、二門のレーザー砲、ブラスターと搭載している武器を手あたり次第に撃っている。〈ファイター2〉が加速し、地下格納庫から離脱した。

ジョウはガレオンをやりすごして、その後方にまわった。後尾の予備ハッチが手前にひらいた。バズーカ砲をかかえたまま、ジョウはガレオンの中へと飛びこんだ。

「いいぞ、リッキー」

車長席に着き、ジョウは言った。ガレオンの車内は狭い。身長一メートル八十センチのジョウは、からだを半分かがめていなければならない。操縦席のリッキーは、一心不乱に四本のトリガーレバーを操作している。

「右手に扉がある。ぶち破れ！」

ジョウは大声で怒鳴った。なまじの声では言葉が耳に届かない。リッキーは、はっと我に返り、急いで照準スクリーンをセットし直した。

電磁主砲のトリガーレバーを引く。

あっという間に軽合金製の扉が融け崩れた。丸い穴があいた。

がりがりと壁を削り、ガレオンは穴の内側へと進入する。

わずかに残った銃座がガレオンを狙って火を噴いた。しかし、もうなんの役にも立たなかった。

アルフィンの操縦する〈ファイター2〉が高原の空へと戻った。〈ミネルバ〉と戦闘機の空中戦は、もう決着がついていた。高原のそこかしこに撃墜された戦闘機の黒煙が見える。〈ミネルバ〉はそれを睥睨《へいげい》するかのように上空を旋回している。

「調子はどうだ?」

レーザー通信で、タロスが訊いてきた。指向性の強いレーザー通信は盗聴されにくい。

「順調よ。予定どおり、やってちょうだい」

アルフィンが答えた。声が弾んでいる。鼻歌でもでてきそうな雰囲気だ。とても戦闘中とは思えない。

「オッケイ」タロスはにっと笑った。事が、おもしろいように計算どおり運んでいる。

「ドンゴ、素粒子爆弾セット」

ロボットに命令した。

「キャハ、せっと完了」

ドンゴの応答も早い。

「投下は自動制御だ」

タロスは〈ミネルバ〉の高度を下げた。もう地上からはなんの攻撃もない。敵の迎撃システムは、すべて死んでしまったらしい。地下はともかく、地上より上に関する限り、いまは〈ミネルバ〉の天下である。

〈ミネルバ〉の船体下面が小さくひらいた。そこから直径約一メートルの素粒子爆弾が、マニピュレータに吊り下げられて姿をあらわした。

素粒子爆弾は名称こそ爆弾となっているが、通常の爆弾とは異なり、音も光も熱も発生しない。作動と同時に爆弾本体が消滅し、その二、三秒後にセットした範囲の物体がすべて蒸発してしまう。そういう仕組みになっている。

タロスはコンソール右端にある投下スイッチを自動モードに変えた。素粒子爆弾は投下位置を厳密に定めないと、取り返しのつかない事態を惹《ひ》き起こす。とくにいまは作動地点の近くに、ジョウとリッキーがいる。目測を誤って、ふたりを蒸発させる羽目に陥ったら、それこそ不始末というだけではすまされない。そこで、自動制御に切り換え、〈ミネルバ〉の速度《ベクトル》、外界の諸条件に応じて爆弾を投下できるよう、コンピュータに判断をまかせた。

マニピュレータの金属爪がひらく。

素粒子爆弾が〈ミネルバ〉から離れた。

大きな弧《こ》を描き、戦闘機の格納ハッチから百数十メートル隔たった地点に、素粒子爆弾が落ちた。重量五百キロの金属球が、鈍い音とともに地面にめりこんだ。

つぎの瞬間。

丸い穴を残して、素粒子爆弾が掻き消すように見えなくなった。ぶれるように、大地の輪郭が乱れる。その密度が急速に稀薄になっていく。

消えた。

地表が、ふっと闇に溶けこむように消滅した。

2

直径五百メートルに及ぶ半球状の窪地《くぼち》が、地表に生じた。

素粒子爆弾のめりこんだ地点を中心にして、そこにあった物質がすべて完全に蒸発してしまった。

ジョウとリッキーが侵入した地下格納庫も、ほとんど消え失せていた。残っているのは、いちばん奥の壁とそこに設けられていた管制室、それにジョウたちの攻撃で破壊された銃座程度だ。ガレオンの電磁主砲で穴を穿《うが》たれた扉も奥の壁に張りついている。

「タロス、最高！」

アルフィンが手放しで絶賛した。

「そりゃあ、もう」

「こんぴゅーたガ優秀ダカラデス、キャハハハ」

「う！」

ドンゴに割りこまれ、タロスは絶句した。なまじ正論なだけに、反駁《はんばく》ができない。

「タロス、しっかり！」

アルフィンが励ます。タロスは頰をぴくぴくとひきつらせ、

「降りるぞ、ガラクタ！」

一声、吼えた。〈ミネルバ〉と〈ファイター2〉は、ここで着陸する段取りになっている。

「準備、デキテマス。キャハ」

ドンゴはひるまない。

「おもしれえ」

タロスは叩きつけるように操縦レバーを倒した。〈ミネルバ〉は石のように落下し、地上すれすれまで降下した。そこで、垂直噴射をおこない、減速する。瞬間的に、Gが慣性中和機構の限界を超えた。ドンゴが副操縦席から弾き跳ばされ、床にひっくり返った。

「ヒドイ」

「準備が甘いんだよ」

ドンゴの抗議を、タロスは一蹴した。

船体を小刻みに震わせ、〈ミネルバ〉は窪地の外縁ぎりぎりの位置に着陸した。


そのころ。

ガレオンが苦戦していた。

撃ち抜いて侵入した格納庫の扉から、まだ百メートルあまりしか進んでいない。入りこんだところが横道のないまっすぐな通路だったのが苦戦の原因となった。敵の反撃がすさまじい。だが、それをしのぐ場所がない。

敵はすべて、完全武装したアンドロイド兵士であった。人間は、ひとりもいない。ジョウはふと、ミネッティ・インダストリー・コーポレーションのアンドロイド歩兵を思いだした。かれらは演習用なので、人間とほぼ同じ強度でつくられていた。が、ここのアンドロイド兵士は違った。とてつもなく頑丈で、かつ特殊部隊の兵士にも匹敵する戦闘能力を有していた。しかも、人間と異なり、恐怖というものをまったく感じない。当然のことだが、いくら破壊されても、いっこうにひるむ気配を見せない。こなごなに砕け散った仲間の破片やパーツを踏み越え、無表情にガレオンめざして突進してくる。この姿を見て、逆に恐怖をおぼえるのは、ジョウとリッキーのほうだ。それに、横道はなくとも、この通路のそこかしこには人間用のエレベータや小さな出入口がたくさんあるらしく、スクラップの山を築いても、つぎからつぎへとアンドロイド兵士は出現してくる。文字どおり、きりがない。

それでもガレオンはじりじりと前進をつづけ、ようやくこの細い通路を抜けた。少し広い場所にでた。

でたところは、ターミナルのようなところだった。通路から通路へと移るためのロータリー状交差点だ。

このターミナルにも、アンドロイド兵士はたくさんいた。装飾品やスクリーンなどは根こそぎ片づけられてしまったらしく、壁や床にも、それらしきものは何もない。

「壁に沿ってガレオンを進ませろ」

ジョウがリッキーに指示をだした。ロータリーとして使われているため、壁がゆるやかに湾曲している。円形のホールに似た構造だ。壁に沿って進めば、左側面からの攻撃を受けないですむ。適当な通路に逃げこむこともできる。

とはいえ、アンドロイド兵士の攻撃は、依然として熾烈《しれつ》を極めていた。強力な電磁主砲の威力でなんとか接近を防いではいるものの、すでにビーム砲の砲塔一門は損傷して作動しなくなっている。このおびただしい数のアンドロイド兵士を相手にガレオン一輛で対抗するのは、もう限界に近い。このままだと、確実に仕留められてしまう。

「タロスとアルフィンはまだかい？」

反撃の照準操作に追われながら、リッキーがジョウに向かって訊いた。直接、砲火を交えているリッキーには、劣勢がはっきりとわかっている。

「まだだ」

車長席でジョウは、少し苛立《いらだ》っていた。ガレオンの中で、ジョウの役割はほとんどない。操縦は作戦と動く方角さえ決まれば、あとはパイロットとコンピュータがすべてを受け持つ。間断ない攻撃がつづいているいま、作戦立案など不可能だ。やれることは、敵のいるところを狙ってただひたすらに撃ちまくるだけ。それはむろん、リッキーの仕事となる。

予定どおり、タロスたちがきていれば、もう突破できている。

ジョウは唇を噛んだ。通信機で様子を確認したい。しかし、いま交信したら、間違いなく盗聴される。それはあまりにも危険だ。

「兄貴！」切羽詰まった声で、リッキーが叫んだ。

「動力回路をやられた。予備に切り換えたけど、このままじゃ長くはもたない」

「………」

いよいよか、とジョウは思った。決断のときがきた。ジョウは車長席から脱し、ガレオンの床に降りて、腰をかがめた。

「外にでる」

リッキーに言った。

「え？」

「外にでて敵を撹乱《かくらん》する。このままではガレオンごとお陀仏《だぶつ》だ」

「でも」

「俺のことは気にするな。外にでたほうが、かえって動きやすい」

ジョウは車体下面の非常ハッチをひらき、ガレオンの外にでた。ヘルメットをかぶり、手にはバズーカ砲を持っている。仰向けになり、地面に横たわった。そのままガレオンをやりすごす。ガレオンが自分の上を通過するのと同時に身を起こし、車体後部側面の蔭へと入った。その足もとで、銃弾が跳ねた。さすがにアンドロイド兵士は目がいい。もう見つかってしまった。

ジョウはバズーカを構え、数発を撃った。ガレオンは時速五キロの低速運転になっている。撃ちながら移動しても、十分についていける。

壁に、枝通路の口がひらいていた。ガレオンがくると、その通路の奥からビームが幾条か疾《はし》った。この奥にもアンドロイド兵士がいるらしい。ジョウは腰のフックに提げていた手榴弾をひとつ把《と》り、通路の中に投げこんだ。

爆発する。

即座にバズーカの砲身を通路に向かって突きだし、トリガーボタンを押した。二、三発撃つと、光条が熄《や》んだ。狭い通路だ。ガレオンが進むと、身動きがとれなくなる。壁に沿っての前進をガレオンは続行した。ジョウは体をひるがえし、ロータリーの中央へと向き直った。

「！」

背すじが、ざわりと冷えた。

アンドロイド兵士の数が多い。包囲網がひときわ小さくなっている。どうやら、通路のあちこちから増援部隊がやってきたらしい。

弾丸とビームが団体になって降ってきた。ジョウはガレオンと壁の隙間にもぐりこんだ。反撃したいが、それは無理だ。バズーカを撃つどころか、敵の様子をうかがうことすらできない。

ジョウは諦《あきら》めて通信機のスイッチを入れた。

「タロス！　急げ。ちょっとやばい」

早口で言った。

「だめです」すぐに応答があった。

「こっちも通路で立ち往生してます。一歩も進めません。前方はアンドロイド兵士でい

っぽいです」

「ちいっ！」

ジョウは舌打ちした。ガレオンの存在があって、ようやく攻略できた通路である。徒歩のタロスとアルフィンが、その防衛網を突破する確率はうんざりするほど低い。

「兄貴！」ガレオンの中から、リッキーが呼びかけてきた。

「だめだ。もちこたえられない」

言われなくても、わかっていた。アンドロイド兵士は、すでに眼前近くまで迫ってきている。撃破できる望みはまったくない。

「無謀だったか」

ジョウはつぶやき、観念しかけた。

そのときだった。

床が、突きあげられるように大きく揺れた。鈍い音が、遠くから響く。壁がびりびりと振動する。

なんだ？

ジョウはいぶかしんだ。しかし、音も振動も、すぐに消えた。ジョウは意識をアンドロイド兵士に戻した。まもなく一斉攻撃を開始するはずだ。力押しで、一気にガレオンとジョウを仕留めようとする。

ジョウは床にすわりこんだ。瞑目《めいもく》し、敵の突入を待った。

こない。

誰もこない。攻撃も仕掛けられない。不思議に、周囲が静かだ。

どういうことだ？

不審に思い、目をひらくと、リッキーからコールがあった。

「兄貴、アンドロイド兵士が！」

リッキーは言う。

ジョウはガレオンの蔭から首を突きだした。と、そこには、意外な光景があった。

アンドロイド兵士が機能を停止している。凍りついたように動きを止め、その場に立ち尽くしている。中には、バランスを失って床に倒れているアンドロイドの姿もある。

「…………」

ジョウは茫然として、立ちあがった。ガレオンのハッチがひらき、リッキーが半身をのぞかせた。かれも唖然《あぜん》としている。

だしぬけに、左腕の通信機から声が飛びだした。

「侵入者、聞こえますか？　侵入者」

ジョウはぎょっとなった。通信機をまじまじと見つめる。声は女のそれだ。ひどく甲《かん》高《だか》い。

「侵入者、聞こえますか？」

また繰り返した。無視するわけにはいかない。

「聞こえている」

短く答えた。

「ああ、よかった。通じたわ」

女の声に、安堵《あんど》の響きが加わった。

「誰だ？　何があった？　なぜ、俺たちを呼ぶ？」

ジョウは矢継ぎ早に質問を放った。

「あたしは、ここで働く技術者です」声は言った。

「あなたがたの攻撃をきっかけに、ここの技術者グループが叛乱《はんらん》を起こしました。いま、ここの管理システムを破壊しています。もうアンドロイド兵士は動けません」

「叛乱？」ジョウの頬がぴくりと跳ねた。

「それは本当か？」

「本当です。あなたがたがどこにいるのかも、わかっています。こちらにきてください」

「…………」

「ターミナルホールから、通路のひとつに入ります。その通路は──」

声が経路をジョウに伝えた。ジョウは半信半疑だ。が、一方的に声は言葉をつづける。

「了解した」話を聞き終え、ジョウは言った。

「どうするかは、こちらで決める」

通信をカットし、ジョウはタロスを呼んだ。

「いまのを聞いたか？」

「へい」

やはり、いまの通信はタロスのもとにも届いていた。

「俺は、行く。おまえたちもこい」

そう言った。罠《わな》かもしれないが、いまのジョウたちに他の選択肢《せんたくし》はない。

「急行します」

通信を切り、ジョウはガレオンに飛び乗った。指定された通路にガレオンを進め、時速四十キロで通路を走った。数十秒で、目的地に到達した。

通路に面したドアが大きくひらいていた。そこにくるように、ジョウは言われた。ジョウとリッキーは、ガレオンから降りた。

バズーカ砲とレイガンを構え、ドアをくぐった。

屍体《したい》があった。

累々《るいるい》と転がっていた。

かなり広い部屋だ。その室内が、原形を留めぬまでに破壊された機械設備と、数十人に及ぶ死骸で埋めつくされている。

屍体は、全員が武装していた。レイガンかニードルガンを握っている。ニードルガンは、ジョウたちが唯一の手懸りとしていた、あの《クリムゾン・ナイツ》のものだ。

部屋の隅に女性がいた。彼女が、ただひとりの生存者だった。爆破され、スクラップと化した大型装置の脇に、ひっそりとうずくまっていた。彼女だけは武器を手にしていない。かわりに、小型の通信機をしっかりとかかえている。

ジョウとリッキーは、彼女の前に立った。女性は緩慢《かんまん》な動作で身を起こし、立ちあがった。からだにぴったりとフィットしたスペースジャケット風の服を着ている。胸と腰が豊かで、きゅっとくびれたウエストが驚くほど細い。みごとなプロポーションだ。年齢は二十六、七歳といったところだろうか。褐色の髪がばらばらにほつれ、顔もひどくすすけているが、それでもはっとするほどに美しい。

「クラッシャージョウだ」

ジョウは低い声で言った。

「あたしは……」消え入りそうな声で女性は応えた。

「あたしは、ウーラです」

3

「なに？」

　ジョウの表情がひきつった。

「ここの技師長をしていたウーラです」

　女性はもう一度、自分の名を告げた。

「ウーラ！」ジョウは目を丸く見ひらき、叫んだ。

「あんたが、ウーラ」

「知ってるんですか？　あたしのこと」

　ウーラの目がまっすぐにジョウを捉えた。

「俺たちは、マハリック博士にヒントをもらい、ここにきた」

「えっ！」

　今度はウーラが驚愕《きょうがく》する番だった。ジョウは、これまでのいきさつをざっと語った。

「そうでしたか」ウーラは納得し、何度もうなずいた。

「でも、ここは《クリムゾン・ナイツ》の本拠地ではありません。ただの武器製造工場です」

「それは、わかっている」ジョウは周囲を見まわし、言った。

「俺たちがここへきたのは、本拠地を探すためだ」

「じゃあ」

ウーラがさらに何か言おうとした。そのとき、その言葉をさえぎるようにタロスとアルフィンが部屋の中へと入ってきた。

「ジョウ！」

「遅くなりました」

ふたりを見て、ウーラがかすかに怯えた。

「心配いらない。仲間だ」

ジョウはウーラをなだめ、タロスに向き直った。

「コンピュータの端末を調べろ。何がなんでも《クリムゾン・ナイツ》の本拠地に関するデータを見つける」

「あの」

背後から、ウーラが声をかけた。

「？」

ジョウは首だけ振り返った。

「《クリムゾン・ナイツ》の本拠地でしたら」ウーラは言った。

「あたし、知っています」

「なんだってえ？」

四人はいっせいに動きを止めた。

「知っているんです」ウーラは、一語一語くぎるように言った。

「本部は、キマイラ連邦の、第五惑星、インファーノに、あります」

「！」

それは、驚くべき情報だった。


〈ミネルバ〉に戻った。

ウーラも一緒だった。武器密造工場に、ウーラ以外の生存者はひとりもいなかった。

すぐに発進した。テランドープの衛星軌道から離脱し、テミストラの星域外縁をめざした。

加速が安定したところでジョウは操縦室からでて、ウーラのいるリビングルームに身を移した。ウーラはひとり、ソファの隅に座していた。

「完全にしてやられた」ウーラに向かい合うソファに腰を置き、ジョウは言った。

「灯台下《もと》暗しってやつだな」

「《クリムゾン・ナイツ》の本部がキマイラ連邦にあるのはたしかです」ウーラが言っ

た。

「改造されたまま放置されていたインファーノに目をつけ、かれらはそこに本部を築いたのです。間違いありません」

「…………」

ジョウは無言でうなずいた。

《クリムゾン・ナイツ》の本部がキマイラ連邦にある。それは、考えられないことではない。キマイラ連邦の民主平和党が組織の黒幕ならば、ありうる話だ。思えば、バロン・ギルバートが暗殺されたときの状況からして不可解だった。スナイパーは足の遅いイオノクラフトで悠然と逃亡し、追いつめると、五台の装甲エアカーが忽然《こつぜん》とあらわれた。キマイラ連邦に深く巣食っていない限り、そんなマネは誰にもできない。あらためて記録を精査してみたが、《クリムゾン・ナイツ》が他の惑星でこんな大胆な仕事をした例はひとつもなかった。

「ジョウ」

アルフィンが操縦室からやってきた。なんとなくそわそわしている。

「どうした？」

ソファにすわったまま、ジョウは顔だけをアルフィンに向けた。

「ワープインに備えて操縦室にいたほうがいいんじゃない」小声で、アルフィンは言った。

「それに、ウーラさんももう少し休んでもらったほうがいいと思うし」

「ワープイン？」ジョウはスクリーンに表示されている航路模式図を見た。

「ポイント到達まで、まだ一時間以上かかるはずだぜ」

「だから、ウーラさんが……」

「あたしは、かまいません」ウーラが婉然《えんぜん》と微笑《ほほえ》み、口をはさんだ。

「もう十分に体力は回復しています」

「いちいち気にかけなくていい」ジョウは、うっとうしそうに右手を振った。

「船のことはそっちにまかせる。まだいくつかウーラに訊きたいことが残ってるんだ。それがすんだら、すぐに行く」

「そっ」

長い黄金の髪をなびかせて、アルフィンはくるりとジョウに背を向けた。リビングルームのドアが、静かに閉まった。

「ふん。ぺっ」

操縦室に入ってくるなり、アルフィンが爆発した。

「なによ。あの女」大声で叫ぶ。

「ジョウに媚《こ》び売りまくり。冗談じゃないわ。ジョウもジョウ。何かというと、あの女のとこなんかに行っちゃって。質問なんて、もうひとつもないはずよ」

「しょうがないだろ」笑いながら、リッキーが言った。

「ウーラはすごい美人なんだもん」

「だから、なに？」アルフィンは、きっとなり、リッキーを睨みつけた。

「だから、なんなの？」

「いや、だからって、それは……」

リッキーは、しどろもどろになった。

アルフィンがつかつかとリッキーに歩み寄った。右腕がすうっと上にあがった。

甲高い音が操縦室に反響《こだま》した。痛烈な平手打ちが、リッキーの頬を一撃した。

「あうっ！」

顔を押さえ、リッキーは呻いた。

「口に気をつけるのね」冷たい声で、アルフィンは言い放った。

「レイガンぶちこまれなかっただけでも、幸運なんだから」

「うひゃあ」主操縦席のタロスが首をすくめ、小さくつぶやいた。

「こわいよお。女のしっ」

「タロス！」

凛《りん》、とアルフィンの声が響いた。

「ぎく」

タロスの全身が硬直した。そおっと首をめぐらすと、青い炎のような双眸がタロスを凝視している。あわてて、タロスは正面に向き直った。

「なんか、言った？」

アルフィンが問う。

「俺？　いや。何も言っていない。全部、リッキーが悪い」タロスは首を横に振り、きっぱりと言った。

「アルフィンの気持ちを無視して、あほがまぬけなことをほざく。本当に悪い。絶対に悪い。殴られて、当然」

「そっ」アルフィンはきびすを返し、空間表示立体スクリーンへと戻った。

「なら、いいのよ」

重い音とともに、シートに腰をのせた。

電子音が流れる。

空間表示立体スクリーンのコンソールからだった。特殊通信の緊急呼びだし音だ。暗号化されたハイパーウェーブである。しかし、アルフィンはどこか遠くを見ていて、それに応じようとしない。

「あのう」左頬を真っ赤に腫《は》らしたリッキーが恐る恐る声をかけた。

「何か、そちらで鳴ってるようなんですが」

ぎろ、とアルフィンの目がリッキーを見た。リッキーの上体が、感電でもしたかのようにびくんと震えた。

「あの……呼びだし音」

怯えながらも、リッキーは言葉をつづける。

「わかってるわ」

これ以上になく、とげとげしい声でアルフィンは答えた。そして、うんざりするほど緩慢《かんまん》な動作で、アルフィンはコンソールに腕を置き、受信スイッチをオンにした。表情が物憂《ものう》い。動きに生気がない。

しばし、スクリーンを眺めていた。そこに浮かぶ文字を読んだ。

眉が跳ねあがった。アルフィンの顔が、ひきつるようにこわばった。

それはたしかに緊急通信であった。


「《クリムゾン・ナイツ》に入った経緯《けいい》を教えてほしい」

アルフィンが去ったので、ジョウは質問をつづけた。

「ただ、銃器開発技術者募集のスカウトに応じただけです」

ウーラはそう言い、ふっと目を伏せた。長いまつげがふわりと動く。そのなにげない動作が洗練されていて、優雅だ。アルフィンも元王女だけに優雅さでは負けないが、ウーラに比べると、やはりまだどこかが幼い。

「マハリック先生が学園をおやめになって、あたしは研究に対する興味を失っていました」目を伏せたまま、ウーラは言う。

「マハリック先生は銀河系で最高の科学者です。先生はすぐれた理論家であり、卓越した技術者でした。先生のいない研究室は、もう研究室ではありません」

「で、大学を去り、スカウトに応じたら、それが《クリムゾン・ナイツ》の罠《わな》だったということか？」

「最初は、ちゃんとした研究所を与えられました。でも、半年後にテランドープに移され、そこで、あたしを雇ったのが《クリムゾン・ナイツ》であることを知らされました」

「…………」

「逃げようと思いました。しかし、それは不可能でした。険しい山中の施設。監禁され、命令に従わない者は殺すと脅される日々。だまされて連れてこられた技術者は、あたしを含めて三十三名いましたが、みんな脱走の機会をうかがいながらも、実行はほとんど諦めていました」

「…………」

「叛乱が起きたのは、あなたがたが素粒子爆弾を使用した直後です。あたしたちを監視していたアンドロイド兵士がすべて防衛にかりだされた瞬間に、その決断が下されました。研究室に残っていたのは、アンドロイドを指揮する《クリムゾン・ナイツ》の人間が十人ほど。あたしたちは監視の目を盗んでつくっておいた独自の武器を使い、かれらに奇襲をかけました。でも、たった十人とはいえ、相手は殺しのプロです。素人が戦うには荷が重すぎました」

「向こうも全滅したが、三倍の人数がいた研究者も皆殺しにされたんだな」

「生き残ったのは、あたしひとりです」

ウーラの目に、涙がにじんだ。

「きみは、どうして助かった？」

「セルゲイという技術者が、叛乱開始と同時に、あたしの頭を殴《なぐ》って気絶させたのです。三十三人の中で、女はあたしひとり。そのことを気遣ったのでしょう」

ウーラの瞳から、大粒の涙がぼろぼろとこぼれ落ちた。

「…………」

「意識を戻して、仲間がみんな死んでいることを知ったあたしは、錯乱状態に陥りました。恐怖と悲嘆と絶望がいちどきに押し寄せてきて、何もわからなくなった。孤独感に圧《お》しつぶされそうになった。だから、あたし、通信機を持ちだして……」

感情が高まった。ウーラは言葉に詰まり、わっと泣き崩れた。あわててジョウはウーラの横に行き、その肩をやさしく支えた。

「ジョウ！」

声が響いた。アルフィンだ。いきなり駆けこんできた。

アルフィンはソファで抱き合うジョウとウーラの姿を見た。そのまま立ちすくんだ。あとの声がでてこない。

「どうした？　アルフィン」

ジョウが首をめぐらし、訊いた。

アルフィンは我に返り、あせって口をひらいた。

「ク……クラッシャー一級指令が送られてきちゃった」

「なに！」

ジョウの顔色が変わった。クラッシャー一級指令は、すべての通信に優先して全クラッシャーに発信されるクラッシャー評議会の最高命令だ。必ず暗号化されて届く。めったに発令されるものではない。

「内容は？」

「ブロディが」アルフィンはあえぐように言った。

「クラッシャーブロディのチームが行方不明になったの。これまでの五チームと併《あわ》せて、公開捜索に踏みきるって」

「行方不明？　ブロディが？」

終わりまで聞かず、ジョウは叫んだ。かがめていた上体を、勢いよく起こした。

アルフィンとともにジョウは操縦室へと取って返した。

「どうしましょう？」

ジョウの姿を見て、タロスが訊いた。

「捜索に加わるのは、無理だ」ジョウは答えた。

「シモノビッチの定めた期限まで、あと百三十時間あまり。もうその半分近くを費やしてしまった。このままでは間に合わない」

「すると、ブロディは」

「テランドープで遭遇したことだけ、通報する。この状況では、それ以上のことができない」

「わかりやした」

「リッキー！」

ジョウは、リッキーを呼んだ。

「ウーラを船室に。ポイント到達と同時にワープインする」

「了解！」

ジョウは副操縦席に着いた。計器のチェックを開始した。

十六分後。

〈ミネルバ〉はキマイラ連邦に向けてワープした。

4

ワープアウトした。窓外中央に、黄色く輝く恒星があった。キマイラである。

〈ミネルバ〉は星域内に進入し、第五惑星に向かった。

インファーノは直径一万三千六百キロ余。惑星のタイプとしては、ありふれたものだ。海陸比が六対四くらいで、これも平凡な数値である。大陸は九つに分かれ、惑星全体に平均的に散らばっている。それぞれに名称はあるのだろうが、ジョウは知らない。データも存在しない。未入植のため、公式の地図が作成されていないからだ。

ジョウはウーラを操縦室に呼んだ。

「インファーノといっても、けっこう広い」ジョウは言った。

「もう少し、具体的な位置はわからないだろうか？」

スクリーンを指し示した。そこには、軌道周回中に構成したインファーノの模式図が映しだされている。

「あたしも小耳にはさんだだけなのです」ウーラは模式図を見つめた。

「ただ、インファーノ最大の大陸にあるということを誰かが話していたことがあります」

「最大の大陸ねえ」ジョウは首をひねった。

「曖昧《あいまい》な情報だな。どれも似たようなサイズだ」

「面積なら、作図のときに計算されています」

タロスがキーを叩いた。模式図に数字が重なった。

「こいつか」

ジョウは北半球に広がる大陸に視線を向けた。

「どうすんだい？」

リッキーが訊いた。

「高度を下げて、この大陸の上を飛行し、センシングをかける。うまくいけば、何かを発見できる。うまくいかなくても、ここに本部があるのなら、《クリムゾン・ナイツ》が必ず動く。邪魔者を排除しようとする」

「なるほど」タロスが腕を組み、にやりと笑った。

「さっそく、やってみましょう」

　ウーラを船室に帰し、〈ミネルバ〉は地上に向かって降下した。

　最大の大陸の上空に至った。速度を落とし、大陸の端から端を行ったりきたりする往復航行を開始した。クラスⅢ《スリー》までしか改造がなされていないので、自然がいかにも荒々しい。ひとつの大陸に、火山地帯があり、砂漠があり、密林がある。バラエティに富んだ光景だ。

　高度三千メートルの飛行が、三時間ほどもつづいた。

　とつぜん、アルフィンが甲高い叫び声をあげた。

「9B398！　飛行物体の上昇をキャッチ」

「機種、機数、速度」

　ジョウは即座に反応した。アルフィンも、すぐに答えた。

「小型の機体。おそらく単座の戦闘機。光点は十。速度はマッハ七。現在、距離四千三百メートル。高度は千六百メートル。全機上昇中で、まっすぐにこちらへと向かってきている」

「ひっかかったな」ジョウの口もとに笑みが薄く浮かんだ。

「全部、叩き落としてやる」

「少し泳がせて、発進基地を探そうよ」

　リッキーが言った。

「無理だ」ジョウはかぶりを振った。

「速度と動きを見ろ。あれは無人機だ。どんなに追いつめられても突っこんでくる」

「ちえ」

「がっかりするな」タロスが言った。

「だいたいの発進地点はつかんだ。それだけでも大収穫だぞ」

「距離二千五百！」

アルフィンのカウントが入った。

「いい距離だ」

ジョウは、コンソールにトリガーレバーを起こした。照準スクリーンをオンにした。

が。

ジョウの表情が曇った。照準スクリーンに映像が表示されない。

「あっ！」アルフィンも悲鳴に似た声を発した。

「レーダー画面が乱れてる」

「こっちも、へんだ」タロスはうなった。

「加速できない。高度が落ちている」

「出力低下！　動力の反応が鈍い」

リッキーが血相を変えた。必死でコンソールのキーを叩いている。

「敵の攻撃か？」

ジョウの腰が浮いた。こんな故障は考えられない。〈ミネルバ〉のシステム全体が狂いはじめている。人為的な介入によるものとしか思えない。しかし、そんなことは不可能だ。敵戦闘機は、まだ〈ミネルバ〉に指一本触れていない。

メインスクリーンがホワイトノイズで埋まった。真っ白になり、映像が消えた。レーダーも動かない。となれば、頼りになるのは肉眼だけだ。

フロントウィンドウの中に、戦闘機の機影が大きく広がった。真正面に敵の機体が迫った。

ジョウは照準を無視して、ビーム砲のトリガーボタンを押した。

だめだ。ビームが発射されない。

ミサイルの発射ボタンを押した。

これも反応がない。

「ちくしょう」

ジョウは拳でコンソールを殴りつけた。

〈ミネルバ〉の船体が、震えるようにぶるっと振動した。と同時に、コンソールパネルのLED表示が、激しく明滅をはじめた。

「メインエンジン被弾！　補助動力被弾！　右翼上縁部破損」

アルフィンが言う。戦闘機が攻撃を仕掛けてきた。出力の低いビーム砲だ。その光条に〈ミネルバ〉が切り裂かれている。ほとんど射的場の標的状態といっていい。〈ミネルバ〉は、かわすことも反撃することもできない。

「あかん！」タロスが、吐き捨てるように叫んだ。

「飛行を継続できない」

「不時着しろ」

ジョウが硬い声で言った。

「ポイントは？」

「どこでもいい。とりあえず、失速する前に高度を下げよう」

戦闘機に追われているうちに、〈ミネルバ〉は大陸の砂漠地帯上空に到達していた。砂の砂漠ではない。乾燥して、ひび割れた大地の広がる乾荒原だ。

「戦闘機がいないわ」

アルフィンが言った。

「なんだって？」

リッキーが目を丸くした。ここまできて、引き揚げてしまうことなど、とても考えられない。

「無人機だ。コントロール範囲を越えたんじゃないのか」

　タロスが言った。それはありうる。

「タロス。向こうだ」

　ジョウが声をあげ、窓外を指差した。四人の視線が、そこに集中した。地平の彼方である。見渡す限り平坦な砂漠の真ん中に、うっそりと高く盛りあがったものが見える。山だ。頂上の平たい、円錐台形に近い形状の山である。

　テーブル山《メサ》。

「あの上がいい。あそこに不時着する」

〈ミネルバ〉の高度が、さらに下がった。もうほとんど失速寸前だ。

　メサが近づいた。予想外に大きい。頂上部分は、優に直径三百メートルはある。

「ちっ」タロスが舌を打った。

「機関が停止した」

「滑空させろ。あとわずかだ」

「わかってます」

　ジョウに向かって、タロスはうなずいた。〈ミネルバ〉は翼の揚力だけで、メサに降下していく。

　メサの上空に達した。

「動け」

垂直噴射をおこなった。ここのノズルは、まだかろうじて生きていた。

満身創痍《まんしんそうい》の〈ミネルバ〉が、メサの山頂によたよたと不時着した。

「あきません」タロスが言った。

「通信機は全滅です」

不時着の直後に動力機関が停止した。そのため、超空間通信機が作動しなくなった。予備動力ではパワーが足りない。低出力のレーザー通信機なら動くが、それは近距離用だ。他星系との交信には使えない。

「レーダーはどうだ?」ジョウは空間表示立体スクリーンのアルフィンに訊いた。

「まだ、いかれたままか」

「最高にだめ」アルフィンは両手を頭上に挙げた。

「いかれたなんて、生やさしい状況じゃないわ。専用の予備動力が生きてるのに、ぜんぜん反応してくれない」

「うーん」

ジョウはうなった。

「連れてきたよ」

リッキーがウーラと一緒に操縦室にあらわれた。ジョウに命じられ、船室まで迎えに

行っていた。アルフィンの柳眉《りゅうび》が、きりきりと逆立った。

「何かあったんですか？」

不安げな表情で、ウーラが訊いた。

「見りゃわかるだろ、ボケ。不時着したんだよ」

アルフィンが小声でつぶやいた。小声といっても、狭い操縦室だ。誰の耳にも届く。ジョウが首をめぐらし、アルフィンを睨んだ。アルフィンは知らん顔をして、そっぽを向いた。

「不時着って、被害のほうは？」

ウーラが重ねて訊いた。

「軽微とは言いがたい」ジョウはつとめて明るく答えた。

「詳しいことは、いまチェック中だ。もう少ししたら、わかる」

右手を伸ばし、コンソールのスイッチを弾いた。

「キャハ？」

通話スクリーンに、ドンゴがでた。ワープ機関区からだ。

「様子はどうだ？」ジョウは尋ねた。

「チェックは完了したか？」

「キャハ、わーぷ機関ニハ、異常ナシ。キャハハハ」

「いいぞ」ジョウは強くうなずいた。

「問題は修理時間だ。どれくらいかかる？」

「キャハハ、モットモ順調ニイッタ場合デ、九十八時間ガ必要デス」

「ちっ」

ジョウの表情が、険しくなった。

「厳しい数字ですなあ」

横からタロスが、他人事のように言った。ジョウは額に指を置き、何ごとか考えこんでいる。

「〈ミネルバ〉抜きで、やろう」ややあって、言った。

「ドンゴをここに残し、ガレオンと〈ファイター2〉で《クリムゾン・ナイツ》の本部を叩く」

「むちゃだ」リッキーが反対した。

「テランドープの地下工場で、あんだけ手間取ったんだぜ。その戦力じゃ、勝てっこない」

「それは、そのとおりだ」ジョウは低い声で応じた。

「技術者たちの叛乱がなかったら、あそこが俺たちの死に場所になっていた。〈ミネルバ〉を投入しても、ただの工場相手にあれほど苦戦する。リッキーの危惧《きぐ》は、もっともだ。しかし、俺たちに〈ミネルバ〉の修復完了を待っている時間的余裕はない。修理の大部分をシステムに委《ゆだ》ねている以上、コンピュータが弾きだした九十八時間という数字を大幅に短縮するのは、どうあがいても不可能だ」

「……………」

「九十八時間。残り百三十時間のうちの九十八時間だ。指をくわえて待つことのできる長さじゃない。仮に待ったとして、あとの三十時間で、《クリムゾン・ナイツ》の本部をつぶし、仕事の依頼者を見つけ、そいつをシモノビッチの前に連れていけると思うか？」

ジョウは一同の顔を見まわした。リッキーもタロスもアルフィンも、おし黙ってうつむき、ジョウの問いに答えようとしない。

「成算に乏しい点では、どちらも同じだ」ジョウはつづけた。

「ならば、俺は待つことよりも、命を懸けるほうを選ぶ。俺は、クラッシャーだ。戦って、前進する。それがクラッシャーのやり方だ。いらいらと待つ姿は、どうやっても似合わない」

「そうですな」

傷だらけの貌《かお》に笑みを浮かべ、タロスが同意した。

「そうだよね」

リッキーも大きくうなずいた。

「あたしは、いつでもジョウについていく」

アルフィンにも異論はなかった。

「………」

ウーラは、驚愕の目で四人を見ていた。彼女がはじめて目にする人間だ。これほどアグレッシブに生きている者を、かつて見たことがない。

「すぐに出発する」

ジョウが言った。

「ちょっと待ってよ」リッキーがあわてた。

「出発はいいけど、どこに向かうんだい？」

「心配するな！」

ジョウはデータカードを取りだし、それをコンソールのスリットに挿《さ》しこんだ。左脇のボタンをいくつか操作する。数秒の間をおいて、スリットからカードがでてきた。ジョウはカードを持ち、指でその表面を押した。カードの上に地図が浮かびあがった。

「戦闘機があらわれた地点からここまで、船外カメラで地上を撮影してきた。それをもとに地図を作成し、データ化したのがこれだ」

ジョウはカードを四枚つくり、タロス、リッキー、アルフィンに渡した。

「正確なものではないが、戦闘機が発進してきたからには、その近辺に必ず何かがある。まずは、そこに行く」

「ぬかりがないねえ」

リッキーが感心した。

「当然だ。おまえとは頭の出来が違う」

タロスがからかった。

「うるせえ」

リッキーが言い返した。

ようやく、いつものチームらしくなった。

5

だしぬけに、かたわらの岩塊が砕け散った。

同時にドラムを乱打するようなライフルの連射音が、空気を激しく叩いた。

「撃つな。ランドー」

野太い、重みのある声が闇の中に響いた。連射音が、熄《や》んだ。声の発せられたあたりが、ぼおっと明るくなる。薪《たきぎ》に火がともされた。ゆらゆらとうごめく、赤い不安定な光が、闇の中にひとりの男の顔をぼんやりと浮かびあがらせた。

若いと呼べる男ではない。角張った輪郭の顔に、皺《しわ》が深く刻みこまれている。四十代の前半くらいだろうか。壮年である。頬からあごにかけて、不精髭《ぶしょうひげ》が濃い影をつくっている。もう何日も、脱毛処理をしていないのだろう。髪は白に近い淡金色。短く刈りあげているため、さほどの乱れは見られない。

クラッシャーリーガン。

かつて、ハイジャック史上空前の規模といわれた〝ゴールデンアポロ号事件〟を解決し、銀河系にこのクラッシャーありと名を轟《とどろ》かせた〝鋼鉄の超人〟である。

リーガンは、言葉をつづけた。

「いまのは挑発攻撃だ。相手をするな。撃つだけ弾丸が無駄になる」

「しかし」

若いランドーは納得しなかった。

「いいから、こっちへ戻れ」リーガンの口調が、わずかに鋭くなった。「むやみにぶっぱなすのは、威勢がいいように見えて、その実、怯えている証拠だ」

「…………」

ランドーは口をつぐんだ。

「早く、戻れ」

リーガンが重ねて言った。ゆっくりと気配が動いた。リーガンの横に、ランドーがきた。リーガンは薪を捨てて足で踏みにじり、火を消した。

「いいか」さとすように、リーガンは言う。

「これまでの動きからみて、やつが丸腰なのは間違いない」

「丸腰？」

「そうだ。岩を砕き、巨木を引き裂こうが、やつは丸腰だ。武器は何ひとつ使っていない」

「…………」

「やつは、俺たちの武器を恐れている。攻撃のパターンからしても、それは明らかだ。挑発は、こちらを混乱させ、無意味な反撃によって弾丸を撃ちつくさせるためのもの。それに、のせられてはいかん。戦闘機に奇襲され、着陸直後に〈トルネード〉を爆破されてから四日。ヒートガン、レイガンのエネルギーチューブは、とうに底を突いた。残っているのは、あと百発に満たないライフルの弾丸だけだ。それがついえたら、俺たちはやつと素手で戦わなくてはならない」

「素手で」

ランドーの声が、かすかに震えた。あの化物との肉弾戦を想像したのだろう。リーガンも、タルトとヤーペンの無惨な死にざまを思いだし、少し気が滅入った。タルトとヤーペンは、四日前に最初の襲撃で命を落とした。屍体は肉という肉がずたずたに引き裂かれ、原形をまったくとどめていなかった。それは肉塊ではなく、挽肉《ミンチ》であった。

「う……あ……」

低い呻き声が、リーガンの足もとから聞こえた。リーガンはしゃがみこみ、声をかけた。

「苦しいか？　クレイ」

闇を探り、地面に寝かしてあるクレイの額に手を置いた。ひどく熱い。どうやら敗血症をおこしたようだ。

クレイは二日前に右足を失った。切断ではない。喰いちぎられた。あの化物の牙と爪は、クラッシュジャケットの特殊繊維を問題にもしなかった。クラッシュジャケットはまるで紙のように裂け、足は腿《もも》の付け根からもぎとられて、おびただしい血が大地を染めた。

リーガンはクラッシュパックの医薬品で応急処置をした。それで間に合う負傷ではなかったが、本格的な医療装置は〈トルネード〉とともに灰燼《かいじん》と帰した。打つ手はほかにない。

クレイはだめだ。もう助からない。

リーガンは、そう思った。他の惑星ならいざ知らず、ここはインファーノである。入植のおこなわれていない無人の惑星だ。病院はおろか、人家のひとつも存在しない。宇宙船が失われたいま、できることは皆無だった。

やつは、何ものなのだ？

リーガンは、かれらに挑んできた化物のことを思い、ぎりっと歯を噛み鳴らした。

クラッシャーリーガンがインファーノにきたのは、遭難宇宙船の捜索のためであった。ワープ機関の故障による無制限跳躍で消息を絶った宇宙船の援助を依頼され、さまざまな曲折を経て、ここへと到達した。

到着と同時に、正体不明の戦闘機が大挙して襲ってきた。反撃する余裕はなかった。船外に脱出するのが、やっとだった。搭載艇も、地上装甲車も降ろすことができなかった。リーガンの誇る、二百メートル級垂直型万能タイプ宇宙船〈トルネード〉は、一瞬にして炎の塔と化した。

五人のクラッシャーは、ほうほうの態《てい》で深い森の奥に逃げこんだ。〈トルネード〉から持ちだせたのは、わずかに三個のクラッシュパックだけだった。

戦闘機は〈トルネード〉を破壊し終えると、すぐに立ち去った。五人は森の中でほっとため息をつき、気を抜いた。

そこへ、やつがあらわれた。

一陣の風のような、出現だった。風がおさまったとき、タルトとヤーペンは、もう人間の姿をとどめていなかった。クラッシュパックも一個、消えていた。ほんの数秒の出来事であった。

その後、四日間で八度に及ぶ襲撃を三人は受けた。六度目に、クレイが右足をやられた。四日の間に森を抜け、岩山をひとつ越えて、また森に至った。そして、まもなく五日目の夜明けがくる。

「人間じゃないですよね」

ランドーが、ぽつりと言った。自問するような口調だった。リーガンが、クレイの口に鎮痛剤を放りこんだときだ。クレイの呻き声が止まった。リーガンは静かに立ちあがった。

「見た目は人間だった」リーガンは答えた。

「パンツ一枚で、あとは裸の」

「…………」

「だが、あれはたしかにふつうの人間ではない。ときにより、まったく違う姿に見えたりする」

「違う姿じゃなくて、違うんじゃないんですか？　似たような種がいくつかいるとか」

「いや」ランドーの言を、リーガンは否定した。

「行動パターンが完全に共通している。それも種としてではなく、個体としてだ。同一種どころか、やつはやつ。ただ一匹というか、ただひとりだ。それは間違いない」

「まさか」ランドーは首を横に振った。

「ぼくが目にしたシルエットは、人間のそれとはっきり異なっていた。むしろ、カロンに近かった。エトーナにいる四足歩行の肉食哺乳類です。ご存知ですか？」

「知っている。テラでいうオオカミの近似種だ」

「カロンと人間が同じには見えませんよ。どんなにひねくれた目で眺めても、あれは別物です」

「実物を目にしたことはないが、ガレリアにウププという不定形生物がいるという。聞いたことが、あるか？」

「いいえ」

「ウププは不定形だから、なんにでも擬態《ぎたい》する。出会ったものすべてにだ。大きさには限界があるが、体長五十センチから一メートルくらいの生物なら、体毛から体色までほぼ完璧に再現してしまう。それはもうみごとなものだそうで、じっとしているときは専門家でも区別がつかないらしい。もっとも、動けばもとの行動パターンそのままだから、子供にでも見分けがつく」

「チーフは、やつが、そのウププと同じだと言われるんですか」

「断定はしないが、可能性は高い」

リーガンは慎重な言い方をした。

「もしも、やつがそういう生物だとしたら」ランドーは率直に言った。

「ぼくは造化の神の気まぐれに驚嘆します」

「…………」

「どうかしましたか？」

「気になることが、ひとつある」

「気になること？」ランドーは、いぶかしんだ。

「なんですか、それ？」

「やつには、人工の匂いがある」

「人工？」

「しっ！」

リーガンがランドーの声をさえぎった。ランドーは、あわてて口を閉じた。かさっという下生えを踏みしだく音が、かすかに聞こえた。近い。

「チーフ」

「動くな」前にでようとしたランドーを、リーガンは右手で制した。

「これまでと様子が違う。やつは、いつもいきなり襲いかかってきた。じりじりと忍び寄ってくるということは一度もなかった。うかつなマネをするな」

「夜行性の獣か何かでは？」

ランドーは訊いた。

「そうかもしれない。だが、そうではなく、やつが本気になったとも考えられる。これが挑発でなかったら、極めて危険だ」

「探ってきましょうか？」

「いや」リーガンはランドーを押し留めた。

「俺が行ってくる」

「でも」

「まもなく夜が明ける」リーガンはつづけた。

「陽が昇ったら、人数にまさる俺たちが有利だ。その前に決着をつけようとやつが考えたとしても、不自然ではない。もう奇襲しても効果がないことを、やつは十分に知った」

「…………」

「おまえはクレイのそばにいろ。クラッシャーは、何があっても仲間を見捨てない。これが鉄則だ」

「はい」

リーガンはライフルを腰の位置に構え、左手と足の爪先で周囲をうかがいながら、前進を開始した。曇っているのだろうか、星明かりがない。あたりは死の淵《ふち》もかくやというほどの暗闇だ。が、だからといって火をつけるわけにはいかない。そんなことをすれば、自分の位置を相手に教えてしまうことになる。

背後で風がかすかに動いた。ランドーがクレイの脇に移動した。リーガンは安堵し、小さくうなずいた。

リーガンのチームは、標準暦で一か月ほど前に改組《かいそ》したばかりであった。ベテランの部下がみな独立し、自分のチームを持った。かわりに若いクラッシャーがリーガンのもとに集まってきた。ランドーとクレイは十九歳だ。死んだタルトとヤーペンに至っては十七歳である。いうまでもなく、斥候《せっこう》はチーフの役目ではない。しかし、見習い同然の新人クラッシャーに、命懸けの任務を与えることはできなかった。

前方に突きだしていた左手が、木の幹に触れた。リーガンはそこで足を止め、腰を落として、耳をそばだてた。

静かだ。こそりとも音がしない。

やはり、やつではなかったか。

リーガンはそう思い、ふっと緊張を解いた。ここ二日は、ほとんど睡眠をとっていない。神経が長い集中に耐えられなくなってきている。

と、その一瞬を待ち受けていたかのように。

すさまじい殺気がリーガンの行手で湧きあがった。

リーガンの指が反射的にクラッシュジャケットのポケットに滑りこんだ。中から光子弾を引っぱりだした。最後の一発だ。

それを右手上方に投げた。

光子弾は数メートル先の梢に当たり、発光した。その一帯が、真昼のように明るくなった。

いた！

白い、人間そっくりのプロポーションが、さほど離れていない木の蔭に立っていた。頭上で小型の太陽さながらに輝いている光子弾には目もくれない。じっとリーガンを見つめている。その姿は、まさしく人間だ。少しのっぺりとしているが、顔には鼻も目も口もあり、金髪が長い。二本足で立ち、両の手を木の幹に置いている。

リーガンと視線が合った。

白い顔が、にやりと笑った。

野郎！

リーガンは逆上した。反射的に狙いをつけ、ライフルを連射した。

掻き消すように、白い影が樹下から失せた。弾丸が木肌をむなしくえぐった。

6

「逃がさん」

リーガンは大地を蹴った。闇に向かってダッシュした。いま倒さなければ、だめだ。このあとチャンスがめぐってくるまで体力がもたない。

光子弾の効果が薄れていく。闇の底に沈んだ相手の動きが判然としない。焦燥感にかられたリーガンは、ライフルを乱射した。万にひとつの僥倖《ぎょうこう》を狙ったものだが、それはあまりにも無謀な行為だった。

ライフルの弾丸が尽きた。

同時に背後から、魂消《たまぎ》るような悲鳴があがった。

リーガンの顔から、すうっと血の気が引いた。判断を誤った。そのことを悟った。

光子弾の輝きが消えた。

しかし、あたりはもとの漆黒の闇に戻らなかった。ほんのりとではあるが、明るい。ものの形が淡く見てとれる。

リーガンは頭上を振り仰いだ。空が、そこはかとなく青い。夜明けの徴候だ。このときを待っていた。

リーガンは走った。

もう手探りで進む必要はない。空が白みはじめれば、すぐに周囲が光に満ちる。

先ほどまで三人で身を寄せ合っていた崖下の小さな草地に帰った。

誰もいない。

集めて積んでおいた薪の束に火をつけた。下生えがひどく乱れている。まだ新しい血が、そこかしこに飛び散っている。

リーガンは火のついた薪を一本把《と》り、血の痕を追った。じきに、それが誰の血かわかった。ねじ切られたクレイの首が、行手にごろんと転がっていた。

そして、腹を大きく裂かれ、内臓を四方に散らしたランドーの屍体も、そこから十メートルと離れていない場所にあった。

「くそっ！」

リーガンは怒りに頬を震わせ、絞りだすような声を喉の奥から発した。忿怒《ふんぬ》が全身を包む。からだが炎と化したように熱い。

無用になったライフルを投げ捨てた。胸ポケットをひらき、中から一本のナイフを取りだした。アートフラッシュを除けば、これが最後の武器だ。もう、ほかには何もない。あるのは、たぎるような憎悪だけである。

ふと、意識の上層に、先ほどまじまじと見た白いのっぺりとした顔が浮かびあがってきた。

人間ではない！

リーガンは心の中で叫んだ。

人間に似ているが、絶対に人間ではない。やつは人間の顔をした悪魔だ。人の皮をかぶった人面の魔獣だ。本性は、醜いけだもの。人獣と呼ぶのがふさわしい。

気がつくと、森が途切れていた。

山火事でできたのだろう。そこだけ木が一本も生えていない小さな広場になっている。下生えも丈が低く、身を隠すものは何ひとつとしてない。

リーガンは、その草地の中央に進んだ。四囲はすべて緑濃い森だ。夜はもうすっかり明けきって、小鳥の声がひどくかしましい。空は薄い雲で覆われている。

「でてこい！」リーガンは怒鳴った。

「あとを尾《つ》けていることは知っている。でてこい」

ぐるりと、あたりを見渡した。反応はない。

「どうした？」さらに挑発的に怒鳴った。

「俺が怖いのか？　俺はもうひとりだ。でてこい。サシで勝負しろ」

視野の端で、何か動くものがあった。リーガンは首をめぐらし、そちらを見た。白い影が、森の中を走っていく。四つ足だ。速い。

変身したのか？

リーガンは人獣を追った。広場の中央に至った。

人獣が森から飛びだした。一直線にリーガンめざして突っこんできた。リーガンのナイフが閃いた。ひらりと人獣が宙に舞った。驚嘆すべき身軽さである。リーガンは体をめぐらし、ナイフを振りおろした。

いない。

はっとなって上を見た。鋭い爪が眼前にあった。身をねじりながら、リーガンはナイフを揮《ふる》った。目の奥で火花が散る。頭を一撃され、リーガンは地に倒れた。が、すかさず跳ね起きた。

人獣がいた。距離は、わずかに一メートル。リーガンの真正面に立っている。

リーガンと人獣はまっすぐに対峙《たいじ》した。

リーガンの額から血がしたたる。それが目に入り、視力を奪う。

だしぬけに人獣が跳んだ。低い。リーガンはナイフを突きだした。それをかいくぐられた。人獣の牙が迫った。

激痛がリーガンの右肩に走った。

腕がない。腕は、ナイフを握ったまま、人獣に喰いちぎられた。

「でえいっ！」

ひと声吼え、リーガンはクラッシュジャケットからアートフラッシュをむしりとった。そのまま、人獣めがけて投げつける。利き腕ではない。あらぬ方向に飛ぶ。数メートルほど離れた場所にぽとぽとと落ちて、発火した。音を立てて、草地が燃えあがった。高高と踊る紅蓮《ぐれん》の炎が、リーガンを囲んだ。

リーガンはがくりと膝をついた。大量の血を失い、貧血状態に陥った。過去のさまざまな光景が、脳裏を去来する。これまでか、と思った。血でかすんだ双眸に、白い人獣の姿が映った。高く振りあげた前肢の爪が、炎の照り返しで真っ赤に染まっている。

意識が、吹き飛んだ。

リーガンは、くずおれるように火の中に倒れた。炎が、その肉体を覆った。ごうごうと燃えさかった。

「みごとだ」

スクリーンの前で、キム・ソンナンが叫んだ。パネルに向かってずらりと並ぶ操作員たちが、いっせいにかれの顔を見た。

「人獣《テュポーン》とは、よく名づけたもの」キム・ソンナンは言う。

「まさにそのとおりの能力。まさにそのとおりの働きだ」

スクリーンには、炎に包まれたクラッシャーリーガンの屍体が映っている。それが

《クリムゾン・ナイツ》戦闘司令、キム・ソンナンの心を、この上もなく高揚させる。

「レオドール博士」

キム・ソンナンは、ひとりの男を呼んだ。白衣を着た、初老の小柄な人物だった。男はコンソールパネルの端のシートから立ちあがり、キム・ソンナンの脇へと身を移した。

〝細胞合成とその技術的応用〟で二〇五三年にノーベル医学賞を受賞した医学界の異才、レオドール博士その人である。

「すばらしい成果だ」キム・ソンナンは、憮然《ぶぜん》としているレオドール博士の右手を強引に把り、言った。

「これは現代の奇跡だ。ひとつの偉大なるエポックだ」

「そうかね」レオドール博士は、吐き捨てるように答えた。

「わしには醜怪な化物が生まれでたようにしか見えない」

「ずいぶんなご機嫌だな」

キム・ソンナンは、むっと顔をしかめ、手を離した。

「機嫌はいつだって悪い」レオドール博士は堂々と言った。

「おまえたちにむりやり犯罪組織に引きこまれ、こんなところでおぞましい殺人鬼をつくらされている。不快極まりない話だ」

「未だに寝言をほざくか」キム・ソンナンは、せせら笑った。

「そろそろ諦《あきら》めろ。おまえは《クリムゾン・ナイツ》を根底から変えた功労者だ。《クリムゾン・ナイツ》はおまえのテュポーンによって、ニードルガンに頼る旧態依然のやり方を脱し、銀河系最大のテロ組織への道を踏みだした。その気になれば、いまのおまえは新生《クリムゾン・ナイツ》の幹部にもなれる。そういう立場にある。少しは利益というものを考えろ」

「ごめんだな」レオドール博士は、ぴしゃりと言った。

「わしは一介の学者だ。人殺しの仲間になる気はない」

「それも、ひとつの生き方だ」キム・ソンナンは膝の上で指を組み、上目遣いにレオドール博士を見た。

「しかし、決定する前にもう少し時間をやろう。その間に何が得で、何が損かをじっくりと計算してみるがいい」

「時間なぞいらん。わしの信念は永久に不変だ」

くるりときびすを返し、レオドール博士は自分の席に戻った。

キム・ソンナンは、苦々しげにつぶやく。

「依怙地《いこじ》なやつめ」

「早く始末したほうがよろしいのでは？」

キム・ソンナンの背後から声がした。しわがれた陰険な声だった。副官のラモスだ。

「そうは、いかん」キム・ソンナンは、椅子を回転させた。

「テュポーンは、まだ試作品にすぎない。訓練も要《い》る。大量生産ラインが完成するまでは、あいつを殺すことができない」

「それは、そのとおりですが」

「テュポーンは傑作だ」ラモスに視線を向け、キム・ソンナンは言った。「想像を絶する筋力と反射神経を持ち、それでいて外見はふつうの人間とまったくかわりがない。しかも、細胞合成技術で改造した肉体は、アンドロイドやサイボーグと違い、宇宙港でチェックにひっかかることもない。また、事前のコントロールで自由に意思を消去できるから、命令には絶対服従する。死ねと言えば、何のためらいもなく、即座におのれの命を断つ。かつて、これほど完璧な殺人マシーンが存在したことはない。絶無だ」

「たしかに」

「難をいえば、高度な実戦訓練を必要とすることだけだが、これもクラッシャーを利用するというアイデアでかたがついた。いまのリーガンを屠った手ぎわなど、鮮やかの一語に尽きる。リーガンほどのクラッシャーと正面きって戦えるのなら、もういつでも仕事に投入できるといっていい。あれだけの腕があれば、どんなに困難な依頼でも、あっさりとこなせるはずだ」

「司令がお留守のときでしたが、クラッシャーマンフリイのチームを殲滅《せんめつ》した十三号と、クラッシャーペルアーノのチームを片づけた七号の戦いぶりも水際立っておりました」

お追従《ついしょう》のように、ラモスが言った。

「ほかにも、数体のテュポーンが、ドレーク、スカルパらの超A級クラッシャーによって、技を磨《みが》いております。実戦訓練も最終段階まできました。このままいけば、司令が栄光と賞賛を得る日も近いことでしょう」

「そうか」

キム・ソンナンは、口の端を吊りあげ、にやりと笑った。

「司令」

スクリーンにひとりの操作員の顔が映った。キム・ソンナンを呼んだ。

「どうした？」

「クラッシャージョウの〈ミネルバ〉が着陸しました」

「ほお」キム・ソンナンは身を前に乗りだした。

「やっときたか。すぐに映像を見せろ」

「はっ」

画面が変わった。上空から撮《と》った〈ミネルバ〉が映しだされた。鳥に擬装したロボットに、カメラが組みこまれている。そのため、画像が安定しない。ふらふらと揺れている。

「どこだ？」

「ワンデン砂漠のヤークル・メサ頂上です」

「予定どおり、だな」

「しかし、宇宙船がほとんど損傷していません」ラモスが口をはさんだ。

「ランディング・ギヤで接地しています。搭載艇をだしてくる可能性があります」

「心配はいらん」キム・ソンナンは泰然として、右手を左右に振った。

「そんなものはすぐにスクラップに変えて、丸裸にしてやる。そのあとは、テュポーンの出番だ」

「…………」

「見ていたまえ、ラモス」キム・ソンナンは言を継いだ。

「われわれのテュポーンが、銀河系随一のクラッシャーのはらわたを引きずりだすさまを」

　そして、声高く笑った。

　ショータイムがはじまった。

第四章　密林の暗闘

1

〈ファイター2〉が、蒼空に舞いあがった。

つづいて、ガレオンが下部ハッチからでてきた。メサの頂上から砂漠へと至る急峻《きゅうしゅん》な坂がある。そこをゆっくりと下りはじめた。〈ファイター2〉にはタロスとリッキーが搭乗し、ガレオンにはジョウ、アルフィン、ウーラが乗っている。ガレオンの乗員は原則として二名だが、ペイロードの部分を改造して予備シートにすれば、さほどの手間をかけずに四人乗りに改造できる。

しかし、その手間よりも何よりも面倒だったのは、メンバーの割りふりであった。

ジョウとウーラが組むことを、アルフィンが頑として拒んだのだ。理由はない。感情が許さないと主張する。むろん、ジョウはそれを拒否した。すると、アルフィンは激しく荒れた。泣き、わめき、神を呪《のろ》った。手に負えない。タロスとリッキーは、傍観者を決めこんだ。ジョウとウーラが組まないとなれば、リッキーとタロスのどちらかが、ウーラもしくはアルフィンと同乗することになる。ウーラはまだましとして、アルフィンと一緒になるのは、ふたりとも何があろうと願い下げだった。当然である。いまのアルフィンを見たら、誰だって同乗を断る。ましてや、リッキーとタロスは、しばしば爆発するアルフィンの感情の被害者になっている。危険物と同居はできない。

アルフィンは〈ファイター2〉に彼女とジョウ、ガレオンにタロス、リッキー、ウーラという組み合わせを提案した。が、今度はそれに対してジョウが反対した。空中戦もありうる〈ファイター2〉の副操縦士《コ・パイ》をアルフィンがつとめるのは、可能な限り避けたいというのが、その理由だった。地上を走るガレオンならいざ知らず、〈ファイター2〉は急旋回時にかかるGも尋常ではない。しかも、墜落したらそれまでだ。コ・パイの受け持つ役割は大きい。アルフィンがいくら「あたしのことを信用してないのね」とか「マティマティコ高原では、ちゃんとGに耐えきった」とか「ジョウはあたしが嫌いなんだ」と叫んでも、ジョウはその提案を受け入れようとはしなかった。

結局、タロスがアルフィンをなだめた。ジョウとウーラが同乗しても、アルフィンが一緒にいれば何も起きたりはしない。それにガレオンなら、アルフィンがジョウのとなりの車長席に着き、ウーラを後部の予備シートにすわらせておくことができる。タロスはアルフィンの耳もとで、そう囁《ささや》いた。

　それを聞き、アルフィンは、しぶしぶながらメンバーの割りふりを承知した。ただし、ジョウとウーラが直接口をきかないという条件をつけた。ジョウはあきれたが、これ以上、出発を遅らせるわけにはいかない。やむなく了解して、ようやくすべてが丸くおさまった。

「こちらタロス。ジョウ、聞こえますか？」

　メサを下り終えてすぐに、〈ファイター2〉から通信が入った。ノイズがひどい。ジョウは応答した。

「こちらジョウ。電波妨害《ECM》があるみたいだな」

「強力なやつです。排除できません」

　タロスの言葉には驚きの響きがあった。いま使っているレーザー通信はECMの影響を受けにくい。それが、この近距離で、このノイズ量だ。尋常な出力ではない。へたをすると、惑星全体を覆う規模のECMかもしれなかった。

「〈ミネルバ〉の通信機がいかれたのも、故障じゃなくて、こいつのせいだった可能性があります」

　タロスが言った。十分に考えられることだ。

「とにかく、あまり距離を置かないようにしよう」ジョウが言った。

「交信不能になったら、まずい」

「了解」

「ねえ！」いきなり、アルフィンがやりとりに割りこんだ。

「ＥＣＭはいいとして、そこから、このいまいましい砂漠がいつ終わるかわかんない？　あたし、この乾ききった光景にうんざりしているの」

「へいへい」

タロスはふたつ返事した。逆らったりはしない。あの一騒動のあとである。うかつなことをしてまたアルフィンが噴火したら、今度はガレオンを操縦しているジョウひとりに負担がかかる。それはこの際、可能な限り避けねばならぬことであった。

「確認するよ」声がリッキーのそれに変わった。

「前、右、左、うしろ。アルフィン、どっちを見てもみんな砂漠だ。どこまでも、ずうっと」

「地平線に山影くらい見えるでしょ」

「天気はいいんだけど、霞《かすみ》がかかっているね」リッキーは、さも残念そうに答えた。

「カードのデータだと、〈ミネルバ〉が進入してきた方角——つまり、俺《おい》らたちがいま向かっている東南東の地形しか記録されていないから、こいつを見て見当をつけるのは無理だね。あれ？」

リッキーが頓狂な声をあげた。

「どうしたの？」

「西の地平線に黒い帯がある」

「黒い帯？」

「うん。タロス、あの黒いやつ、なんだかわかるかい？」

「どれだ。う。あれは……」

タロスが息を呑んだ。それはアルフィンにも、ジョウにもわかった。

「タロス。なんなの、タロス？」

あわてて、アルフィンが訊いた。

「ジョウ！」

タロスが呼んだ。

「なんだ？」

「雨雲です。西の地平線ぎりぎりの位置に雨雲が広がっています」

「雨雲？　砂漠にか」

「砂漠にだってたまには雨くらい降りますよ」タロスは解説するように言った。

「地理的要因にもよりますが、豪雨が降ることだって皆無じゃない。これは、気をつけたほうがいいでしょう。嵐かもしれません」

「わかった。しかし、まさか人工降雨じゃないだろうな？」

「人工ですか」

　虚を衝《つ》かれ、タロスは言葉を切った。それは、まったく念頭になかった。

「考えられます」短い間を置いて、タロスは言った。

「でも、雲で見分けはつきません」

「そのとおりだな」ジョウは苦笑した。

「だが、相手は《クリムゾン・ナイツ》だ。何があってもおかしくない。砂漠の雨雲なんて、いかにも怪しい代物だぞ」

「まったくで」

「タロス！」だしぬけに、リッキーの叫び声が入った。

「あれ」

　そのあとにつづいたのは声ではなかった。鈍い爆発音がスピーカーから轟いた。

「アルフィン。映像！」

　ジョウは間髪を容《い》れず、怒鳴った。アルフィンがコンソールのキーを打ち、メインスクリーンに上空を舞う〈ファイター2〉の姿が映った。ガレオンには窓がない。外部の様子は、十二面の小型スクリーンと、一面のメインスクリーンに映しだされる映像で見るようになっている。

「鳥？」

　ジョウの口から言葉が漏れた。〈ファイター2〉を、巨大な生物が包囲している。その外観は、まさしく鳥だ。〈ファイター2〉の高度は約千四百メートル。メインスクリーンといってもさほど大きくないため、映っている生物の細部までは、はっきりと見てとれない。体色が白っぽいことと、三羽いることだけが確認できた。

「ジョウ！」

　タロスの大声がスピーカーを震わせた。

「無事か？　タロス。いまの爆発音はなんだ？」

「爆発じゃありません」ジョウの問いかけに、タロスは早口で答えた。

「へんなやつが体当たりをかましてきました」

「へんなやつ？」

　どおんと、また鈍い音が響いた。たしかに爆発音ではない。〈ファイター2〉の機体が叩かれている音のようだ。メインスクリーンの映像でも、一羽が横ざまに激突していくのがわかった。

「くっそう」タロスが毒づいた。

「姿勢制御ノズルが、つぶされそうだ」

「なんなんだ？　そいつらは」

ジョウが訊いた。

「わかりません。真っ白なからだで、鳥のような、獣のような、なんともつかない生物です」

「こいつら、〈ファイター2〉をスクラップにする気だよ」タロスの声の向こうから、小さくリッキーのわめく声が聞こえた。

「ちっくしょう。これでもくらえ！」

つぎの瞬間。メインスクリーンの〈ファイター2〉から、四方八方へとビーム砲の光条がほとばしった。リッキーは、ありったけのビーム砲を一度に発射したらしい。が、三羽の鳥は無傷だった。ビームは完全に外れた。かすりもしていない。逆に三羽は身をひるがえし、いっせいに〈ファイター2〉の機体後尾へ自身のからだを叩きつけた。

〈ファイター2〉がぐらりと揺らいだ。

「ジョウ、だめです」タロスが言った。

「近すぎてこっちの武器が使えません。ガレオンの対空砲で援護してください」

「すぐにやる」

ジョウは対空ビーム砲のトリガーレバーを起こした。照準をセットする。一羽に狙いを定め、トリガーボタンを押した。

「え？」

呆気《あっけ》にとられた。

信じられない光景がスクリーンに映った。鳥が反転し、ビームをかわした。

「嘘だろ！」

ジョウの頭に、血が昇った。照準装置の中央に鳥の姿を固定し、連続してビームを発射した。

当たらない。ことごとく外れた。

「野郎！」

怒り心頭に発した。やみくもにビーム砲を乱射した。ひたすら撃ちまくった。

炎が広がった。スクリーンがオレンジ色に光った。

「しまった」

昇っていた血が、一気に引いた。

〈ファイター2〉のエンジンを一基、ジョウのビームが撃ち抜いてしまった。

「タロス、すまん」

ジョウはあせりまくって叫んだ。顔面が蒼白になり、それ以上の言葉がでてこない。

「大丈夫。着陸できます」

耳をつんざくノイズに混じって、かすかにそんな声が聞こえた。つづけて、まだ何か言っているようだが、あとは音量が増す一方のノイズに掻き消され、まったく意味をとることができない。

メインスクリーンに目をやった。灰色の煙の尾を長く漂わせ、〈ファイター2〉が少しずつ高度を落としている。謎の生物は、いつの間にか三羽ともどこかに消え失せた。どのスクリーンの中にも姿が見当たらない。

「ジョウ！」

背後から金切り声が湧きあがった。ウーラだ。振り向くと、ジョウのシートごしにコンソールを指差している。

「後方視界スクリーン！」

ウーラは言う。

「なに？」

ウーラが指し示すスクリーンをジョウは見た。スクリーンの真ん中に横線が一本、映しだされている。不吉な予感が、ジョウの肌を粟立《あわだ》たせた。ジョウは、その映像をメインスクリーンに入れた。

横線の正体がわかった。

「津波だ」

あまりの意外さに、そのまま絶句した。

そう。

すさまじい勢いでガレオンのもとに迫りくるそれは、乾ききってひび割れた大地の上を疾駆《しっく》する、巨大な水の壁であった。

2

「どこでもいい。からだを丸めて、何かにしがみつけ！」

ジョウが言った。言葉になったのは、それだけだった。さらに語を継ごうとして、ジョウは舌を嚙んだ。ガレオンが大きく揺れた。

泥で褐色に染まった水の映像が、メインスクリーンを瞬時に覆った。と同時に、十三の画面が、いっせいにブラックアウトした。天と地がひっくり返る。血が逆流する。そして、また一回転。固定されていない備品や小物が周囲に飛び散った。それが額や頰を直撃する。アルフィンとウーラの悲鳴が尾を引いた。いつまでもつづいて、途切れない。振りまわされるたびにシートベルトが腹にくいこみ、内臓が押されて上下する。そのたびに、眩暈《めまい》と嘔吐《おうと》が三人を襲う。意識が朦朧《もうろう》となった。耳鳴りが激しい。音がまったく聞こえない。意味もなくレバーを握って動かしていたジョウの指から、ふうっと力が抜けた。

「がっ」

　たまらず、ジョウは吐いた。嘔吐物が遠心力で四方に振りまかれる。眼球が半分ほど裏返ってしまい、視野が大きくそこなわれた。と、その狭くなった視野が、いきなり失せた。真っ暗になった。備品の金属箱だ。留めてあった金具が折れたのだろう。それが、ジョウの頭めがけて飛んできた。

　火花が散った。鼻の奥が、きな臭くなった。全身が痺《しび》れる。痛みは感じない。意識の底で、何かが切れた。もう、すべてが限界に達していた。

　ジョウは、引きずりこまれるように、暗黒の淵へと沈んでいった。闇が、その身を一息に呑みこんだ。


　最初に意識を戻したのはアルフィンだった。

　アルフィンのからだが弾かれるように、強く揺れた。

　そのショックが、アルフィンの目を覚まさせた。まぶたをひらき、アルフィンは小さく呻いた。胃が苦しい。胸がむかつく。上体が横ざまにシートから落ちかけていて、ベルトのところで腰がくの字に曲がっている。先ほどのショックは、シートからずり落ちたときのものだ。

　アルフィンはコンソールのレバーにつかまり、からだを起こしてシートベルトを外した。

右横を見る。はっと息を呑んだ。

顔面を朱に染めたジョウが、ぐったりとシートの背にもたれかかっている。頭部は浅く左に傾き、血があごを伝って膝のあたりにべっとりと溜まっている。息をしているように見えない。

「ジョウ！」

アルフィンは滑るようにシートから降りた。腰を落とし、必死の形相でジョウの左胸に耳をあてた。ほつれた金髪と白い肌を鮮血が汚すが、それには気がつくこともない。

かすかな、しかし、リズミカルな搏動《はくどう》が、青いクラッシュジャケットの特殊繊維を通してアルフィンの耳に届いた。アルフィンはほおと安堵のため息をついた。

「ジョウ」

両肩を押さえ、そっと揺すりながら名を呼んでみる。

「だめ。アルフィン」

やわらかいが、強い口調の声が頭上から降ってきた。

眉をひそませ、アルフィンは視線を上に向けた。背後から覗きこむウーラの顔が、そこにあった。ゆるくウェーブのかかった褐色の髪が、純白の額にはらりとかかっている。くやしいが、アルフィンでは太刀《たち》打《う》ちできない成熟した女の美しさだ。

「揺すっちゃ、だめよ。アルフィン」

しっとりとした輝きを放つ薔薇色《ばらいろ》の唇が微妙に動き、そこから何か高貴な楽器の音《ね》を思わせる繊細な声が流れた。

「どうして？」

返すアルフィンのそれは、語尾がかすれている。

「頭を強く打ってるわ」ウーラは言った。

「揺すると、さらに危険よ。そおっとシートをリクライニングさせて、寝かせたほうがいいわ」

「………………」

アルフィンは口をつぐんだ。異を唱えることができない。ウーラには救急医療の心得もあるようだ。きびきびと動き、ウーラはジョウのシートの背を静かに倒した。予備シートのクッションをはずして、二本の足をその上に載せる。狭い、それも備品の散乱したガレオンの中だが、ウーラはつまずくことすらない。

「薬、ないかしら？」

ウーラが訊いた。アルフィンはぎごちなく、後方を指差した。ペイロード区画だ。

「あそこに置いてあるクラッシュパックの中に……」

「入っているのね」

ウーラは素早く移動し、クラッシュパックをひとつ引きずりだしてきた。挙措《きょそ》が驚くほど敏捷《びんしょう》だ。ガレオン搭乗前に与えられた金色のクラッシュジャケットがスリムな肢体によく似合っている。

ウーラはパックをあけ、薬品を取りだした。血を拭き取り、傷口に消毒薬をスプレーする。大きな裂傷には細胞再生剤を注入して傷痕が残らないようにした。それから、すべての傷にテープを貼った。最後に圧入注射器で、鎮痛剤、化膿防止剤、強心剤の混合液をてのひらに射ちこんだ。

「頑丈なひと」ウーラは笑顔をつくり、言った。

「脳にも骨にも異常がないわ」

「そう」

出番のなかったアルフィンはひどく機嫌が悪い。ウーラの一挙手一投足が気に触り、千々《ちぢ》に心を乱している。

数分後。

うなり声をあげながら、ジョウが目をあけた。しばらくまばたきしてから、上下左右に瞳を動かした。

「何が……あった？」

うつろな声で、ジョウは問う。まだ、意識が少し混濁している。

「ジョウ、大丈夫？」

アルフィンが近寄り、ジョウの頬に手をあてた。

「アルフィン」

ジョウはゆっくりと首をめぐらした。

「ガレオンが津波に巻きこまれたの」アルフィンは涙を浮かべ、言った。

「それで、ごろごろと転がって、こんなふうになってしまった」

「津波」

ジョウは、まだぼんやりとしている。

「集中豪雨があったんだわ」横から、ウーラが口をはさんだ。

「砂漠が傾斜している。その傾斜の上のほうで雨が降った。それが、そのまま巨大な水の塊になって一気に押し寄せてきた」

「津波」

ジョウは、またつぶやいた。記憶の深奥から、スクリーンをすべてブラックアウトさせた褐色の濁流の映像が、すうっと浮かびあがってきた。

「あっ」

知らず、叫び声をあげた。シートの上で半身を起こす。すかさず、ウーラがシートの背を戻した。アルフィンの眉が、ぴくりと跳ねた。

「思いだした」ジョウは両の手で頭を押さえ、言葉をつづけた。

「〈ファイター2〉がおかしな鳥に襲われた。俺が誤って〈ファイター2〉のエンジンを撃ち抜き、そのあとにいきなり津波がきた」

「そうよ」

アルフィンが弾んだ声を発した。

「俺は……」ジョウは周囲を見まわした。

「それだ！」

足もとの工具箱を指で示した。

「そいつが頭にぶつかった。それで気を失った」

「これが、当たったの？」ウーラは目を丸くした。工具箱は金属製で重い。

「よく死ななかったわね」

「鍛錬の賜物《たまもの》さ」

ジョウは軽口を叩いた。注射された薬が効いてきた。急速に回復してきている。その勢いでシートから立ちあがろうとした。が、それは無謀だった。ぐらりと上体が揺らいだ。間髪を容れず、ウーラの両腕がジョウの腰を支えた。

「！」

アルフィンが切れた。たび重なるさしでがましい行為に耐えてきたアルフィンだったが、これはその限界を超えていた。

「ちょっと、あんた」アルフィンが大声で叫んだ。

「これ以上、ジョウに近づかないで！」

「え？」

ウーラはきょとんとなった。その表情が、さらにアルフィンを逆上させた。

「あんたはチームメイトじゃないのよ」アルフィンは言う。

「勝手にしゃしゃりでないで！　ジョウはあたしのチーフ。その手を放しなさい」

「え？　あ、はい」

ウーラはあわてて手を放した。かわりにアルフィンがジョウをしっかりとかかえた。

ジョウに向き直り、一転して甘い声で囁《ささや》く。

「あぶないわ。ジョウ」

「うー」

ジョウはうなるほかなかった。

非常食の濃縮スープを飲み、三人はしばし休んだ。そのあとで、ガレオンの各部の点検にかかった。

ガレオンは、ほぼ完全に死んでいた。わずかに二、三のセンサーとバッテリーが生きていたが、それは外部状況の一部を伝える以外に、何の役にも立たない。しかし、スクリーンが全滅したいまとなっては、センサーのもたらしてくれる情報は、きわめて貴重だった。

「水中に沈んでいるわけではない」センサーの表示する数字を読み、ジョウが言った。

「水、引いたかしら？」

アルフィンが小首をかしげる。

「そこまでは、わからない」ジョウはかぶりを振った。

「流れの勢いで、丘の上に押しあげられた可能性もある。ガレオンは水に浮くほど軽くはない。上に水がないってことは、地べたにしっかりいすわっているということだ」

「外へでますか？」

ウーラが訊いた。

「ガレオンは、もうだめだ」ジョウは、肩をそびやかした。

「缶詰になっていても、意味はない。捨てるしかないだろう」

「歩いて、〈ミネルバ〉に戻ろうよ」

アルフィンが言った。

「それは、外の様子次第だ」答えながら立ちあがり、ジョウはペイロードの区画まで身を移した。

「津波に直撃されたんだ。どこまで流されているかわかったものじゃない。砂漠の端まで飛ばされた恐れもある。まず天測して位置を確認し、それから徒歩で《クリムゾン・ナイツ》の本部に向かいたい」

「この期《ご》に及んで、まだ戦う気なの？」

ウーラが、あきれた。

「俺たちは、そのためにきたんだ」

ジョウは、ペイロード区画に置いてあったクラッシュパックのひとつを背中に載せた。振り返り、ふたりを見る。

「アルフィンとウーラも、そいつを背負え」

ペイロードに残っているクラッシュパックを指差した。アルフィンは黙って動き、そのひとつを把った。ウーラは反応しない。目を丸くして、ジョウの顔を見つめている。

「どうした？」

「驚いているのよ」ウーラは、ようやくクラッシュパックに手を伸ばした。

「噂でクラッシャーはすごいって聞いていたけど、これほどむちゃな人種とは思っていなかった」

「噂はあてにならない」

ジョウは後部上面ハッチのハンドルをまわしはじめた。動力が死んでいる。手動で操作するほかはない。

「俺は前に、クラッシャーは首と胴が離れても一時間は生きているという、とんでもない噂を耳にした」

ジョウは言う。

「あら」ウーラは、にっこりと微笑んだ。

「それ、真実に近いわ」

ハッチがひらいた。

まばゆい陽光が、暗い車内に強く射しこんだ。ジョウは眼前に手をかざし、目が光に慣れるのを待った。急激な収縮で生じた瞳孔の痛みが、ゆっくりと消えていく。空調が停まり、空気がよどんでいたため、頬をなぶる冷たい風がたまらなく心地よい。ステップに足をかけて、ジョウは半身を外に突きだし、周囲を見まわした。

「ちっ」

力が抜けた。

「どうしたの？」

下から、アルフィンが尋ねた。

「泥だ！」ジョウは怒鳴った。

「あたり一面、泥だらけだ」

そのとおりだった。ガレオンは泥の海の中にいた。三百六十度、見渡す限り、泥また泥である。ガレオンの車体はその半分以上が泥の中にめりこみ、ハッチから泥の海の表面までは、わずかに十数センチしか離れていない。

「ちくしょう！」

ステップから飛び降り、ジョウは再び車内に戻った。ペイロード区画に行き、四角い塊を手にして、またステップを登った。四角い塊は、梱包《こんぽう》された状態のゴムボートだ。

いま一度ハッチから顔をだし、ジョウは四角い塊を泥の海に投げた。

塊はどたばたと泥の表面で暴れまわり、空気を吸いこんで大きく膨《ふく》れあがる。
二、三秒で、四人乗りのボートになった。

3

ジョウはひらりと跳び、ゴムボートに乗り移った。アルフィン、ウーラも、それにつづいた。

「大丈夫かな？」櫂《かい》を握り、ジョウはぼやくように言った。

「漕《こ》げば、進むはずなんだが」

「やってみたら」

アルフィンが素《そ》っ気なく言った。声が冷ややかだ。

　ジョウは櫂を泥の中につっこんだ。力をこめて、押してみる。抵抗が大きい。しかし、それでも少しずつボートは進む。汗が額に噴きだし、腕、腰の筋肉がぎしぎしときしんだ。

「ここは、窪地だ」悪戦苦闘しながら、ジョウは言う。

「大量の水がここに淀み、岩のように固まった砂漠の地表を溶かして、泥の海を形成した」

「深いのかしら」

　アルフィンが恐る恐るボートのへりから、下を覗きこんだ。櫂を動かすたびに飛沫《しぶき》が飛び、三人は頭から腰まで泥まみれになっている。

「そんなに深くはない」ジョウは断言した。

「ガレオンの沈み具合を見ればわかる。せいぜい一メートルくらいのもんだろう」

「そうでもないわ」

　ウーラが言った。進行方向に向かい、まっすぐ腕を伸ばした。

「あれを見れば、わかるわ。けっこう深いところもあるみたい」

「？」

　ジョウは首をめぐらし、ウーラの指が示す彼方に目をやった。数百メートルほど離れたところだろうか、何かねじくれた形状の細い影が、泥の海の上にいくつも浮かんでいる。泥の海自体の色も、そのあたりでかなり変色している。

「あれは？」

ジョウは首をひねった。その正体がわからない。

「木よ」

ウーラが言った。

「木？」

「樹木の〝木〟」ウーラは、つづけた。

「沼とか河口とかで見たことないかしら？　水の中から生えている木々」

「知っている」ジョウはウーラに視線を戻した。

「すると、あのあたりはもとから沼だったってことか」

「たぶん」ウーラはうなずいた。

「沼や池も結局は窪地だから、洪水でできた沼とひとつながりになっても、おかしくない。でも、そんなことはどうでもいい。ここに沼があるということは、砂漠がここで終わりってこと。そのほうが重要だわ。この湿地帯をうまく抜ければ、もっとました場所に上陸できるかもしれない」

「なるほど」

ジョウは感心した。そこへ。

「ジョウ!」今度はアルフィンが呼びかけた。

「湿地帯があったわ。ちゃんと砂漠のはずれのところに」

データカードと周囲の光景を見較べている。

「たしかに」

ジョウも自分のデータカードで、位置を確認した。その表情が、また少し険しくなった。

「どうしたの?」

ウーラが訊く。ジョウは答えた。

「あれが本当にこの湿地帯なら、ガレオンは東に十八キロ以上も津波に運ばれたことになる」

「十八キロ」ウーラの目が大きく見ひらかれた。

「ガレオンの頑丈さを手放しで褒《ほ》めたいわ。十八キロも濁流に転がされて原形を保っている地上装甲車って、そんなにはないのよ」

さすがに銃器の専門家だけあって、詳しい。

「とにかく、座標がわかっただけでも一安心だ」笑顔を見せ、ジョウはまた櫂を把《と》った。

「必死で漕ぎまくり、さっさと陸《おか》にあがって、本部に突入してやろう」

俄然《がぜん》、威勢がよくなった。

だが、それは単なる甘い見通しであった。事は、それほど順調には進まない。すぐ近く、ほんの目と鼻の先に、恐るべき敵がかれらを待ってじっとひそんでいることを、ジョウは知らなかった。

ゴムボートが、奇怪なオブジェともとれる沼地の林の間に入っていった。幾重にも枝分かれした根が水中に広がっていることと、幹がまるで強い外圧を加えられたかのようにひどくねじ曲がっていることを除けば、木にはちゃんと緑の広葉が生い繁っていて、普通の林とさほど大差がない。

「船足が速くなったわ」

ウーラが言った。

「泥の抵抗が弱くなった。もうふつうの湖という感じだ」

答えるジョウの頭部は、汗で水をかぶったように濡れている。

「あら？」

ゴムボートの先頭にすわるアルフィンが、声をあげた。

「なに？」

ウーラが首を伸ばした。

「おかしな波が走ったの」

アルフィンはボートの行手を指差している。

「おかしな波？」ウーラは、アルフィンの視線を追った。

「どこ？」

「もう消えたわ」水面を見るアルフィンの目が鋭い。

「二、三十メートル先から、すうっとこちらに向かって走ってきた」

「水棲の小動物が泳いでいたんじゃない？」

「そうかも」

ウーラの意見にアルフィンは同意した。が、まだ何か気になるのか、ボートのへりから身を乗りだし、水面を凝視している。

そのときだった。

だしぬけにその水面が丸くふくらんだ。そして、白く砕けた。そこから、水かきのついた白い腕が勢いよく飛びだした。アルフィンの眼前、三十センチほどのところだ。

「きゃあっ！」

アルフィンは悲鳴をあげた。反射的に身を引き、弾かれたように立ちあがった。

「動くな！」

ジョウが叫んだ。しかし、間に合わない。アルフィンはもう立ってしまっていた。それどころか、ウーラまでがつられて中腰になっている。

ぐらりとゴムボートが揺らいだ。白い手がボートをつかんだ。そのままボートを押し

あげた。ボートのへさきが跳ねあがった。船体が垂直になり、くるりと回転した。水しぶきを盛大にあげ、ひっくり返った。

アルフィンは、勢いよく空中に投げだされた。弧《こ》を描き、お尻から水面に落ちた。からだが水中に沈む。手をばたつかせた。その反動でからだが少し浮いた。背中のクラッシュパックが重い。ひたすら手を動かす。と、その指先が固いものに触れた。必死でそれを握り、アルフィンはからだを持ちあげた。水面に顔がでる。つかんだのは木の根だった。息をつぎ、周囲を見まわした。ゴムボート。ジョウ。ウーラ。何も見当たらなかった。

ジョウは水中にいた。

白い敵と戦っていた。水とはいえ、視界の悪い沼の中だ。目をあけているのもつらい。そこを、いきなり襲われた。

右腕に鋭い痛みが走った。クラッシュジャケットの上から切られた。ジョウはごぼごぼと泡を吹き、呻いた。視界がないので、かわすことも、反撃することもできない。やむなくアートフラッシュをひきちぎり、それを力いっぱい流れの中に押しやった。と同時に身をひるがえし、両手両足で水をかいた。一気に水面へと浮上した。

沼の上に勢いよく上半身が飛びだした。底のほうで、光の輪が広がった。アートフラッシュが発火した。アートフラッシュは水中でも、固型成分があればそれに反応して発火する。沼ともなると不純物は多い。

「ジョウ！」

ウーラの声が耳朶《じだ》を打った。すぐ近くにいる。泳いできて、ジョウの腕を把った。ジョウの周囲の水が出血で赤く染まっている。

「あっちが岸よ」

ウーラがジョウを引いた。泳ぎは得意らしい。ぐんぐん進む。クラッシュパックの重さをまるで気にしていない。

「くるぞ」

ジョウが言った。その目が、水底から浮かびあがってくる白い影を捉えた。五、六メートル先だ。ジョウはまたひとつアートフラッシュをむしりとり、白い影が水面ぎりぎりまであがってくるのを待って、それを投げた。

狙いはたがわなかった。アートフラッシュは白い影の真上に落ち、沼が燃えあがった。青白い炎が湧きあがり、それが水中へと広がっていく。

白い影が激しくのたうちまわった。炎から逃れるように底深く沈んでいこうとする。ジョウにしてみれば、追い討ちをかけたいところだが、手段がない。影は炎に隠れ、すぐに見えなくなった。

ジョウの足が、泥を踏んだ。水深が、浅くなった。ウーラが泳ぐのをやめ、歩きはじめた。ジョウも、歩く。足をとられて、何度も転んだ。湿地なので土がやわらかい。ひどく湿っているが、這いずるように、岸へとあがった。

とにかく泥ではない。

疲労が、大挙して押し寄せてきた。ジョウは右腕の裂傷による痛みと、多量の出血で、すでに半ば朦朧《もうろう》としていた。そのまま意識が闇に包まれた。

白い魔物があらわれた。ジョウの夢だった。白い魔物は、ときに鳥となり、ときに魚となる。ジョウはうなされ、身悶《みもだ》えた。

ふっと意識が戻った。気がつくと、ウーラが自分のクラッシュパックから取りだした医薬品で、ジョウの右腕の傷を消毒している。

ジョウはからだを起こした。思考が乱れている。状況を理解できない。それでいて、何か忘れているような気が、しきりにする。

とつぜん、はっとなった。重要なことを思いだした。

「アルフィン！」口にだしてジョウは叫んだ。

「どこだ。アルフィン。アルフィン」

首を左右に振り、まわりを見た。アルフィンの姿は、どこにもなかった。

一時間後。

ジョウとウーラは、薄暗い密林の中を南東に向かって進んでいた。

あれから沼のまわりを手分けして探したが、アルフィンは見つからなかった。沼の底に沈んだか、それとも白い影に捕えられたか、上陸していないことだけがはっきりした。

ジョウは心を鬼にして捜索を断念した。時間の余裕がない。ジョウは万にひとつの望みをかけ、地面に進行方向を示す略号を描いた。生きていればこれを見て、ジョウのあとを追ってくる。ジョウはそう信じて、沼から離れた。

ジョウは、ウーラのクラッシュパックを背負った。ゴムボートを漕いでいたため、ジョウは自分のクラッシュパックを脇に置いていた。いまごろは、沼の泥の中だろう。背負っていなかったことを悔やんだが、それではボートを漕ぐことができなかった。

「まもなく陽が暮れる」

歩きながら、ジョウがぽつりと言った。

「そうね」

ウーラが短く答えた。歩きだしてはじめて交わされた会話だった。

疲労が回復していない。足どりが重い。ジョウは無心か、さもなければアルフィンのことを考えていた。

左上方で、小さな音がした。

ジョウのからだが反射的に動き、左手の無反動ライフルを構えた。音源を追う。ウーラもブラスターを前方に突きだした。開発者だけに、火器の扱いはうまい。

大きな葉と葉の間から小鳥が一羽飛びだし、天の高みへと舞いあがっていった。ジョウとウーラは警戒を解いた。疲れが一段と増し、さらに虚脱感が加わった。足を運ぶのがつらい。しかし、歩みを止めるわけにはいかない。

小さな草地にでた。

「ここで露営しよう」

ジョウはクラッシュパックを降ろした。わずか十五キロのこれが、やけに重く感じられる。休む潮時だ。

ウーラが食事の用意をした。その間にジョウがクラッシュパックに入っていたワイヤーを使い、草地の周囲に罠を仕掛けた。うかつに踏みこむ者は、ワイヤーが全身にからみついて動きがとれなくなる。あとを追ってきたアルフィンがかかる可能性があったが、クラッシュジャケットを着ている限り怪我をすることはない。

陽が落ちた。

素早く食事をすませ、断熱シートにくるまって横になった。全身がけだるい。断熱シートの中は暖かく、不思議に心地よい。

ふたりは吸いこまれるように、深い眠りへと落ちた。

静かな夜だ。

響くのは、安らかなふたりの寝息だけ。密林につきものの獣の咆哮《ほうこう》や風にそよぐ葉ずれの音もいっさい聞こえず、森は完全な静謐《せいひつ》に包まれていた。

異常。ともいうべき静けさである。

理由ははっきりしていた。闇の中に殺気を放ってらんらんと光る鋭い一対の目があった。それが、すべての音を制した。

テュポーンだ。

ひとりのテュポーンが密林の樹上に身を置き、ジョウとウーラの様子をうかがっていた。テュポーンは、もう何時間も前からそこにいた。

4

太い枝の上で、テュポーンはジョウとウーラが武器の点検をするところを見た。ジョウが罠を張るのも見た。沼では、クラッシュジャケットの威力も知った。

テュポーン四号は、いつでも戦闘を開始できる。その準備を完了している。

四号の体内に、かすかな電撃が走った。中央司令部《マスター》からの信号だった。やれというGOサインだ。

いよいよ決着をつけるときがきた。

四号は大きく跳んだ。広背筋を傘状に変形させ、樹上からふわりと地上に降りた。落ち葉が厚く堆積しているが、音はかさともしない。

ジョウたちが露営する草地とは逆の方角へ、四号は歩きはじめた。まず、ジョウの張った罠を破らねばならない。テュポーンは人為的に知能を奪われている。しかし、こと任務の遂行に関しては話がべつだ。あらかじめ植えつけられていた思考抑制が消え、脳細胞が働きだすように条件づけられている。働きだした脳細胞は、訓練によって学習し、状況に応じて実戦用に記憶が修正されていく。こうして数か月後、テュポーンはいかなるケースにおいても完璧な仕事をおこなう超一級の殺人マシーンと化す。

四号は、巨大な木が互いの枝を絡み合わせて群生している場所にきた。ジョウの露営地から五百メートルほど離れたところだ。

一ダースを越える巨木の枝は、成長するに従ってがんじがらめになっていき、平たく広がるようになる。それは、まるで数十メートル四方に及ぶ巨大な天井だ。

四号は再び跳んだ。三十メートルもの高さに、一気に上昇した。すさまじい脚力である。

巨木の枝の天井に立った。

そこは、何ものかの巣になっていた。恐ろしく大きな巣だ。高さだけでも、二メートル近いテュポーンの軽く二倍はある。直径は十メートルくらい。小枝大枝を寄せ集めてつくった工芸品のような巣だ。相当に知能の高い動物のものだろう。夜行性でなければ、中にいるはずである。

四号は巣の中に飛びこんだ。

大気を切り裂いて、悲鳴とも吠え声ともつかぬ雄叫《おたけ》びが響き渡った。と同時に、四号の白い姿が空中高く躍りあがった。くるくると回転し、四号は天井の端ぎりぎりにすっくと立つ。

巣の中央に、小山のような黒い影が起きあがった。また、あの耳をつんざく咆哮《ほうこう》が鋭く発せられる。枝で組まれた天然の天井が、うねるように揺れ動いた。

黒い小山がゆっくりと首をめぐらした。大型の生物だ。からだも頭も腕も足も、すべてが黒い体毛に覆われている。鼻が醜くつぶれ、目が小さい。身長は三メートル余。堂堂たる大類人猿だ。

類人猿は巣をまたぎ、外にでた。額から血をだらだらとしたたらせている。眠っていたところを、眼前に立つテュポーンに襲われた。怒りの呻き声が口から漏れ、類人猿は長い両腕を振りまわし、激しく胸を叩いた。たいていの動物は、この示威行動だけで戦意を喪失する。だが、この白いちっぽけな相手は違った。そのさまを目にしても、平然としていた。

があっと叫び声をあげ、類人猿は四号に飛びかかった。必殺の両掌が振りおろされた。が、それはむなしく空を切った。

四号がいない。類人猿は空振りし、大きくバランスを崩した。そのとき、すでにかれは樹上から降りて、地上に立っている。類人猿はたたらを踏み、天井の端で止まった。そのまま下を見る。四号がいた。梢の巣を見上げ、悠然とたたずんでいる。類人猿は激《げっ》昂《こう》した。

天井から身を投げた。ひらりと巨木の幹にとりつき、身軽な動きで地上へと降りた。

四号が走りだした。速いが、電撃のごとき挙措《きょそ》ではない。類人猿があとを追ってこられる速度だ。テュポーンが本気で走ったら、いかな動物でも姿を見失う。そんなことになっては、予定どおり類人猿を誘導することができない。

四号は、ジョウとウーラの露営地に向かっていた。ジョウの罠を無効にする手段、それは、怒りに燃えた大類人猿をその罠の中に突っこませることだ。

類人猿が四号に迫った。長い毛むくじゃらの腕が、四号の背後に近づいた。

つぎの瞬間。ふっと四号の姿が消えた。脚のバネの力を最大に使い、四号はジャンプした。手近な木の枝上へと舞いあがった。

全力疾走をしていた類人猿は目標を失った。が、止まれない。そのまま前進する。そこには、ジョウの仕掛けた罠がある。

類人猿が、罠の中に突入した。草地を囲んでいた木が二、三本、音を立てて砕けた。強烈な勢いで、罠のワイヤーが弾け飛ぶ。ひゅんひゅんとうなりをあげ、ワイヤーは飛びこんできた獲物に強く絡みついた。

ジョウが跳ね起きた。ウーラも身を起こした。

ぐっすりと寝こんでいたところに、咆哮、悲鳴、地響き、振動が重なった。どんなに熟睡していても、目が覚める。ジョウとウーラはあわててそれぞれの武器をつかみ、それを四方に乱射した。ブラスターの炎が立ち木に命中し、その幹を灼いた。木は激しく燃えあがった。炎に照らされ、あたりがいきなり明るくなった。

ジョウは炎の向こうに浮かぶ深夜の闖入者《ちんにゅうしゃ》の姿を見た。

巨大な類人猿だ。ワイヤーが足と腰に巻きついている。あまりに大きいので、両腕が自由に動く。ワイヤーの呪縛《じゅばく》から逃れた。類人猿は左右の木を引き抜き、勢いよく振りまわした。

ジョウはライフルを連射に切り換え、類人猿に向けてトリガーを絞った。弾丸がなだれるように類人猿の胸に叩きこまれていく。

密林を揺るがす、すさまじい悲鳴があがった。類人猿は両手につかんだ生木を苦しまぎれに投げた。胸と腹から鮮血が噴きだしている。

生木がジョウの肩口をかすめた。ジョウはよけようとして体勢を崩した。足がもつれ、転倒する。

「きゃっ！」

うしろから甲高い悲鳴が聞こえた。ウーラの声だ。鈍い音も響いた。ジョウは半身を起こし、首をめぐらした。

ウーラが倒れている。その横に、太い生木が落ちている。どうやら、あれがどこかに当たったらしい。

「ちいっ」

ジョウは立ちあがり、ウーラのもとに駆け寄った。気を失っている。しかし、外傷はない。息もある。

めりめりという音がした。ジョウは背後に目をやった。類人猿が、ワイヤーを結びつけておいた木を引き抜いた。ワイヤーが切れなくても、これなら類人猿は動くことができる。

ジョウはクラッシュパックをあけ、中から小型バズーカ砲を取りだした。素早く組み立て、ロケット弾を装塡した。砲口を類人猿に向ける。

その動きが止まった。

撃てない。眼前に肌の白い、パンツ一枚の男がいる。その姿に気を呑まれた。頭髪が一本もない。眉毛もない。純白の顔に、赤い瞳がうつろに光り、ジョウを凝視している。

不気味だ。背すじが冷える。男は全身から殺気を強く放っている。

本能的に、ジョウはこの男を敵と断じた。バズーカを構え直し、トリガーボタンに指を置いた。

何かが一閃した。

あっ、と思ったときにはもう、バズーカがジョウの手の中でばらばらになっていた。

そして、右肩のあたりに灼けるような激痛が走った。

「ぐっ！」

ジョウは呻いた。よろよろと二、三歩、後退した。重い気配を感じた。うしろからだ。

ジョウは痛みからくる吐き気をこらえ、横に跳んだ。

類人猿の腕が風を巻いて、いましがたまでジョウのいた空間を通過した。ワイヤーが足に絡み、それを結んだ生木もぶらさげているため、類人猿は動きが鈍い。ジョウにかわされ、類人猿はつんのめるように頭から大地に落ちた。

ジョウは体を起こした。正面を見ると、白い男とひっくり返った類人猿が、偶然並んでいる。

ジョウは、肩にかけてあったライフルを外し、構える間も惜しく、それを連射した。

白い男の姿が消えた。類人猿だけが脇腹に弾丸を浴びた。身悶え、のたうちまわる。

だが、それはまだ致命傷にならない。

ごろごろと転がり、ジョウは木の蔭に入った。先に右の二の腕を切られ、いままた右肩を切られた。クラッシュジャケットが、まるで紙のようにすっぱりと裂け、繊維がだらりと垂れさがっている。右腕は痺《しび》れて動かない。ライフルは左手に移した。口で弾倉を交換した。

視線を戻すと、類人猿が横たわっていた。仕留めるのなら、タイミングはいましかない。ジョウは類人猿の耳を狙い、ライフルを構えた。

そのとき。背すじがひどくざわついた。

ジョウは体をひるがえした。白い男がいる。確認と同時に、トリガーボタンを絞った。

「ぎゃっ」

短い悲鳴が耳朶《じだ》を打った。白い男が闇に沈んだ。よほど近くにきていたのだろう。男の血がジョウの顔に降りかかった。間違いなく白い男は傷を負った。これで互角だ。ジョウは類人猿に向き直った。

まずい。

そう思った。類人猿が、匍匐《ほふく》するようにウーラのもとへと移動している。黒い腕を伸ばした。彼女をかかえこむ気だ。そうなったら、ジョウはライフルを撃てない。

「でえいっ」

ジョウは奇声を発し、木蔭から草地へと飛びだした。類人猿の意識を自分に引きつけた。そして、その背後へとまわった。類人猿は怒りの声をあげ、ジョウに飛びかかった。ジョウは間一髪これをよけ、ライフルを撃った。弾丸が顔面に命中するが、類人猿はひるまない。逆に類人猿の爪がジョウの足をすくった。ジョウは仰向けに倒れた。そこに類人猿がのしかかってきた。

「くらえ！」

ジョウは、類人猿の下腹部めがけ、ライフルの弾丸を一弾倉ぶん叩きこんだ。

「！」

類人猿は声にならぬ声をほとばしらせ、もんどりうった。そこに、クラッシュパックがあった。

くぐもった爆発音が轟いた。大地が地震のように揺れる。炎と煙が、類人猿の背中と地面の間から噴出した。

手榴弾。

ジョウはそう思った。クラッシュパックには手榴弾が十発、入っていた。それが圧《お》しつぶされたショックで暴発した。

類人猿が、ひくひくと痙攣《けいれん》しながら、蹌踉《そうろう》と立ちあがった。よろめき、ジョウに背を向けた。背中が焼けただれている。爆発にえぐられ、穴があいている。どう見ても、心臓が吹きとんでいるはずだ。なのに、立った。これも一種の痙攣であろうか。

類人猿がくるりと一回転した。横ざまに、どうと倒れた。それがかれの最期《さいご》となった。あとはもう、ぴくりとも動かなくなった。

ジョウは弾倉を替えた。それから、ウーラの様子を見るため、おもてをあげた。その視野の隅に、白い影が映った。

やつだ。

思考よりも早く、ライフルの銃口が白い影を追った。

影の動きが、これまでよりも遅い。右足を引きずっている。さっきの銃撃による負傷だ。

ライフルが轟然と火を噴いた。

スライディングするように、白い男が転倒した。そのまま四つん這いで、盛りあがった根の蔭に入った。からだの大部分が隠れた。ジョウの位置から見えるのは、肩の先だけだ。そこでじっとしている。

ジョウはライフルを腰だめに構え、前に進んだ。慎重に接近する。油断はできない。いまの一連射がどれだけのダメージを与えたのかは不明だ。敵の正体も判然としていない。はっきりしているのは、素手でやすやすとクラッシュジャケットを切り裂く能力を持っているということだ。侮《あなど》ると逆襲される。

ジョウは根の前に立ち、そのうしろ側を覗きこんだ。

血が凍り、全身の毛が逆立った。

男の姿が、変貌している。いまはもう人間ではない。そう呼べる形状ではなくなった。頭が丸く小さくなり、口が大きく裂けた。耳は先が尖って、頭頂近くに移動した。そして胴が縮み、手足が細く、長くなっている。関節、指の形状は四足動物のそれとまったく同じだ。目を閉じ、ぐったりとしている。

何が起きた？

ジョウは身を乗りだした。

そのとき。

異形《いぎよう》と化した白い男が動いた。目が見ひらかれ、瞳に強い光が宿った。

ジョウの指が、ライフルのトリガーボタンを押した。

5

重い衝撃が銃身を打った。

ライフルが宙に飛んだ。ジョウの手の中から消えた。武器がない。凝然とするジョウに向かい、牙を剝きだした赤い口が、まっすぐに突き進んでくる。

ジョウは、腰のフックに吊しておいたナイフを抜いた。横に身を投げ、その勢いで敵の後肢に斬りつけた。ライフルの弾丸で傷ついた右足だ。が、相手は空中で体勢をひねり、その攻撃をかわした。ジョウは空振りし、下生えの上で大きく前転した。そのまま木と木の間にもぐりこんだ。中腰で、素早く立つ。

敵が真正面にいた。草地の中央だ。ジョウと対峙《たいじ》する。

人？　獣？

ジョウの心に、名状しがたい恐怖が湧いた。眼前に四つん這《ば》いになってジョウと対峙しているそいつは、もはや人間とは似ても似つかぬ生物だ。肌の色が異様に白いのと、鋭く赤い双眸だけが、前と変わらない。

人獣。

そんな言葉がふっと浮かんだ。しかし、まさか……。

ジョウの挙動に乱れが生じた。それがかすかな隙になった。人獣が動く。密林に向かって横に跳び、木の幹を蹴って方向転換、ジョウの頭上に降ってきた。

ナイフと牙が、ともに銀色の光を放った。

左肩に激痛が走った。ジョウは短く呻き、倒れた。牙が肩から胸にかけて、深々と食いこんでいる。一方、ジョウのナイフは人獣の首の付け根に突き立っていた。こちらは柄のところまで切っ先が沈んでいる。

人獣とジョウはまるでひとつの生き物のように重なり合い、地上をごろごろと転がった。転がるたびに牙が肉を裂き、ナイフの刃が首をえぐる。

噴出する血が両者を染めた。顔も手も服も、何もかもが真っ赤に塗られていく。

ごふっ、と人獣が血を吐いた。喉に血の塊が詰まった。むせかえるように痙攣する。

ジョウの肩から牙が抜け、口が離れた。

ジョウはありったけの力をこめ、ナイフを手前に引いた。ナイフは人獣の喉《のど》を切断し、血肉を散らして体外にでた。ひゅう、と笛の音《ね》を思わす甲高い音が、その大きく裂けた傷口から漏れた。噴水のように、血が中空に舞う。

人獣のからだから、力が失せた。脱力し、ゆっくりとその肉体がジョウの上にかぶさってきた。重い。傷が激しく痛む。

「ジョウ」

はかなげな声がジョウを呼んだ。痛みに耐えてジョウは首をめぐらした。ふらふらと立ちあがり、頭を右手で押さえているウーラの姿が目に入った。

「こっちだ」

声をかけ、ジョウは息絶えた人獣をどけようと、左腕一本であがいた。そこへウーラがきた。ジョウを人獣の下から引きずりだした。気がつくと、人獣はまた人間の姿に戻っている。

「これ、何もの？」

ウーラが訊いた。ジョウは無言で、かぶりを振った。説明のしようがない。

しばらく休んでから、ふたりは装備の点検をおこなった。ライフルは無事だったが、クラッシュパックは爆発して、その中身もろとも原形を留めていない。ウーラのブラスターも、類人猿の巨体に圧しつぶされていた。

クラッシュジャケットとその付属装備を除けば、使える武器は五十発マガジン二連を残した無反動ライフル一挺のみである。

ジョウとウーラはたがいに顔を見合わせた。ふたりの表情に、絶望の色が広がった。


「四号の生体反応が消えました」

ラモスがやってきて、報告した。顔から血の気が引いて、表情が硬い。

「ここで、見ていた」

キム・ソンナンは、あごをしゃくった。眼前の大型スクリーンに、テュポーンの下から這いでようともがくジョウの姿が映っている。増感映像なので、異様にコントラストが強い。梢にとまったロボットバードが撮影している映像だ。

「返り討ちにあった五人めのテュポーンですが、一対一で敗れたのはこれがはじめてです」

重々しい口調で、ラモスは言った。が、それに反して、キム・ソンナンはむしろ楽しげである。

「銀河系にその名も高いクラッシャージョウだ。こんなこともあるだろう。すばらしいぞ。あの反射神経は」

肩をゆすり、平然と笑った。

「お言葉ですが、司令」ラモスは言を継いだ。直接指揮をまかされている副官には、キム・ソンナンほどの余裕がない。

「《クリムゾン・ナイツ》の切り札であるべきテュポーンが、こんなふがいない有様では、総裁も失望されます」

「勘違いするな。ラモス」キム・ソンナンは、首を横に振った。

「これは、あくまでも訓練だ。テュポーンに実戦の経験をつませるのと同時に、力のない者を淘汰《とうた》する。そこに訓練の意味がある。いかにテュポーンといえども、しょせんは人間を合成細胞で改造したもの。新しい超生物ではない。一体ごとに、多少の出来不出来は生じる。死んでいくのは、失敗作だ。何体のテュポーンが倒されようと、うろたえることはない。相手の数も無関係だ。与えられた任務をまっとうしたテュポーンがわずか数体だからといって、何を気にやむ必要がある。切札とはそういうものなのだ。大きな犠牲をはらって、はじめて獲得できる。それこそが切札の中の切札だ。覚えておけ」

「はっ」

ラモスは直立し、頭を下げた。

「とりあえず、クラッシャージョウは放っておこう」キム・ソンナンは、スクリーンに視線を戻した。

「あれは最高のトレーナーだ。グラバス火山の溶岩台地まできていただき、そこでじっくりと、その一級品の腕前を披露《ひろう》してもらう。それがいちばんいい」

「………」

「四号相手にはまだ武器のストックがあったが、そのほとんどを失ったいま、やつがどう戦うか、それが見ものだ。ラモス、きみはジョウが素手でテュポーンを倒せると思うかね？」

「思いません」

「そうだろう」キム・ソンナンは、乾いた笑い声をあげた。

「溶岩台地に二号、七号、九号を送れ。予備に五号もだ。四体はちと大仰《おおぎょう》だが、万が一ということもある。さすがに溶岩台地から先に進ませるわけにはいかない」

「はっ」

ラモスは、かしこまった。キム・ソンナンは、コンソールに手を伸ばし、通信機のキーを指先で弾いた。

「映像をC－33に切り換えろ」

指示を発した。スクリーンが、いったんブラックアウトした。キム・ソンナンは、ラモスに向かって訊いた。

「ジョウの部下がC-33にいたな？」

「アルフィンという小娘がひとり」ラモスは即座に答えた。「それと、E-96に搭載艇で不時着した男がふたり、います」

「テュポーンは送ったか？」

「六号と十一号をだしました」

「うむ」ラモスがうなずいた。樹上の太い枝にからだを縛りつけて眠るアルフィンが、スクリーンに映った。

「どちらもテストに入る。サインを発信しろ」

「わかりました」

ラモスは身をひるがえし、自席に戻った。ただちに係員に命令を伝える。命令は間髪を容《い》れず、実施された。

そのときである。

けたたましい電子音が、コントロールルーム全体に甲高く鳴り響いた。

キム・ソンナンはスイッチキーを叩きつけるように入れ、警備隊長を呼んだ。

「何ごとだ？」

噛みつくように怒鳴る。通話スクリーンにでた警備隊長は早口で答えた。

「レオドール博士が脱走しました」

「なに！」

キム・ソンナンの形相が、崩れるように歪んだ。

「司令！」ラモスが飛んできた。

「テュポーンを出動させましょうか？」

「だめだ」キム・ソンナンは、鋭く言った。

「テュポーンでは、博士を殺してしまう。ロボットバードと警備隊だけで追え」

「はっ」

「オッタム」キム・ソンナンは通話スクリーンに向き直った。

「状況を話せ」

だしぬけに名を呼ばれて、警備隊長は表情をこわばらせた。

「二時間ほど前であります」報告をつづけた。

「地上装甲車の格納庫がレオドール博士に襲われ、警備員二名が死亡、一名が重傷を負いました。レオドール博士は地上装甲車一台を奪い、逃走中です」

「二時間も前だと？」

キム・ソンナンはうなった。

「警報装置が巧妙に細工されていました。かなり前からの計画だったようです。そのため発見が遅れました」

「弁解無用だ」キム・ソンナンは冷たく言い放った。

「おまえはあとで処分する。博士の逮捕に全力を尽くせ。処分の内容は、それで決まる」

「承知しました」

通信が切れた。追跡部隊の手配に走り、ラモスの姿もコントロールルームから消えた。

キム・ソンナンは正面の大型スクリーンに目をやった。瞳がぎらついている。昂《たかぶ》った気を鎮《しず》めるものが要る。キム・ソンナンは、そう思った。それは、ただひとつしかない。

テュポーンの演じる凄惨な血の儀式。それだけだ。

陽が、暮れかけていた。

水につかったまま根の蔭に隠れていたアルフィンは、そろそろと木の幹を登りはじめた。長時間、同じ姿勢をとっていたので、からだの節々《ふしぶし》がこわばっていて、ひどく痛い。とはいえ、クラッシュジャケットの高い保温能力で体温を失わなかっただけ、まだましというべきだ。筋肉痛は動いているうちに治るが、低体温は生命にかかわる。

曲がりくねった木の幹は、想像以上に登りやすかった。登れる限界まで登り、太い枝を選んでそこに腰を置いた。葉叢《はむら》の間からそおっと顔を覗かせる。夕闇の中、残照で沼が赤い。ものの輪郭がいちばん判然としない時間帯だ。アルフィンは目を凝《こ》らし、注意深く周囲を観察した。

怪しい動き、気配はどこにもない。異星の地で状況はよくわからないが、沼のたたずまいは見たところ平穏そのものだ。

アルフィンは、ジョウとウーラの姿を探した。沼に投げだされて以来、泳ぐのと隠れるのとで必死だったため、ふたりの姿を目にすることはまったくなかった。ゴムボートの破片とおぼしき黄色い残骸は沼に浮いていたが、それだけのことだ。行方を知る手懸りにはならない。

鳥が一羽、沼の上を遊弋《ゆうよく》していた。中型の水鳥である。翼長は八十センチあまりか。餌《えさ》を求めているのだろう。沼から離れようとしない。何度も何度も、飽きることなく旋回をつづけている。それがC‐33エリアを監視するロボットバードで、求めているのは餌などではなく、アルフィンの姿だということを、彼女は想像だにしていない。

アルフィンは岸にあがることにした。いつまでも樹上にいては埒《らち》があかない。幸いにも、先ほどボートを襲った白い半魚人もどきは引き揚げてしまったようだ。いまなら危険は何もない。そう判断した。

クラッシュパックをあけ、アルフィンはレイガンを取りだした。それを腰のフックに吊す。それから、またパックを背負った。そろそろと幹を伝い、足からつかるように沼の中へと入った。

泳いで、岸に向かう。夕闇が次第に色濃くなり、あたりはもうかなり暗い。アルフィンは、手探りで岸に這いあがった。大地は湿ってやわらかく、くるぶしまで足がもぐる。

「んもう！」

アルフィンはがに股になり、足をずぼずぼと引き抜いた。そのまま一気に、乾いた地面のところまで歩いていく。一回、途中で転び、全身が泥まみれになった。泣きたい気分である。

湿地帯が、うっそうと繁る密林になった。

どうしよう。

アルフィンは迷った。このまま進んでいいのかどうかわからない。データカードはボートとともに沼底に沈んだ。見知らぬ星で地図がなければ、完全にお手あげである。

沼のほうで、何か跳ねる音がした。アルフィンは驚き、一メートルほど飛びあがった。恐る恐る振り向くが、沼は闇の中に消え去っていて、何も見えない。しかし、それがかえって、暗黒の奥から白い水かきのついた手がにゅっと伸びてきそうな印象をアルフィンに与える。

アルフィンの膝が、がくがくと震えた。とても、じっとはしていられない。走りだした。

密林の中へと、逃げるように飛びこんでいった。

6

頭の中が真っ白になっていた。少しでも沼から離れたい。アルフィンが考えているのは、それだけだ。夜の密林も、けっして居心地のいい場所ではないだろう。だが、正体不明の半魚人が徘徊《はいかい》している沼の岸よりは、はるかにましだ。

息が切れるまで、アルフィンは走りつづけた。

木の根に足をとられ、さらには転がっている石につまずき、何度も倒れた。そのたびに、起きあがってまた走った。一度などは、立ち木に正面から激突した。しかし、ひるまない。

呼吸困難に陥り、心臓がきりきりと痛むようになって、ようやく速度を落とした。速足になった。止まったのは、それから数分後のことだ。

肩で大きく呼吸しながら、アルフィンは手近な巨木にもたれかかった。うつむいてあえいでいると、耳が痛くなるような静寂に包まれていることに、ふと気がついた。

我に返る。

髪を振り乱して、周囲を見まわした。ただ、闇、闇、闇。虚無の底を思わせる深い闇以外に、何もない。アルフィンはまた背すじのざわつきをおぼえた。それは恐怖となって、彼女の心を直撃した。

「いやっ！」

叫び声をあげ、眼前の巨木にしがみついた。思考よりも先に、からだが動く。わずかな樹皮のはがれ、くぼみを利用して、その木に登った。驚異的な速さだ。

あっという間に、太い枝の上に達した。アルフィンは茫然自失状態で、樹上に立ち尽くしている。

「ジョウ」

涙がとめどなくあふれた。自分が向かった方向を示す記号をジョウが岸辺に描いたことなど、まったく知らないアルフィンである。

「怖いよお。ジョウ」

アルフィンは膝を折り、うずくまって泣いた。いまのアルフィンは、クラッシャーのアルフィンではない。気が強いくせに泣き虫の、ピザンの王女だ。

ややあって、泣きやんだ。腰を伸ばし、拳でぐいと涙を拭った。表情が引き締まる。

思いきり泣いて、彼女はまたプリンセスアルフィンからクラッシャーアルフィンに戻った。

クラッシュパックをあけ、断熱シートとワイヤーロープを取りだした。

このまま枝の上でビバークする。そう決めた。密林には、どんな夜行性の獣がいるかわからない。うかつに地上で露営して、そこがそんな連中の散歩道だったら、それこそ一巻の終わりである。樹上が絶対に安全だとは思わないが、地面に寝るよりはまだ危険度が低い。常識的に考えて、木の上に棲んでいるのは、おもに草食性の小動物だ。

アルフィンは断熱シートでからだをくるみ、足と腰だけをワイヤーロープで留めた。上体は自由に動く。

よほど疲れていたのだろう。横になるのと同時に、アルフィンはことりと寝入った。

そして、約三時間後。

ひとりのテュポーンの体内に、中央司令部からのサインが届いた。それを受け、テュポーン六号はおもむろに身を起こした。

六号はロボットバードの先導で、アルフィンのビバークする巨木から、わずか数メートルの場所にきていた。巨木までは一跳びの位置である。

ふわりと跳んだ。

アルフィンの眠る枝に、六号は音もなく立った。十メートル近くを、無造作に跳躍した。

六号はアルフィンに向かって、歩を進めようとした。

その動きが、凍ったように止まる。

アルフィンが両の目をひらき、横になったままレイガンを握った右腕を、まっすぐ頭上にあげている。銃口の先にあるのは、六号の額だ。

「かかったわね」アルフィンは言った。

「小型警報装置を枝につけておいたのよ。気がつかなかった？」

ピンの頭ほどしかない装置だ。一定の力が加わると、電波を発信する。耳にはめたレシーバがそれを捉えれば、本人だけに聞こえるささやかな警報が耳の中で鳴る。

「クラッシャーをなめるんじゃないわ」

アルフィンはレイガンのトリガーボタンを押した。糸よりも細い光条が六号の頭部めざしてほとばしった。が、そのときすでに、六号はそこにいない。

テュポーンは、アルフィンのトリガーボタンにかかった指に力が入った瞬間、地上に向かってジャンプしていた。

「ちっ」

アルフィンは断熱シートから抜けでて、枝の上に身を起こし、アートフラッシュを引きちぎった。真下めがけて投げる。

アルフィンは怒っていた。最大のチャンスを逸したことがくやしい。だが、アルフィンが思っているほど、レイガンの一撃は無意味ではなかった。なぜなら、となりの木の枝にとまってアルフィンの映像を中央司令部に送っていたロボットバードを、光条が偶然、射抜いたからだ。テュポーンは逃したが、《クリムゾン・ナイツ》からアルフィンを監視する目を奪ったことは、彼女にとって後によい結果をもたらすことになる。

およそ十メートル真下で、爆発的にアートフラッシュの炎が燃えあがった。

火の粉を浴びて逃げまどうテュポーンの姿が、あかあかと照らしだされた。

アルフィンはワイヤーロープの一端を手早く枝にくくりつけ、地上へと垂らした。チタニウム繊維の手袋をはめ、ロープを握ってするすると下る。右手にレイガンを構え、地上に降り立った。

誰もいない。炎が木に移り、次第に勢いを増している。動くかとどまるかの判断がつけにくいところだ。動けば視界ゼロの闇の中で奇襲を受ける。とどまれば炎の前で絶好の目標にされる。

アルフィンはクラッシュパックから、暗視ゴーグルを取りだした。それをかけると、闇の中でも良好な視界が得られる。

平板なモノクロ映像で、森の様子が瞳に映った。奥行きに乏しい視界だが、行動に影響はない。

アルフィンは樹間にひそむテュポーンの姿をとらえた。すかさずレイガンで撃った。

白い影が溶けこむように消えた。

「えっ？」

アルフィンは小さく叫び声をあげた。レイガンのビームをかわされた。信じられない。と、アルフィンの脳裏にひとつの情景が浮かんだ。〈ファイター2〉を襲った三羽の白い鳥だ。あの鳥もガレオンの放つビームをよけた。

すると、あの鳥は……。

小枝の踏みしだかれる音がした。

アルフィンは唇を嚙んだ。一瞬、敵の監視を忘れていた。しまった。

上だ。

本能が教えた。身の軽いあいつが枝を折るほどの音を立てるとしたら、それは跳ぶとき以外にない。

アルフィンは頭上を振り仰いだ。白い葉叢と黒い空が、不規則なまだら模様をつくっている。白い葉叢の一画に、人間の形状をしたひときわ濃い白色の塊がある。

いた！

確認と同時に、アルフィンはトリガーボタンを押した。光条が闇を貫き、塊を灼いた。短い悲鳴。そして白い塊が移動する。さすがの化物も、幾重にも及ぶ葉叢ごしでは、ビームをかわしきれない。

　さらにアルフィンはレイガンを撃ちつづけた。しかし、もう命中しない。白い塊の動きが速すぎる。

　何かが砕ける音がした。直後。付け根から折られた太い枝が、アルフィンめがけてつぎつぎと落ちてきた。どうやら、敵も反撃法を見つけたらしい。アルフィンの左右に枝がすさまじい勢いでめりこむ。これではレイガンを発射できない。

　枝の端が、アルフィンの右肩をかすめた。太い部分の直撃ではなかったが、それでも細い鞭《むち》に打たれたような形になり、右腕全体がじいんと痺れた。

　指先からレイガンが落ちる。

　それを待っていたかのように、白い塊が降ってきた。

　アルフィンは、体を地表に投げだし、一回転して左手でレイガンをすくいあげた。それを追って、六号の鋭い蹴りがアルフィンの顔面に伸びてきた。

　突きあげられるようなショックとともに、暗視ゴーグルが弾け飛んだ。

　アルフィンは背中から立ち木に激突した。

　クラッシュパックが衝撃を吸収してくれた。アルフィンはぶつかった巨木の反対側にくるりとまわりこんだ。ゴーグルを失ったので、眼前は再び一センチ先すら見えない真の闇だ。再び、血も凍るかと思われる恐怖が背すじを走った。こうなると、クラッシャ

—歴の浅いアルフィンは、感情を抑制できない。

逃げよう。

そう考えた。それしか思いつかない。アルフィンはつんのめるように地面を蹴った。必死で走りだした。状況を無視した、無謀な全力疾走である。走りだすのとほぼ同時に、足もとを太い木の根にすくわれた。

宙を飛び、アルフィンは地上に落下した。肩口から落ちて、くるりと転がる。石の上に腰がのった。激痛で息が詰まる。声がでない。頭がくらくらする。

鋭い音が闇に響いた。

「つっ」

アルフィンの右脇腹が、すっぱりと裂けた。クラッシュジャケットを切られた。下着一枚残しているので、傷は負っていない。アルフィンはレイガンをでたらめに撃った。手応えはない。

上体を起こし、その体勢のまま、よろよろとあとじさった。立ち木に、背負っているクラッシュパックがぶつかった。体重を預け、立ちあがろうとした。

立ち木の横から腕が伸びた。

まるで暗黒の海から突きだされた白い触手のように、それはアルフィンのからだへと巻きついた。

「ひいっ」

悲鳴をあげ、アルフィンは自分の胸もとに銃口をあてた。トリガーボタンを力いっぱい押した。

火花に似た炎が、胸もとで弾けた。触手はゴムが縮むように素早く、アルフィンのからだから離れた。苦痛の呻きが、アルフィンの口から漏れる。クラッシュジャケットは防弾耐熱だが、これほどの至近距離でビームを浴びたのでは、それも通用しない。胸の広範囲に軽い火傷を負い、アルフィンはのたうちまわった。しかし、この捨て身の戦法でひとまず難は逃れた。

文字どおり、灼けるような激痛をこらえ、アルフィンはまっすぐに立った。

「逃げなくちゃ」

小さくつぶやく。両手を振り、上体を揺すった。泳ぐように、よろめきながら前進する。走っているつもりだが、そうではない。とぼとぼと歩いている。

空気が動いた。

反射的に、そこをレイガンで撃った。倒れるように六号がアルフィンに飛びかかってきた。ビームをかわそうとして、テュポーンはバランスを崩した。

ふたりは揉み合うように移動する。

「また、きたか！」

とつぜん、声が響いた。ひどくしわがれた蛮声だった。そして、その声に、耳をつんざく機関銃のけたたましい連射音がつづいた。

狙いは恐ろしく正確だ。

「ぎゃっ!」

アルフィンとテュポーン六号は、ともにその銃弾の嵐を腹部に受けた。ふたりは重なり合い、数メートルの距離を銃弾に弾き飛ばされた。

血と内臓が、闇に激しく散った。

第五章　熔岩台地

1

「いてててててて」

副操縦席のリッキーが、突っ伏していたコンソールから、頭を起こした。額に青黒く充血したこぶができている。

「ひでえ着陸だ」

呻くように言った。

「ぬかせ」

右どなり、主操縦席のタロスが荒々しく言葉を返した。

「てめえ、ちっとは状況を見て、ものを言え。片肺飛行の上、姿勢制御ノズルを六本やられて墜落せずにすんだんだ。褒《ほ》めちぎっても、けなすことはねえはずだぞ。違うか

?」

「違うも何も、見ろよ。このこぶ」リッキーは額を指差した。

「こんなのもらって、絶賛なんかできるか」

「それが、なんだ」タロスは冷ややかな目で、リッキーを見据えた。

「そんなもの、脳ミソの容量が増えたと思えば、なんでもない」

「増えねえよ」

「てめえなら、ありうる」

「ぐわっ」

タロスとリッキーは互いに火花を散らして、しばし睨みあった。が、すぐにふたりとも、こんな諍《いさか》いがまったく意味のないことに気がついた。気づけば、喧嘩はしらけてしまう。しらけたタロスは耳の穴を小指でほじり、リッキーはあごをぽりぽりと掻いた。

ややあって、タロスが言った。

「外にでよう」

「やっぱ、だめか？」

「二度と、飛べない」

タロスは首を横に振った。

「うー」

　リッキーはうなって窓外に目をやった。緑の草原が、はるか水平線の彼方まで、切れ目なくつづいている。

「砂漠じゃ、ないね」

「ああ」

　タロスはうなずいた。

「ここがどこか、わかるかい？」

「わからん」タロスは、肩をすくめた。

「〈ミネルバ〉はここの上を飛んでいない。だから、データに入っていない」

「どうして、そんなとこに〈ファイター2〉を持ってきたんだよ」

　リッキーは文句を言った。

「知るか！」タロスは、そっぽを向いた。

「成り行きだよ。成り行き」

　ふたりの間が、また険悪なものになりかけた。いまこの状態で、これはまずい。どちらからともなく、軌道修正にとりかかった。

「あーえー、とにかくさあ」

「うーあー、そうだよな」

「まずは外へ」

「でよう、でよう」

意見が一致した。タロスとリッキーはそれぞれのクラッシュパックを背負い、上部非常用ハッチから〈ファイター2〉の外にでた。午後の太陽がななめからかっと照りつけ、予想外に光がまぶしい。

「ここは低い丘だな」

機体の上に仁王立ちになり、タロスが言った。

「すごく広い大草原に見えるけど、そうでもないのかなあ」

リッキーはタロスの横で、首をきょろきょろさせている。

「少し下ってみれば、すぐにわかることだ」

「どっちへ下るの？」

「あっちだ」

タロスは東を指差した。やはり見渡す限り草の海で、他の方角と変わったところは何もない。わずかに水平線の雲間から青い山影が見えているところだけが異なっている。

「根拠は？」

リッキーが、疑わしげに訊いた。

「勘だ」タロスは平然と言いきった。

「俺たちが最初〈ミネルバ〉をでて向かったのは東南東だった。しかし、〈ファイター

2〉はエンジンをやられ、南南西に流された。距離は計器がいかれちまって、はっきりしねえが、そんなに飛んだわけじゃあない。と、なると、この場合は東に行くのがもっとも当を得た選択ということになる。東なら、へたしても、目的地から離れていく方位じゃねえ。うまくいけば、当然のことだが、ばっちりジョウたちと遭遇できる」

「そうかなあ」リッキーは冷笑を浮かべ、首をひねった。

「タロス先生、それはちょいと見通しが甘いような気がするぜ」

「甘いかどうかは、行ってみればわかる」タロスは、リッキーの態度を意に介さなかった。

「俺は行く。おまえも好きにしろ」

タロスは身をかがめた。リッキーに背を向け、〈ファイター2〉の上から地上へ飛び降りる体勢をとった。

「はいはい」

リッキーは抵抗を諦めた。こんなところにひとり置いていかれたら、かなわない。仕方なしに、タロスのあとにつづいた。風が強い。眼下では、草が強風にあおられて、うち寄せる波のように大きくうねっている。草の丈は高い。〈ファイター2〉の下半分は完全に草に覆われていて、ランディングギヤがまったく見えなくなっている。

タロスがえいとばかりに跳んだ。からだがずぼっと草の海にもぐった。リッキーもそれに倣《なら》った。目の前が緑の壁になった。草の丈は、リッキーの身長よりも高かった。

「かなりまずいな」

タロスが他人事のように言った。身長二メートル強のタロスだが、かれにしても、ようやく鼻から上が外にでているだけだ。これでは視界があるといっても、見えるのはほとんど真上かその周辺に限られてしまい、肝心の行手は、穂先の波頭がざわざわと揺れる緑の海のみということになる。しかも、藪《やぶ》こぎは疲労が大きく、速度が遅い。さらには草の葉が薄くて鋭いため、うかつに動くと顔を切られそうになる。まさしく踏んだり蹴ったりだ。

「俺《おい》ら、もう難儀《なんぎ》だよ」

下のほうから、リッキーが言った。覗きこむと、どっちへ行っていいかわからないので、同じ場所をぐるぐるとまわっている。

「こっちだ」

手を伸ばして腕をつかみ、タロスはリッキーを自分のうしろに立たせた。

「俺が先に進む」タロスは言った。

「おまえはそのあとについてこい。そうすれば楽だし、迷うこともない」

「タロスの尻を追うのかよ」リッキーは文句を言う。

「もっとましな手はないの？」

「いやなら、残れ」タロスはぴしゃりと言った。

「俺はぜんぜんかまわない」

「わかったよ」

いつになく真剣なタロスに気を呑まれ、リッキーはあせってうなずいた。相手は超ベテランのタロスである。こうなると、新米のリッキーには怖すぎる相手だ。いままではバランスをとるためにタロスがわざとレベルを下げていたのだが、それが取り払われると、はっきりとした上下関係があらわれる。リッキーは素直な態度でタロスに従うほかはない。

足もとすら定かでないほどに密集した丈高い草の海を、ふたりのクラッシャーはゆっくりと進みはじめた。

先頭のタロスが両手を前に突きだし、それをまっすぐ左右にひらくと、草の壁がV字形に割れる。その中にタロスはからだを入れ、またすぐに両手を突きだす。これで一歩前進だ。後続のリッキーは、タロスに密着してさえいれば、なんの労もいらない。

何千回何万回と、この単調で体力を消耗《しょうもう》する平泳ぎに似た動きが繰り返された。能率が悪いとはいえ、かなりの距離を稼いだはずである。しかし、どこまで行っても、草の海は終わろうとしない。一度ならず、タロスはリッキーを肩の上にのせて様子をうかがわせたが、結果はすべて同じであった。三六〇度、どの方向を見ても、水平線の彼方まで大草原がえんえんと広がっている。果てしがないとは、まさにこのことだ。

が、タロスは、黙々と藪こぎをつづけた。

いつの間にか、陽がとっぷりと暮れている。にもかかわらず、タロスの動きに変化は毫《ごう》もない。

インファーノは、大きい衛星を有していない。夜は、はかない星明かりだけが夜空を照らす光源となる。タロスとリッキーは、鼻に触れた葉の先端すら見えないほどの暗い闇に包まれている。ふたりの存在を示すのは、がさがさと響く藪こぎの音だけだ。

「タロス」

リッキーが、恐る恐る声をかけた。

「なんだ？」

手を休めず、タロスは応じた。

「このへんで、ビバークしないかい？」

「だめだ」タロスの返事は、にべもない。

「こんな見通しも自由も利かないところでビバークはできん。這おうが、のたうちまわろうが、休むのはこの草原を抜けてからだ」

「そんなあ」

「泣きごとを言うな！」

一喝《いっかつ》されて、リッキーは黙った。何時間にもわたって藪こぎの重労働を受け持っているのはタロスである。リッキーはただそのあとにくっついているだけだ。たしかに泣きごとを言える立場にはない。たとえタロスがパワーにまさるサイボーグであってもだ。それを言うなら、リッキーは四十近くもタロスより若い。

だが、建前はどうあれ、リッキーは実際に疲労困憊《こんぱい》の状態にあった。足の運びはおぼつかなく、目は焦点を結んでいない。じょじょに、タロスから遅れだしている。

ほかでもない、丈高い植物がぎっしりと密生した草原のただ中である。藪こぎをしているトップからわずかでも離れた者は、たちまち一歩も前進することができなくなる。自分で藪こぎできる体力があれば、はじめから遅れはしない。

からだは前に進もうとあがき、頭も移動しているつもりでいながら、リッキーはその場で足踏みをしているだけという状況に陥った。藪こぎに集中しているタロスはそれに気がつかない。どんどん先に行く。リッキーは置いてけぼりだ。しかし、朦朧《もうろう》としているリッキーにはそうなっていることがわからない。

ふっと、静寂が耳にしみるようになった。

我に返ると、リッキーはひとりぼっちで草原の中に立ち尽くしている。

「タロスぅ」

情けない声で、リッキーは相棒の名を呼んだ。返事はない。寂寥感《せきりょうかん》が、しみじみとつのる。愕然としたためか、逆に疲労を感じない。あわててクラッシュパックから暗視ゴーグルを取りだしたが、それをかけても、見えるのは四囲を覆った草の壁ばかりだ。タロスとおぼしき白い姿は、どこにもない。

「タロス!」

前よりも大きな声で、リッキーはもう一度呼んだ。やはり、答えは返ってこない。この静けさである。相当の距離を隔てても、リッキーのせいいっぱいの叫びが聞こえないはずがない。ということは、もうこの声が届かないほど双方の距離が遠くなってしまったということか。

落胆し、リッキーはうなだれた。いったん忘れていた疲労が、またぶり返してきた。こうなったら、このままここで寝てしまおうかと考えた。

ざあっという草波がすれるような音が、リッキーの背後で響いた。

「タロス!」

迎えにきてくれた。そう思い、リッキーは反射的にうしろを振り返った。暗視ゴーグルの中で、草の壁がふたつに割れた。その向こう側から白い影が勢いよく飛びだしてきた。

違う!

タロスじゃない。

　リッキーの全身に電撃が疾《はし》った。

　ざわりと、体毛が逆立った。

2

　リッキーは体を低く沈めた。身長も横幅もほぼ同じだが、その白い影は間違いなくタロスではなかった。敵意を抱いた、何かべつの生物だ。

　鋭い風が、リッキーの頬をなぶった。激痛とともに、生温かい感触がリッキーのあごを伝った。血だ。顔面を恐るべき早技で切られた。

　リッキーは顔と喉《のど》の前に両手をかざし、身構えた。うかつなことに、得物はすべてクラッシュパックの中にある。草原の真ん中とあっては、アートフラッシュも使えない。戦いは素手でやらねばならなかった。リッキーは敵の正体も、その力も知らない。圧倒的に不利だ。

　リッキーを襲った白い影。それはテュポーン十一号だった。

　十一号には、余裕があった。ロボットバードからの報告で、ふたりのクラッシャーが離ればなれになったことを知っている。リッキーが武器を背中のクラッシュパックにしまいこんでいることも承知している。一対一で、しかも素手による戦いだ。となれば、これはテュポーンの独擅場である。敗れることは、ありえない。

十一号は間合いを詰めた。その勢いで、草の束が大きく跳ねた。

リッキーは正面からの立ち合いを避けた。迫るテュポーンにくるりと背を向け、頭から草の壁へとジャンプした。好んで不利な格闘をする必要はない。それよりも、逃げまわって時を稼ぎ、隙を見てクラッシュパックから武器を取りだしたほうが得策だ。そう判断した。

しかし、それを許すテュポーンではなかった。

クラッシュジャケットの太ももが三十センチあまり、音をたてて弾けた。血が、霧状に噴きだした。リッキーは前につんのめり、草を薙《な》ぎ倒して転んだ。喉の奥から呻き声が漏れる。鋭い痛みが全身を貫いた。対抗手段がない。できるのは、仰向けになって白い影をきっと睨みつけることだけだ。

倒れたリッキーの上に、かぶさるようにして十一号が落ちてきた。

「リッキー！」

耳をつんざく大声とともに、黒い影が出現した。影は草の壁を突き破り、横から十一号を直撃した。痛烈なタックルだ。

影と影が、重なり合って飛んだ。黒いほうの影が、すぐに起きあがった。タロスだ。

タロスは、すかさず左手首をはずした。

十一号が立つ。と同時に、タロスの左腕がすさまじい連射音を響かせ、火を噴いた。ロボット義手に仕込まれていた機銃が咆哮《ほうこう》をあげた。十一号は銃弾に腹部をずたずたに裂かれ、もんどりうった。

そのまま草の海に沈む。

「タロス」

リッキーが身を起こした。足を引きずりながら、よろよろと立ちあがった。

「大丈夫か」

タロスがきた。リッキーのからだを支えた。傷口を見る。タロスも暗視ゴーグルをかけていて、視界には不自由していない。クラッシュパックから薬品を取りだし、手当てを開始した。頬のほうは無視する。こちらは、かすり傷だ。

「これで、歩けるか？」

治療を終え、タロスが訊いた。

「なんとかね」

リッキーは歩いてみせた。痛みをこらえて足を動かしたが、二、三歩で何かにつまずいたかのようによろめき、膝をついた。

「無理するんじゃねえ」

舌打ちして、タロスが言う。

「違う！」リッキーは、大声で言葉を返した。

「そうじゃない。ここに誰かが倒れている。そのからだにひっかかったんだ」

「なに？」

タロスは驚き、草原の底を覗きこんだ。リッキーの言うとおりである。たしかに人間のものと思われる白い塊が、リッキーの影の脇に丸く盛りあがっている。

「これ、クラッシュジャケットだよ」

リッキーが、甲高く叫んだ。リッキーは倒れた影に手を置いている。

「まさか」

あわてて、タロスも腰を落とした。

暗視ゴーグルの映像では、顔の細部が見てとれない。タロスは腕を伸ばし、両の手で頭部とおぼしきところをまさぐった。出血がひどい。手が血でべとべとになる。

「タロスか？」

ふいに倒れていた人間が、口をひらいた。

「！」

タロスの全身が、驚愕で硬直した。いきなり自分の名を呼ばれ、言葉を失った。

「ドレーク？」

しばしの間を置いて、それだけ言った。たしかに、それは聞き覚えのある声だった。

「ドレーク！」リッキーが頓狂な声をあげた。

「ドレークって、あのクラッシャードレーク？」

「身許《みもと》確認はあとだ」タロスは落ち着きを取り戻した。「重傷を負っている。治療を先にする」

いったん背負い直したクラッシュパックを、また降ろそうとした。しかし、状況はタロスの予想以上に逼迫《ひっぱく》していた。

あらたなテュポーンだ。

もう一体のテュポーンが、かれらのもとに近づきつつあった。

ドレークは自分を監視するロボットバードを破壊し、テュポーンを撒《ま》いた。が、タロスとリッキーにE－96エリアを担当するロボットバードがくっついていた。ロボットバードは、すべてのテュポーンに取得した情報を送ることができる。それが、ドレークを追っていたテュポーン八号にも届いた。八号は、即座に追跡を再開し、クラッシャーに追いついた。

八号が跳んだ。十メートル以上も宙を舞い、ドレークの傷を調べようとかがみこんだタロスの背中に猛然と躍《おど》りかかった。

「ぬおっ！」

タロスのからだが鞭《むち》のようにしなった。殺気を捉え、体をひるがえした。落下してくるテュポーンの攻撃を正面から受けた。ぎりぎりで危険を察知する野性の本能だ。テュポーンは四足獣の姿をとっていた。牙がタロスの右腕を嚙み、長い爪が肩と脇腹をえぐった。クラッシュジャケットが、びりびりと裂ける。

タロスは左腕を八号の首に巻きつけた。サイボーグ化したタロスにとっては、右腕も腹部も人工の部品にすぎない。相討ちは望むところだ。しかし、変身可能なテュポーンも、首を絞められたくらいではなんともない。

「タロス！」

リッキーが怒鳴った。その右肩には組みあげられたばかりの小型バズーカが載っている。ふたりの格闘で、周囲の草がすべて薙《な》ぎ倒された。いまは小さな空地のようになっている。見通しがいい。

「でえいっ！」

ロボット義手の全パワーを使い、タロスは八号をおのれの身から引きはがした。人工皮膚が音を立ててもぎとられるが、躊躇《ちゅうちょ》はしない。思ってもみなかった動きと反撃に、テュポーンは混乱している。

タロスは、八号のからだを空高く投げあげた。

リッキーのバズーカ砲が、鈍い爆発音とともに必殺の一弾を射出した。

暗黒の空を背景に、テュポーンの白い肉体がふたつに裂けた。血と内臓が、四方に飛び散った。暗視ゴーグルで見るそのさまは、まるで白い花火のようだ。

「やったあ」

リッキーが鬨《とき》の声をあげた。

「なんだ？　こいつ」

タロスは目を丸くしている。いま仕留めた相手のことだ。

「さっきのやつに感じが似ているが、姿はぜんぜん違う」

「鳥だ」リッキーが言った。

「〈ファイター2〉を襲った鳥みたいなやつも、雰囲気がこいつらにそっくりだった」

「鳥に人に獣。厄介な連中だな」タロスは地に横たわるドレークに目を向けた。

「こいつも、あいつらに襲われたのかな」

「《クリムゾン・ナイツ》の本部がある星に行方不明のクラッシャー。それに人とも獣ともつかぬ化物。何が、どうなっているんだろう」

リッキーが首をひねった。

「わからんな」タロスはかぶりを振り、視線を頭上に移した。

「さっぱり、わからねえ」

上空に一羽のロボットバードがいた。ロボットバードは、テュポーン八号がロケット弾で粉砕されたあたりをゆっくりと旋回していた。

スクリーンが一面、だしぬけにブラックアウトした。

E - 96エリアのロボットバードから送られてきていた映像だった。原因ははっきりしている。ロボットバードが、破壊された。

「どういうことだ。これは!」

スピーカーを通して、コントロールルーム全体にキム・ソンナンの激昂した声が響き渡った。

ラモスが通路をあたふたと駆けてきた。太っているので動作が重い。

「いま新しいロボットバードを派遣しました」息を切らし、ラモスは言った。

「映像は、すぐに回復します」

「回復してどうなる?」キム・ソンナンは噛みつくように怒鳴った。

「タロス、リッキーはとうに逃げ去ったあとだぞ」

「探させます」

「だめだ」キム・ソンナンは冷たく応じた。

「やつらはロボットバードの正体を知った。もう接近させることはできない」

「では?」

「…………」

キム・ソンナンはしばし瞑目《めいもく》した。ややあって、かっとひらいた。

「やはり、テュポーンだな」

低い声で言う。

「何号をだしましょう？」

ラモスが身を乗りだして、訊いた。

「動けるのは、何体だ？」

「三号がスカルパに、二号、五号、七号、九号がジョウに振り向けてありますから」ラモスは指を折った。

「十三号、十五号が待機状態に入っています」

「あとはすべて殺《や》られたのか？」

「クラッシャーは手練《てだ》れの集団です」

「テランドープのごろつきとは、わけが違うんだな」

「はっ」

「となれば」キム・ソンナンは断を下した。

「二体とも送る。これ以上、やつらに我が物顔をさせることはできない。今度こそ、完全に息の根を止める」

「はっ」

ラモスが背すじを伸ばし、直立した。

「念のため、六号のほうにも新しいロボットバードを送っておけ」

「はっ」

「急げ」

「はっ」

一礼し、ラモスはあたふたと去った。

それを見送ったキム・ソンナンは、大きなため息をほおとひとつつく。それから、シートの背もたれに身を預けた。名状しがたい不安が、胸の裡《うち》に大きく湧きあがってくる。

こんなことは、はじめてだ。

と、キム・ソンナンは思った。クラッシャーをテュポーンの訓練に加えて以来、ひとりとしてかれらの監視の目から逃《のが》れえたものはいない。それがいま、つぎつぎとロボットバードが破壊され、テュポーンもまた、殪《たお》れていく。

すべては、クラッシャージョウのチームがきてからだ。

キム・ソンナンの脳裏に、一対一でテュポーンを敗《やぶ》ったクラッシャージョウの姿が浮かんだ。恐ろしい男だ。あれを呼んだのは誤りではなかったろうか。そんな気がする。

しかし、自分に責任はない。クラッシャージョウを選んだのは、総裁ご自身だ。自分ではない。

知らず、弁明の言葉を考えていた。意味はない。始末は本部ではなく、ここインファーノでつけねばならぬことだ。弁明はいっさい通じない。それが組織の掟《おきて》となっている。

「負けんぞ。わしは」

つぶやきが、口をついてでた。テュポーンは《クリムゾン・ナイツ》の切札だ。訓練で墓穴を掘るなど、笑止千万の所業である。クラッシャーの反攻、レオドール博士の脱走、あらゆる不始末はここで食い止められなくてはならない。それがキム・ソンナンの仕事だ。

インファーノに集めたクラッシャーはひとり残らず屠《ほふ》る。そして、自分が中心になり、テュポーンを《クリムゾン・ナイツ》の主戦力に据える。

あらためてキム・ソンナンはそう誓った。そして、再びコンソールデスクに向かった。

メインスクリーンの映像は、まだ回復していなかった。

3

鈍い痛みを、腹部に感じた。

それが、意識を取り戻すきっかけになった。いや、意識が戻ったから、痛みが甦ったのかもしれない。いずれにせよ、さほどひどくない鈍痛に苛立ちながら、アルフィンはゆっくりとまぶたをひらき、碧《あお》い瞳を光にさらした。

ぼんやりと霞《かす》んでいた周囲がやがて焦点を結び、はっきりとしたものの形をとった。はじめは目が慣れていなかったので、ずいぶん明るいところに思えたが、じきにそれは錯覚だとわかった。どちらかといえば薄暗く、そのうえ狭い。仰臥《ぎょうが》するアルフィンの眼前、約三十センチの位置に、パイプやフックがずらりと並び、そこ一帯の空間をほとんど隙間のないほどに埋めてしまっている。これでは、うかつに起きあがることもできない。

「気がついたようだ」

左脇で、男の声がした。若い声ではない。といって、それほど老いた声でもない。独り言ではなく、誰かに話しかけたようだ。

「いま行きますぜ。博士」

応答があった。先ほどよりも、ずっと若い声だ。しかし、声質はあとのほうが悪い。がらがらと響く蛮声である。前に一、二度、耳にしたような気がする。

アルフィンは首を左に傾けた。男がふたり、そこに立っていた。ちょうど並んだところらしい。

ひとりはエンジのクラッシュジャケットを身につけ、もうひとりは黒のスペースジャケットを着ていた。エンジのクラッシュジャケットの男に、アルフィンは見覚えがあった。

顔の下半分を覆う黒ひげ。端の吊りあがった鋭い眼眸《がんぼう》。太い眉。手入れをしていない伸び放題の蓬髪《ほうはつ》。思ったよりも小柄で、そのぶん横幅のあるからだだったが、容貌だけはたしかに、以前〈ミネルバ〉のメインスクリーンに映しだされたクラッシャーブロディのものだ。

「ブロディ！」

目を丸くして、アルフィンは名を呼んだ。

ブロディはうれしそうに、にやりと笑った。笑顔になると、二十代前半の幼さが、そのいかつい顔にふっとあらわれる。

「覚えていたのか。光栄だな」

ブロディはアルフィンの手を把《と》り、彼女が起きあがるのを手伝った。どうやら、アルフィンがいまいるのは大型車輛の中のようだ。装備の雰囲気が、ガレオンのそれに似ている。アルフィンは、その一隅に設けられた簡易ベッドに横たわっていた。

ベッドから降り、アルフィンはまっすぐに立った。

「ここは？」

アルフィンはブロディに訊《き》いた。

「レオドール博士が乗ってきた地上装甲車の中だ」

ブロディはとなりに立つ初老の男を指し示した。

「地上装甲車?」

アルフィンは驚き、あたりを見まわした。単なる地上装甲車にしては、広い車内だ。

「こいつは特製でな」レオドール博士が言った。

「長距離走行を考慮してつくられている。車体も、通常のものよりひとまわり大きい」

「ふうん」と感心してから、アルフィンははっとなった。こんなことをのんきに尋ねている状況ではない。

「あたし、どうして……」

あせって、ブロディに向き直った。

「撃っちまったんだよ」ブロディが言った。

「俺が、テュポーンと一緒にライフルであんたを」

「え?」

答えを先に言われ、アルフィンはとまどった。

「テュポーンは死んだが、あんたはクラッシュジャケットの防弾能力で負傷を免れた。打撲だけですんで、気絶した。だから、俺がこの地上装甲車の中に運びこんだ。そういうことだ」

「ちょっと、待って」アルフィンは、両の手を左右に振った。

「話が理解できない。ものには順序があるわ。あたしがここにいるわけは、わかった。でも、テュポーンってなに？ レオドール博士って誰？ なぜ、あなたがここにいるの？」

「ふむ」ブロディは肩をすくめた。

「そのあたりから意味不明なのか」

「そう！」

「じゃあ、とにかくそこにすわってくれ」ブロディは、シートに向かってあごをしゃくった。

「最初っからじっくり話したほうがいい」

三人は、二列に並んでいるシートに、それぞれ腰をおろした。

「まずは、そっちのことから聞こう」ブロディは言った。

「どうして、テランドープからインファーノにきちまったんだ？」

「それは……」

アルフィンは、すべてを語った。護衛を引き受けると同時にバロン・ギルバートを殺されたことから、シモノビッチによる契約変更、そしてニードルガンを手懸りとした追跡行と《クリムゾン・ナイツ》の武器製造工場殲滅《せんめつ》、さらには〈ミネルバ〉の遭難まで。ひとつ残らずじっくりと語った。もう面子《めんつ》がどうのこうのと言っている場合ではない。

積もり積もった謎を明らかにするには、あらいざらいぶちまけるのがいちばんだ。それしかない。

「で、木の上でビバークしていたら、その白い化物に襲われたってわけ」アルフィンは身振り手振りを交えて熱演している。

「あたしは罠《わな》を仕掛けていたから、そのときは無事だった。けど、仕留めようとしたのがよくなかった。逆襲を受けて武器と暗視ゴーグルを弾き飛ばされ、あわやというところまで追いつめられてしまった」

「そこへ、俺のライフル弾が降ってきたんだな」

「そういうこと」

アルフィンはうなずいた。

「俺がインファーノにきたのも、よく似たいきさつだ」ブロディは、ひげの上からぽりぽりとあごを掻《か》いた。

「行方不明になったクラッシャーの足どりが、すべてインファーノに集中していた。そこで、ここまでやってきた」

「ブロディのチームメンバーは？」

「俺のほかに四人いたが、三人はテュポーンに殺《や》られた。残るひとりも消息を絶っている」

「テュポーンって、ひょっとしたら、あの白い化物のこと？」

「そうだ」

ふいにレオドール博士が口をひらいた。あまりに唐突な割りこみだったため、アルフィンとブロディは、ぎょっとなってその顔を見た。

「やつらは、テュポーンと呼ばれている」ふたりの反応にかまわず、レオドール博士はつづけた。

「わしが生みだした、世にもおぞましい異形の生物だ」

「あなたが生みだした？」

「そのとおりだ」レオドール博士は、弱々しくあごを引いた。

「《クリムゾン・ナイツ》に強制され、わしがつくった」

「テュポーンて、なに？　人間？　それとも動物？」

「いってみれば、一種のサイボーグだ」博士はぼそぼそと言った。

「人間を細胞合成技術で改造することにより、テュポーンは生まれる。その能力はすさまじい。他の形態への変身さえも可能になる。しかも、その知性、意思は生みだす際に自由に消去できる。わしははじめ、組織の命令に応じて知性を保ったテュポーンを男女一体ずつつくったが、いまはもう知性を消去したテュポーンしかつくっていない。知性のないテュポーンは、殺戮《さつりく》以外に能のない、血に飢えた猛獣だ。わしは野蛮な猛獣をインファーノに放ってきた。クラッシャーを殺させるために」

「ジョウは無事なの？　タロスは？　リッキーは？」

クラッシャーを殺させるためと聞き、アルフィンの表情が一気にこわばった。

「わしには、わからん」レオドール博士の声がさらに小さくなった。

「わしが中央司令部を脱したときは、まだ無事だった。が、いまも無事かは、まったくわからない」

「そんなあ」アルフィンの腰が浮いた。

「テュポーンは、あなたがつくったんでしょ。わからないはずないじゃない」

「あとは俺が話す」

取り乱すアルフィンを見かね、ブロディが言葉を引き取った。レオドール博士は頭をかかえ、がっくりと首を落とした。

「博士は《クリムゾン・ナイツ》のもとから、脱走してきたんだ」ブロディは言った。

「《クリムゾン・ナイツ》はニードルガンに代わるあらたな武器として、殺戮に狂う人獣、テュポーンを博士に開発させた。だが、テュポーンを一人前の殺し屋に仕立てあげるにはそれなりの訓練が必要だった。実戦的で高度な訓練だ。《クリムゾン・ナイツ》の戦闘司令、キム・ソンナンは、その訓練の相手にクラッシャーを選んだ。クラッシャーならあらゆる戦いに通じ、かつ宇宙軍の軍人ほど規律に縛られた生活をしていない。

それが役に立つと、キム・ソンナンは考えた」

「…………」

「さまざまな方法で、クラッシャーがここインファーノに集められた。ペルアーノ、リーガン、マンフリイ……みんな俺が捜索していた連中だ。《クリムゾン・ナイツ》の奸《かん》計《けい》にはまり、かれらはこの星に放りだされて、テュポーンに引き裂かれていった」

「…………」

「テュポーンは、ここから西へ十五キロほど離れた場所の地下にある中央司令部でコントロールされている。カメラを積んだロボットバードがクラッシャーをモニターし、それに応じて、中央司令部がテュポーンに指令をだす。レオドール博士は機をうかがって、この地上装甲車を奪い、そこから脱出してきた」

「どうして、博士があなたと一緒にいるの？」

「博士は、俺に目をつけていた。地上装甲車では、どうあがいても逃げきれるものではない。それよりも、呼びよせられたクラッシャーと手を結び、情報を与えて逆襲にでるほうがよりよい策になる。博士は俺を監視していたロボットバードを自爆させ、俺のもとにやってきた。そして、寝ていた俺を起こし、すべてを話してくれた。あんたがテュポーン六号をぶらさげて、ここに走りこんでくるほんの数分前のことだ。博士からロボットバードは破壊したと聞かされていたので、六号を見たときは、心底驚いた」

「………」

「しかし、あんたと会えてよかった」ブロディは力強く、言を継いだ。

「いくら中央司令部の位置を教えられても、俺ひとりではどうにもならない。反撃するには、もっと仲間がいる。あんたは、その第一号だ」

「マップデータはあるかしら」

アルフィンが訊いた。唐突な質問だった。

「え？」

虚を衝《つ》かれ、ブロディはきょとんとなった。

「マップデータよ。この大陸の」アルフィンはじれったそうに言う。

「あたし、ジョウ、タロス、リッキーがどこに向かっていたか知っている。でも、マップデータがないと、それがどこだか示せない。三人が生きている限り、そこに行けば会えるわ。かれらなら、あたしなんかよりずっと戦力になる」

「マップデータなら、あるぞ」

レオドール博士が言った。いつの間にか博士はおもてをあげており、その目には再び強い光が宿っている。

レオドール博士は立ちあがって操縦席に行き、ダッシュボードのスリットからデータカードを取りだした。

それをアルフィンに渡す。

アルフィンは口の中で小さくつぶやきながら、データカードの表面に地図を浮かびあがらせた。

「砂漠があって、沼があって、東南東……」

そのさまをブロディとレオドール博士が心配そうに見守っている。

「わかったわ」アルフィンが指を鳴らして叫んだ。

「ここよ。この溶岩台地。戦闘機は、このあたりから飛んできた」

それを聞いて、レオドール博士の顔色が変わった。

「そんなところに、行ったのか？」

「そんなところ？」

「溶岩台地は、おとりだ」博士は言った。

「そここそ、テュポーンにとって絶好の戦闘地域だ」

「………」

「すぐに行こう」

ブロディが立ちあがった。シートをまたぎ、操縦席へと移動した。スターターボタンを押し、核融合タービンエンジンを始動させる。くぐもった音が、車内に響き渡った。

「あたし、ナビゲートする」

アルフィンが助手席にもぐりこんだ。

もう空が白みはじめたのだろう。前窓越しに、まばらな林の光景が見える。マップデータに記されている溶岩台地までの距離は、およそ五十四キロ。度を超えた悪路でなければ、一時間以内に到達できる。

発進した。

石を弾き飛ばし、倒木を轢《ひ》き砕いて、地上装甲車は溶岩台地へと向かった。

4

噴きだすガスの悪臭が、つんと鼻についた。

植物が減り、肥沃《ひよく》な土壌も失せた。かわりにごつごつした角のとれていない岩が、大地をびっしりと覆っている。空中をしきりに飛びまわっていた羽虫のたぐいも姿を消した。

生の息吹《いぶき》が静かに影をひそめ、死の匂いがあたりを我が物顔に徘徊《はいかい》している。ここはそういう場所だ。

おそらく、それまで何の変哲もない密林だったところが、だしぬけに噴火して火山になったのだろう。予期せぬところで密林が断ち切られるように終わり、溶岩と堆積した火山灰の世界がそこからはじまっている。クラスⅢ《スリー》の改造直後には、こういったことがよく起きる。改造によるひずみが地底のマントル対流を狂わした。が、これもクラスⅣ《フォー》、クラスⅤ《ファイブ》と改造を重ねていけば、やがておさまるべき形で、おさまっていく。そして、惑星改造はつつがなく完了する。

ジョウとウーラは、まだ完全に冷えきっていない溶岩台地を、互いに身を寄せ、肩を抱き合うようにして進んでいた。

ふたりとも、疲弊《ひへい》しきっている。足もとがおぼつかない。一歩置くごとにひどくよろめく。よろめくたびに足のどこかが溶岩にぶつかり、打ち身ができる。

溶岩台地は、平坦ではなかった。流下していく途中で溶岩の固結したところが破砕され、巨大な岩塊の集積になっている。塊状溶岩と呼ばれるものだ。ガレ場を何百倍にもスケールアップすれば、このような光景になるのだろうか。岩が黒い上に、形がいびつなので、あたかも地獄の山を歩いているかのような錯覚をおぼえる。

ふたりは、寝こみをテュポーンに襲われて以来、一睡《いっすい》もせずに歩きつづけていた。夜が明けてから、ときおり休むようにしたが、それも五分以上はとらなかった。まるで何かに憑《つ》かれたような行動だ。時間のないことからくるあせり。未知なるものへの恐怖。重傷を負ったことによる不安。それらがないまぜになって、ふたりを狩りの獲物のように先へ先へと追い立てていた。体力が一滴残らず絞りだされ、正常な判断力も失われはじめていたが、ふたりはそれでもまだ、前進する意欲を捨て去ろうとはしない。

しかし。

「どういうことだ？　これは」

ついにジョウは足を止めた。呻きにも似た声が、その喉から漏れた。ウーラのからだを支えていた腕をほどき、それを巨大な溶岩塊の表面に置いた。体重をゆっくりと預ける。破裂した気泡でできた細かなトゲが皮膚に食いこみ、てのひらが痺れるように痛む。だが、その痛みがジョウの意識から朦朧とした部分を拭いとった。

「俺たちは方角を誤った」首をめぐらし、ジョウはウーラを見た。

「さもなくば、やつらにあざむかれた。俺のデータでは、たしかにここが《クリムゾン・ナイツ》の戦闘機の発進地点だと確認されている。このいまいましい、岩だらけの溶岩台地が」

「見せて」

ウーラは、ジョウからデータカードを借りた。行程をたどり、天を仰ぐ。太陽の位置を確認して、視線を地図に移す。

「おかしいところ、ないわ」カードをジョウに戻しながら、ウーラは言った。

「方角も正しいし、地形も合っている。あたしたちがめざしていたのは、間違いなくここよ」

「こんなところに《クリムゾン・ナイツ》の本拠地はない」ジョウは吐き捨てるように言った。

「この火山は活《い》きている。地上だろうが、地下だろうが、活火山のど真ん中に本拠地を置くなんて無謀なマネは誰もしない」

「理屈では、そうね」ウーラはうなずいた。

「でも、そうなると、これは罠ということになる。あたしたちをここへ導くための」

「妥当な線だ」ジョウは手にした無反動ライフルの弾倉をあらためた。

「へたをすると、ここが俺たちの死に場所になる」

「ジョウ」

ウーラがジョウの脇にぴったりと寄りそった。腕をからみつかせるように、ジョウの腰にまわす。そして、頭をそおっとジョウの胸につけた。成熟した女性の甘い香りが、ジョウの鼻腔《びこう》をやさしくくすぐった。

「あたしは、どんなときでもあなたと一緒」ウーラは言った。

「けっして離れない」

「クラッシュジャケットを着ている限り、ウーラは俺たちの仲間だ」ジョウはあごを引いた。

「それは言うまでもない」

「そんなんじゃないわ」

ウーラは、身をよじった。

「え？」

ジョウには、その意味がわからない。

「鈍いのね」

「しっ！」

じれったそうに言葉をつづけようとしたウーラを、ジョウは制した。軽くあごをしゃくった。

「きたぜ」

ジョウは右手上方を示した。地平線の上だ。ウーラがその方角に目をやると、宙を舞う白い巨大な鳥が四羽、瞳に映った。

「あれは？」

「そうだ」ジョウは硬い声で言った。

「〈ファイター2〉を襲撃した怪鳥の同類だ。密林で俺たちを襲ったのも、やつらの仲間だろう。あいつには変身能力があった。肺を大きく広げ、そこに大量の空気を貯めて筋肉の大部分を翼に変えてやれば、あの肉体で空を飛ぶのも、けっして不可能ではない」

「あの四体、何をしてるのかしら？」

「俺たちを探しているのかな？　いや、違う。あの動きはそうじゃない」

ジョウの表情が険しくなった。とつぜん、四体のテュポーンがジョウから二百メートルほど離れた場所に降下し、溶岩塊の蔭に消えた。これは明らかにジョウを意識した行動だ。

「あいつらは、俺たちがどこにいるのか承知している」ジョウは身を低くした。

「ライフルの弾倉を調べたことも、俺たちがやつらを発見したことも知っている。だから、あそこで地上に降りた」

「じゃあ」

「どこかに俺たちを監視しているやつがいる」

ジョウとウーラは、さりげなく周囲に目を配った。

「いたぞ」ウーラの耳に口を寄せ、ジョウは囁いた。

「ゆっくりと、自然に首をめぐらし、右手の枯木を見ろ。そこにとまっているのが、たぶんそうだ」

「………」

ウーラは、言われたとおりにした。

ほとんどの樹木が溶岩流に呑まれて燃えてしまった中で、どうしたわけか数本の木が立ち枯れはしたものの原形を留めて山腹に残っている。倒れる前に根が一瞬にして炭化し、幹全体が炎に包まれずにすんだ。そういうことだろう。運の強い木だ。その木のひとつの枝先に、そいつはちょこんととまって、ジョウのほうに視線を向けていた。

「小鳥よ」ウーラが言った。

「本物じゃないの？」

「違う」ジョウは即座に否定した。

「らしく見えるが、あれはロボットバードだ。眼球が小型のテレビカメラになっている」

「ほんと？」

「いまになってみれば、思いあたることがいくつもある。いくら夜目が利くとはいえ、深夜にあの罠を察知し、勘だけであれほど的確に動くのは不可能だ。沼のときもそう。種類こそ異なっていたが、あそこにも、あのくらいの大きさの鳥が飛んでいた」

「どうする気？」

「撃ち落とす」ジョウは、さりげない動きでライフルを半自動に切り換えた。

「ただでさえ四対一だ。少しでも有利にしておかないと、あとに響く」

ジョウはライフルを構えた。狙いは四体のテュポーンだ。ロボットバードは、反対方向にいる。距離も角度もすでに読みとった。ウーラには少し離れてもらった。テュポーンは溶岩塊を伝いながら移動しているらしく、まだ攻撃を仕掛けてくる気配はない。

ジョウは体をひねった。瞬時に、うしろを振り向いた。照準を確認せず、トリガーボタンを絞った。銃声が一発、長い反響を伴って蒼空に轟いた。

ロボットバードは砕けた。こなごなになって四散した。

「これでいい」

ジョウはウーラに向き直った。ウーラはまた、ジョウに身を寄せた。

「つぎは、あの四体ね」

「先に攻撃する」ジョウは言を継いだ。

「武器はライフルが一挺と、アートフラッシュ。それにナイフだ。ほかに光子弾と熱波弾もポケットにはいっているが、殺傷力はない。できるのは、目つぶしくらいだ」

「どれも使ったことなんかないわ」ウーラもにっこりと笑い、応えた。

「ナイフがあれば、それで十分」

言いながらポケットからナイフを取りだし、右手に構えた。

「俺から一メートル以上、距離を置くな。ライフル弾があるうちは肉弾戦を避ける」

「さっき言ったでしょ」ウーラはいたずらっぽくジョウを睨んだ。

「どんなときでもあなたと一緒って。もう忘れたの？」

「そうだったな」

ジョウは少し赤くなった。どうもウーラのような年上の女性が相手では、いつもと勝手が違う。

「行くぞ」

気持ちを切り換え、動いた。溶岩塊の上に、ひらりと飛びのった。ウーラも、それにつづいた。

ジョウの目が、電光のように走る白い影を捉《とら》えた。意外に近い。五十メートル余りだ。岩から岩へと慎重に移動していて、この速さである。本気で走ったら、どれほどの速度になるのだろう。

ライフルを撃った。

白い影が揺らいだ。当たらない。鋭い音が響き、岩の角が砕け散った。すかさずもう一発。また外れた。

「ジョウ、右っ」

ウーラが指差した。二体めのテュポーンが一気に間を詰めようと接近してくる。銃口が流れるように移動した。

轟音。

血しぶきがあがった。一体のテュポーンが弾け飛んだ。崩れるように倒れ、岩と岩との蔭に消えた。致命傷かどうかはわからない。

「走れ！」

ジョウが叫んだ。と同時に、岩から飛び降りた。巨大な溶岩塊の上からの狙い撃ちには限度がある。意表を衝《つ》いての一、二撃までは有効だが、そのあとは攻撃が単調になる。それは、かえって不利だ。

右手にライフル、左手にウーラの手を把《と》って、ジョウは大地をびっしりと埋め尽くす大小さまざまな溶岩塊の間を、走り、跳び、すりぬけた。

ひゅんと空気を引き裂く音がして、岩塊の数センチしかない細い隙間から、何かが伸びてきた。鋭利な、長い爪だ。ジョウの右真横。ジョウは跳びすさって、これをよけた。が、ぎりぎりで間に合わなかった。爪が肩口に食いこみ、クラッシュジャケットの袖が一直線に裂けた。ジョウはライフルを左手に持ち替え、一発撃って爪を吹き飛ばそうとした。しかし、うまくいかない。

「ちっ」

右腕を爪で押さえられたままの体勢で、ジョウはテュポーンの爪を足で蹴上げた。びっと紙の破れるような音がして、爪が肉をえぐり、抜けた。

ジョウはたたらを踏むようにあとじさる。ライフルを構え直した。トリガーボタンを押す。数発の弾丸を、狭い岩塊の隙間に撃ちこんだ。

陽が翳《かげ》る。いきなり視界が暗くなる。

「上っ」

ウーラが叫んだ。

ジョウは前方に身を投げた。からだを丸めて前転する。角の尖った溶岩の破片が、クラッシュジャケットごしに背中に突き立った。ジョウは唇を嚙んでその苦痛に耐え、ライフルの銃口を天に向けて仰臥《ぎょうが》した。巨大なアメーバのように大きく広がったテュポーンの姿が、眼前わずか二、三メートルの空中にあった。立っていたら、相手を見定める余裕もなく、頭から包みこまれていたはずだ。ウーラもジョウをまねて、地面に伏せている。薄膜状に変身したテュポーンは標的を失った。

ライフルが轟然と火を噴いた。

テュポーンの頭部が破裂した。血と脳漿《のうしょう》がシャワーのように撒《ま》き散らされた。即死だ。完全に屠《ほふ》った。

人の姿に戻った白い肉体が岩塊の上に降ってきた。岩角に激突して小さく跳ね、ジョウのすぐ脇に落ちた。四肢が痙攣するように波打った。

5

「ジョウ」

ウーラが駆け寄ってきた。ジョウはすでに身を起こし、周囲をうかがっている。風が湿りけを帯びてきた。風もそこはかとなく生温かい。雨が近い徴候だ。

「ジョウ！」

ウーラが、ジョウにしがみついた。思いがけないことに驚き、ジョウはわずかにバランスを崩した。ウーラの動悸《どうき》が、クラッシュジャケットを通して、やけに生々しく響いてくる。わけもなく、ジョウの体温が急上昇した。あせってウーラを見ると、彼女は顔をジョウに向け、目を軽く閉じている。ほのかにひらいた紅い唇が、あまりにも煽情的《せんじようてき》だ。ジョウは真っ赤になって、ウーラを引きはがした。からだが、さらに熱い。

「いちいち怯えるな！」照れかくしもあり、ジョウは強い口調で言った。

「絶好の目標になるぞ」

「ごめんなさい」ウーラは肩を落とし、力なくうなずいた。

「あたし……」

大粒の涙が、瞳からはらはらとこぼれた。

ジョウはあわてた。

「いや、それは、あの――」

雨が落ちてきた。ぽつりぽつりとジョウの額を濡らすそれは、まるでウーラの涙が天から降ってきたかのようだ。

「まずいな」

これ幸いと、ジョウは空を振り仰ぎ、話題を移した。こういう雰囲気は苦手だ。どうしていいか、わからなくなる。

空が黒雲で覆われていた。ついさっきまではまだ晴れ間があったが、あっという間に雨雲が広がってしまったらしい。しかも、雷雲のようだ。ときおり雲の一画が、不規則に明滅している。

雨はすぐに本降りになった。

ジョウは再びウーラの手を把り、進んだ。視界が悪い。数メートルもないだろう。ぶ厚い雨の幕がふたりのまわりをぐるりと取り巻いている。周囲が夕暮れのように暗い。

条件は同じだ。

ジョウは自分にそう言いきかせた。

あと三体、いや運がよければ二体で、この戦いが終わる。それまでに弾丸が尽きなければ。

行手が判然としないため、ふたりはしばしば溶岩塊にぶつかった。そのたびに、からだのどこかを打つ。テュポーンの攻撃はない。豪雨で視界を奪われ、ジョウたちの動きをつかむことができないからだろう。

ふと、ジョウは巨大な溶岩塊が少なくなっているのに気がついた。足もとをみると、細かい砂利のような溶岩塊が、敷きつめられたように地面を覆っている。どこをどう歩いて、ここにきたのかはわからない。依然として雨はひどく降っており、状況は完全に五里霧中だ。

もしや火口が近いのでは、という思いがかすかに胸をよぎった。が、それは杞憂《きゆう》のようであった。しかし、ここまで視界が悪いと、ひとまずは大事をとって動かないようにしたほうがよさそうだ。ジョウは、いったん歩を止めた。ウーラが当然のようにからだを密着させてくる。ジョウはそれを拒否できない。

雨の勢いが、目に見えて弱まってきた。雲の様子からだと一時的なものらしいが、それでも視界はぐんとよくなった。

ふたりがいるのは、やはり細かい溶岩塊のみで形成された広い斜面だった。岩の質をべつにすれば、ふつうの山のふつうのガレ場と大差ない。

そして。

そこに二体のテュポーンがいた。

距離はどちらも、ジョウとウーラからおよそ三十メートル。一体は人間、一体は四つ足の猛獣の姿をしている。

ジョウの左手がゆっくりと動いた。ライフルの銃口が、頭をもたげていく。ウーラも、右手のナイフを胸もとに引きあげた。

いきなり、一体のテュポーンが跳んだ。ジョウの左側にいた猛獣型のテュポーンだ。ジョウは反射的にライフルでその動きを追い、トリガーボタンを絞った。銃声が耳をつんざく。絶妙のタイミングだ。が、弾丸は外れた。そのテュポーンは、ジョウに向かって跳んだのではない。予想外の角度でななめ横に向かい、跳んでいた。

罠だ！

ジョウはその意味に気がつき、体をひるがえした。

真正面、目と鼻の先に人間型のテュポーンがいる。ほんの数メートル先だ。ジョウはライフルを構え直した。トリガーボタンにかかる右手人差指に力がこもった。

つぎの瞬間。

テュポーンのからだが、ふっと沈んだ。ジョウは標的を見失う。そこを衝いて人間型テュポーンがさらに一体、身を低くしたテュポーンの背後からとつじょ出現した。三体目がいた。ジョウに向かって飛びかかってくる。ジョウは思わず、そのテュポーンにライフルの狙いを移した。みえみえのおとり戦法だったが、からだのほうが勝手に反応してしまった。

弾丸と炎を吐いて、ライフルが鳴轟する。

宙にいたテュポーンの腹部を弾丸が貫いた。命中のショックでくの字になり、そのまま頭から落下した。ジョウは気づかなかったが、このおとりのテュポーンは、先に狙い撃ちして重傷を負わせたやつだ。

ジョウがあわててライフルを正面に戻した。そのときには、もう一体のテュポーンが手を伸ばせば届く位置にきていた。撃つ余裕がない。

とっさにジョウは銃身を握った左手を軸にし、右手をぐいと前方に突きだした。銃床がカウンターでテュポーンのあごに食いこむ。……はずだったが、テュポーンはそれを許さなかった。ジョウの一撃を口でうけた。文字どおり、銃床をがっきとくわえこんだ。あごを大きく振る。ジョウの手からライフルが離れた。テュポーンは、そのまま銃床を嚙み砕いた。

「ちいっ！」

舌打ちし、ジョウは渾身《こんしん》の前蹴りをテュポーンのみぞおちに叩きこんだ。テュポーンは悶絶し、どうと倒れた。

「きゃあっ！」

ウーラの悲鳴が背後で聞こえた。

ジョウは振り返った。その目に、三メートルほど宙を舞って地に転がるウーラの姿が映った。ウーラは、ジョウに襲いかかる猛獣型テュポーンを止めようとして体当たりを決行し、逆に弾き飛ばされた。テュポーンの肩にナイフが深々と突き刺さっているので、それがわかる。

ジョウは自分のナイフをポケットから素早く取りだした。

傷を負った猛獣型テュポーンが、ジョウに躍りかかった。

ジョウは上体をひねり、ナイフを横に薙《な》いだ。狙ったわけではないが、それが鮮やかな一閃《いっせん》となった。ナイフの切っ先が、テュポーンの喉笛を鋭くえぐった。血しぶきがあがった。

猛獣型テュポーンが昏倒する。

「ウーラ!」

ジョウはウーラのもとに駆け寄った。

「ジョウ」

ウーラは自力で半身を起こしていた。ダメージはさほどでもないようだ。頭を打たなかったからだろう。ジョウはウーラの背に手をまわした。抱き起こそうとする。

「待って」それを、ウーラは制した。

「まだ一体、いる」

ジョウが蹴り倒したテュポーンのことだ。見ると、ちょうど立ちあがったところだった。

「ジョウ」ウーラは言った。

「あの化物はあたしが引きつけておく。あなたは逃げて」

「なんだと？」

　ジョウは目を剝《む》いた。

「あなたには使命がある。だから、あなたには生き延びてほしい。お願い。あたしを置いて逃げて。ナイフ一本では、あいつを倒せない」

「そんなことができるか！」

　ジョウは怒鳴った。何があっても、そんな申し出は受けられない。

「お願い」

　ウーラはすがるようにジョウを見る。

「やめろ！」ジョウは平手でウーラの頰を打った。

「どんなときでも一緒だと言ったのは誰だ？　俺はそれを信じている。馬鹿なことは言うな」

「ああ、ジョウ」

　ウーラはジョウの胸に顔をうずめた。激しく泣きじゃくる。ジョウはそんなウーラの髪をやさしく撫で、それからテュポーンに視線を戻した。

　テュポーンは、その姿を人間型から猛獣型に変えようとしていた。牙が白く光る。爪が太く長い。

　勝てるか？　あいつに。

ジョウは自問した。武器はナイフだけ。勝てなくとも、相討ちにもちこめば、ウーラは助かる。

変身が終わった。テュポーンは、ゆっくりと前に進んだ。ジョウはウーラを自分の背後にまわした。

と、そのとき。

びくん、とテュポーンの全身が震えた。何かに怯えたように横を向いた。はっきりと表情にあせりの色がある。

「？」

ジョウがいぶかしむのと同時だった。

すさまじいライフルの連射音が山嶺《さんれい》を揺るがした。

テュポーンがもんどりうった。

腹が裂け、内臓が飛びだした。テュポーンはごろごろと転がり、ジョウの眼前で止まった。即死している。もう息がない。

甲高いエンジン音と、タイヤが溶岩塊を噛み砕く音が強く耳朶《じだ》を打った。首をめぐらすと、大型の地上装甲車がジョウに向かって近づいてくる。

「ジョウっ！」

エンジン音に甲高い声が重なった。アルフィンだ。アルフィンの声だ。

地上装甲車の上面ハッチがひらいた。そこからアルフィンが上体を突きだし、ライフルをつかんだ右手をしきりに振っている。

「アルフィン！」

ジョウも、手を振り返した。

「ジョウ」

アルフィンの頬を、涙とも雨ともつかぬものが滂沱《ぼうだ》と伝っている。

ジョウの脇では、そんなふたりのやりとりを、ウーラがおし黙ってじっと見つめていた。唇を噛み、まばたきをしない。瞳の奥では妖《あや》しの炎がめらめらと燃えあがっている。拳をぎゅっと握りしめた。その指が、異様なほどに白かった。

「それが、あの化物の正体か」

ジョウが言った。

地上装甲車の中だ。ジョウ、アルフィン、ウーラ、レオドール博士、ブロディの五人がシートに腰を置いて車座になっている。アルフィンはジョウにぴったりとくっつき、離れようとしない。

「知性を消すようにしたのは、テュポーンの力を恐れてのことだ」レオドール博士は言った。

「知性を持たせておけば仕事には有利だが、その反面、いつ敵にまわるかもしれないという恐怖がある。テュポーンを敵にしたら、人間なんぞ赤児同然だ。それはテュポーンと戦ってきたきみたちが、いちばんよく知っている」

「たしかに」

ジョウは大きくうなずいた。

「で、《クリムゾン・ナイツ》だ」出番を待ちかねていたように、ブロディが口をひらいた。

「俺としては、いますぐにでも中央司令部を叩きたい。連中は、お大事のテュポーンをごっそりと失って、浮き足立っているはずだ。この機を逃したら、ぶっつぶすチャンスはない」

「しかし」ジョウは反論した。

「この装備、この人数で、攻撃を仕掛けるのは少し無謀だ。タロスとリッキーも、ここに向かっている。かれらがここにくるまで待ったらどうだ？」

「それでは、遅い」ブロディは譲らなかった。

「こうしている間にも、インファーノに連れこまれたクラッシャーが、つぎつぎとテュポーンの餌食《えじき》にされている。いま動けば、かれらを救うことが可能だ。それに、おまえたちも、もう時間がないんだろ。ぐずぐずしていると、タイムリミットがきちまうぞ。

それでもいいのか？」

「…………」

「そもそも、タロスとリッキーが必ずここにくるという保証もない」ジョウが口をつぐんだので、ブロディは言葉をつづけた。

「テュポーンの手にかかったという、不快な予測もありうるのだ」

「…………」

「なのに、かれらを待って好機を逸したら、それこそ悔いが残る。ジョウ。時間を無駄にするな。決断しろ」

「…………」

無言のまま、ジョウは目を伏せた。即答できない。ブロディの意見には説得力がある。明らかに強引な賭けだが、ジョウのそれに比して、はるかに積極的な策だ。どちらがクラッシャーとしてふさわしいやり方なのか、言うまでもない。

「わかった」ジョウはおもてをあげて、言った。

「一か八かは、いつものことだ」

「やるか？」

「やる」

それで、決まった。

ブロディの主張が通った。

6

「降ろせ、タロス」

あえぐような声が、背中ごしに届いた。タロスが背負っているドレークの声だ。どうやら意識が戻ったらしい。

「そうはいかん」タロスは答えた。

「どれだけ重傷か、おまえ、わかっているのか?」

「俺のからだだ。俺がいちばんよく知っている」ドレークの声は、いまにも消え入りそうだ。

「おまえに重傷と言われる筋合いはない。さっさと降ろせ」

「だめだ」タロスは、つっぱねた。

「どうしてもと言うのなら、勝手に飛び降りろ。それができないのなら、諦《あきら》めて、俺の背中にへばりついていろ」

「くっそお」

ドレークは歯を嚙み鳴らし、しきりにあがいた。が、できないことはできない。骨折、打ち身、裂傷でぼろぼろになった肉体は、ぴくりとも動かなかった。

「おい」タロスはリッキーを呼んだ。

「クラッシュパックからプロロノールをだして、十ccばかり注射してやれ」

「なに？」

聞いて、ドレークはうろたえた。プロロノールを十ccも注射されたら、軽くて二百時間の昏睡、体質が合わなければショック死すらもありうる。しかも、それを言いだしたのはタロスだ。この男なら、それを冗談抜きで本当にやりかねない。

「わかったよ」ドレークは、おとなしくなった。

「どこへなりと、このまま運んでくれ」

「そうよ」タロスは、クラッシュパックをあけようとするリッキーを目で制した。

「はなっからそう言ってりゃ、よかったんだ」

「ちっ」

顔をしかめて舌打ちし、ドレークはぼんやりと周囲に視線を移した。乾いた大地に石がごろごろと転がっている。小さなブッシュがそこかしこに散見される、典型的な渇水期のサバンナの光景だ。

見覚えがあるぞ。

ドレークは、ふとそう思った。いや、見覚えどころではない。かれはたしかに一度、ここを通っている。それも、テュポーンと死闘を繰り返しながら。

「どういうことだ」大声で、ドレークは言った。

「ここは、俺が前に通った場所だぞ」

「うるせえなあ」タロスは足を止め、うんざりしたように言った。

「てめえ、気絶したときに何もかも忘れちまったな」

「気絶した？」

ドレークには、まだ事情が理解できない。

「草原で、俺と会ったことは覚えているか？」

「ああ。例の白い化物を叩き殺し、俺に包帯を巻いてくれたことも忘れてねえ」

「そのあとだ」タロスは言った。

「ロボットバードを破壊することと、あの草原から抜ける方角をてめえが教えてくれたのは」

「そうだっけ？」

ドレークは首をひねった。治療の際に注射した鎮痛剤が、そのあたりの記憶を曖昧《あいまい》なものにしてしまったらしい。

「だから、俺たちは草原から脱出できた」タロスはつづけた。

「つきまとっていたロボットバードを撃ち落とせたのも、てめえのおかげだ」

「俺らたち、そんなものがつきまとってるなんて、これっぽっちも知らなかったんだぜ」横からリッキーが口をはさんだ。

「ドレークは勘で気がついたっていうけど、俺《おい》らはすごいって思ったよ」

「聞いたか、ドレーク。この純真な青少年の言葉を」

タロスは白々しいことを言った。

「すまねえ」ドレークの声が小さくなった。

「どうにも頭がはっきりしねえんだ」

「しょうがないな」タロスはにっと笑った。

「すべては薬のせいだ。てめえの責任じゃねえ」

「俺が話したのは、それだけか？」

ドレークは、あらためて尋ねた。

「てめえがここにきたいきさつを途中まで聞いた」タロスは答えた。

「なんとかかってやつに雇われ、えらく貴重な貨物を輸送中に救難信号をキャッチ、転針して急行したらインファーノに着いたってところまでだ。てめえは、そこで気を失った」

「そうか」タロスの背中で、ドレークは包帯にくるまれたあごをわずかに引いた。

「すると、不時着に至った経過はまだ話してないんだな」

「なんか、あったのか？」

〈ミネルバ〉の全システムが原因不明の異常に陥ったことを思いだし、タロスの目が鋭く光った。

「貨物室が、爆発した」

「爆発？」

「原因は不明だ。救難信号をトレースしながらこの大陸の上空に到達し、高度を一万メートルまで落としたときだった。いきなり貨物室が爆発した」

「エンジンならわかるが、貨物室が爆発したのか」

「どう考えても、積荷が爆発したとしか思えない」

「ねえ」と、リッキーが言った。

「俺らたち、なんかむりやりここに集められたって気がしないかい？」

「集められた？」タロスの眉間《みけん》に縦じわが寄った。

「どういう意味だ？」

「意味っていうか、そんなふうに思えるんだよ。いいかい……」

「待ってくれ」リッキーが話そうとするのを、ドレークが止めた。

「その前に、そっちがここにきた事情を聞かせてくれ。でなきゃ、俺にはおまえたちが何を言ってるのか、さっぱりわからない」

「それは、そうだ」

タロスがうなずいた。

すぐに、バロン・ギルバートの暗殺にはじまる、いささか不名誉な捜査行の顚末《てんまつ》を、タロスはドレークに語った。ドレークはときおり、ふむとか、ほおとかの合いの手を入れながら、それを聞いた。

「なるほどな」タロスの話が終わると同時に、ドレークは言った。薬が効いてきたのか、声に張りが戻っている。

「そういうことなら、リッキーの推理もあながち無謀とは言いがたい」

「だろ！」

リッキーは、勢いこんだ。

「問題は、どの段階で俺たちがのせられたかだ」

タロスが言った。もうタロスもリッキーも足を止めてしまい、前進するのを忘れている。タロスに背負われたドレークも、それは同じだ。もっとも、立ち止まったのが、直射日光の当たらないブッシュの蔭なのは、無意識の中の意識によるものだろう。

「すべては、どれだけの人間がかかわっているかということだ」ドレークは慎重に言った。

「俺の場合はわりと単純だった。だが、そっちは《クリムゾン・ナイツ》という暗殺結社がからんでいる上に、一国の政争まで関係している。謎解きは、相当に厄介だぞ」

「それがどうした。いいか――」

タロスが言葉を返そうとした。

そのときだった。タロスの動きが止まった。口をつぐみ、表情が変わった。

「どうした？」

タロスの耳もとに口を寄せ、囁くようにドレークが訊いた。

「しっ！」

タロスは短くそう答え、耳をブッシュの側に傾けた。ややあって口をひらく。

「何かがくる。こっちに向かっている」

「なんだと？」

「たしかめてくる」

タロスはドレークを地面に降ろし、這うように身をかがめてブッシュの端へと移動した。目のあたりまで頭を突きだす。ブッシュの向こう側を密かにうかがう。小さく背すじが跳ねた。

リッキーとドレークのもとに戻った。

「イオノクラフトだ」

小声で言った。

「何機だ？　距離は？　武装は？　高度は？」

すかさずドレークが質問の矢を浴びせた。タロスはてきぱきとそれに答えた。

「全部で五機。距離は四、五百メートル、高度は二十メートルあまり。武装はよくわからんが、どうせ《クリムゾン・ナイツ》の連中だから、レイガンかニードルガンだ」

「どうするんだい？」

今度はリッキーが訊いた。

「むろん戦う」タロスはさらりと言った。

「情報を仕入れる千載一遇のチャンスだぞ。黙って見送る馬鹿はいない」

タロスはリッキーに預けてあったクラッシュパックをあけた。ライフルを手に把《と》った。

「俺らは何がいい？」

リッキーは迷った。

「おまえはバズーカにしろ」タロスが言った。

「俺がこいつで狙撃するのと同時に、やつらは散開する。射撃地点はすぐにばれるから、一、二機は撃ちもらして接近され、反撃をくらうはずだ。そのとき、そいつらをバズーカで粉砕してくれ」

「わかった」

「俺は？」

身動きできず地面に横たわっているくせに、ドレークが堂々と訊いた。

「てめえはそこで寝てるんだ」

「やっぱりな」

ドレークは肩をすくめた。

タロスはブッシュの中にもぐりこんだ。枝と枝の隙間から、ライフルの銃身を突きだした。彼我《ひが》の距離はすでに三百メートルを切っている。

先頭のイオノクラフトを狙い、タロスはトリガーボタンを押した。

サバンナを覆う蒼空に銃声が轟いた。イオノクラフトの搭乗者の顔面がとつぜん朱に染まった。搭乗者は弧を描いて、イオノクラフトから転落する。

いっせいに残る四機のイオノクラフトが高度を下げた。大きく広がる。まだ弾道は読まれていない。右往左往している。タロスにとっては最高の好機だ。

第二弾を放った。照準は搭乗者の右肩につけた。情報を得るため、何人かは生け捕りにする必要がある。

命中した。肩を撃たれた搭乗者は、バランスを失い、イオノクラフトから転げ落ちた。すでに高度は三メートルほどにまで下がっている。首の骨でも折らない限り、死ぬ高さではない。

つづいてもうひとり。今度は右肩を砕いた。

それが限界だった。

弾道を読まれた。二機のイオノクラフトが反転した。一気にタロスめがけて向かってくる。搭乗者がレイガンでブッシュを灼いた。炎が大きくあがった。

リッキーの出番だ。

ブッシュの端から、リッキーは飛びだした。

肩に載せたバズーカが、轟音とともに火を噴いた。一発目で一機。二発目で二機。あっという間にイオノクラフトを片づけた。機体と搭乗者は、華々しくサバンナに散った。

「さて」タロスがブッシュから這いだした。

「落ち穂拾いに行くか」

そう言った。


どこにでも運の悪い男はいる。タロスの第三弾で肩を撃たれた搭乗者は、うちどころが悪くて、絶命していた。頭蓋骨陥没だ。

第二弾の男は、生きていた。落下時に右足を折りながらも、十数メートルほど小石だらけの地面を這って逃げようとしたらしい。少し離れたところで力尽き、気絶していた。

リッキーが男の手当てをした。その間にタロスは墜落したイオノクラフトを回収し、それを修理する。イオノクラフトは構造が簡単なので、作業はすぐに終わった。一時間足らずで、二機が使用可能になった。

男が息を吹き返した。さっそく、ブッシュの蔭で訊問がはじまった。質問するのはタロスだ。リッキーはその男の頭にレイガンの銃口を押しあてている。

「名前は？」

「………………」

《クリムゾン・ナイツ》の者か？」

「………………」

「あの白い化物はなんだ？」

「………………」

「どうして俺たちをインファーノに集めた？」

「………………」

「本部はどこだ？」

「………………」

「吐かんと殺すぞ」

「………………」

何も答えなかった。完全に黙秘した。

「だめだな」横で見ていたドレークが、ため息まじりに言った。

「若いけど筋金入りだ。よく訓練されている」

「そうらしい」タロスも認めた。

「だったら、べつの手を使おう。リッキー、あれをだせ」

「了解」

リッキーはレイガンを降ろし、クラッシュパックの中から圧入注射器を取りだした。

無表情を装っていた男が、はじめてかすかに不安の色を見せる。

「何をする気だ？」

ドレークが訊いた。

「たいしたことじゃない」タロスは無造作に答えた。

「オプフェトミンを一ccほど使う」

「オプフェトミン？」ドレークの目が丸くなった。

「自白剤じゃないか！」

「ある筋から教えてもらったんだ」

タロスは注射器を受け取り、怯える男の腕をむんずと鷲摑《わしづか》みにした。リッキーが、男の白いスペースジャケットの袖をたくしあげる。

注射器の先端が剝きだしになった男の二の腕に押しあてられた。タロスはトリガーボタンを押した。

男の首が、がくんと落ちた。

訊問が再開された。

第六章　最後の魔獣

1

二機のイオノクラフトが、南に向かっていた。

一機にはタロス、もう一機にはリッキーとドレークが搭乗している。ドレークのからだはイオノクラフトの手すりにベルトで固定した。

オプフェトミンを使っても、男から聞きだせた情報は多くなかった。《クリムゾン・ナイツ》は、末端の戦闘員に情報を与えていない。当然といえば、当然だ。知らない者からは、情報を得ようがない。

わかったのは、男が《クリムゾン・ナイツ》のインファーノ中央司令部付警備隊員であること、レオドールという男を追って中央司令部から発進してきたこと、白い化物がテュポーンと呼ばれていること、それに中央司令部の位置と、それ以外には何も知らないことだけであった。

イオノクラフトは、高度五十メートル、時速四十五キロで飛行していた。能力の、ほぼ限度いっぱいである。

サバンナはとうに後方に去り、いまはごつごつとした岩山が、眼下にあった。警備隊員の供述によれば、この岩山の地下に中央司令部がある。しかし、正確な座標は得られていない。

タロスは空を仰ぎ見た。陰鬱《いんうつ》な黒雲が、低く垂れこめている。雷雲だ。ときおり稲妻が、雲と雲との間を走る。ひと雨くるのは間違いない。

最悪だな。

胸の裡《うち》でタロスは毒づいた。降れば豪雨となる。視界が悪化し、行動が制限される。隠密裏の行動は楽になるが、メリットはそれだけだ。あとはすべてが不利になる。

降るな。

必死の思いでそう願った。だが、皮肉なことに、願うのと同時に雨は降ってきた。そして、すぐにどしゃ降りになった。二、三メートルの視界すらあやうい降りだ。

タロスは自分のイオノクラフトの位置をリッキーのそれの横に移した。距離はおよそ一メートル。高度は五メートルに下げた。速度も落としている。時速十キロ前後だ。これなら立ち木や岩塊にぶつかり、墜落しても大事故には至らない。

電撃が光った。幾条もの稲妻が暗い空を瞬時、明るくする。すさまじい雷鳴が、そのあとにつづく。

イオノクラフトが、不安定に揺れはじめた。イオンの流れに雷が影響を与えている。このままではイオノクラフトが飛行不能に陥る恐れが高い。

さらに高度を下げた。地上すれすれを進むようにした。

雨がいよいよ激しくなった。まるで滝の中にでもいるかのようだ。風も、かなり強い。空は夜を思わせる暗さで、その中を電光が間断なく躍り狂っている。

視界がほとんどゼロになった。方角はもう見当すらつかない。むろん、中央司令部の位置など確認できるはずもない。

いったん地上に降りて風雨をやりすごし、あらためて出直すべきだな。

タロスはそう思った。

そのことをリッキーに伝えなくてはいけない。タロスは首をめぐらした。無線機は使えない。大声で叫ぶのが最善手だ。

口をひらく。

そのときだった。

行手が、いきなり明るくなった。

吹き荒れる風、叩きつけてくる雨音を凌《しの》ぐ爆発音も轟いた。

火柱が数本、天に向けてまっすぐに立つ。

「なんだ？」

タロスは唖然《あぜん》となった。

そこへ爆風がきた。

ひとたまりもない。イオノクラフトは風にあおられ、すくわれるようにひっくり返った。高度は、わずかに二メートル。転ぶのと大差ないショックでタロスは地表に投げだされた。すかさず起きあがる。視界が少し戻った。吹きあがる火柱で、まわりが明るい。数メートル先に、リッキーのイオノクラフトが落ちていた。リッキーは風を受けて暴れまわるイオノクラフトからドレークを降ろそうとして奮戦している。タロスは水しぶきをあげて、そこまで駆け寄った。ベルトを引きちぎり、ドレークをかかえあげた。

「何があったんだ？」

リッキーが訊く。

「わからん。とにかく、あっちに行く」

タロスは怒鳴り返し、あごをしゃくった。近くに大きな岩塊が転がっていた。その蔭に入った。岩場なので、足が滑る。ドレークを背負い直した。

「戦争だぜ。これは」

岩蔭に入るなり、リッキーが言った。爆発音がひっきりなしにつづいている。閃光が燦《きらめ》き、機銃音がそこかしこで響く。雨に混じって、土砂や岩の破片も飛んでくる。遠くから聞こえてくるのは、悲鳴や怒号だ。

「とんでもないところに迷いこんじまったな」

他人事のように、タロスが言った。

そこへ。

雨の壁が左右に割れ、ふたりの眼前に鈍く光る筒状のものが出現した。

バズーカ砲の砲身だ。

砲口がまっすぐにタロスとリッキーを狙っている。ふたりはぎょっとなり、立ちすくんだ。予想だにしない展開である。ふたりとも、何もできない。

鋭い声が耳朶《じだ》を打った。ひどいがらがら声だが、言葉ははっきりと聞きとることができた。

「動くな。じっとしていろ」

「博士、本当にこいつは中央司令部に向かっているのか？」

ジョウが訊いた。

「さあてな」シートにゆったりと腰を置くレオドール博士が、のんびりした声で答えた。

「外がこれでは、わかるほうが不思議だ」

雨がまた、強くなっている。

どうやら進む方角と、雲の流れる方向とが、合致してしまったらしい。やむどころか、風雨はいっそう荒れ狂うようになった。雷もひっきりなしに天空を揺るがしている。まるで嵐だ。最大瞬間風速は六十メートルを超えているだろう。

地上装甲車は、豪雨で川と化した狭い沢筋を登っていた。土に洗われたなめらかな岩肌が、しきりに地上装甲車の太いタイヤをスリップさせようとしているが、出力五千馬力の核融合タービンエンジンはそれを許そうとしない。けっして速くはないが、着実な速度で地上装甲車は岩山の険しい沢を登攀《とうはん》していく。

しかし、速度は安定していても、操縦席のブロディと助手席のジョウが見つめる前窓からの視界は、距離にしてわずか一メートルほどしかなかった。地上装甲車のフロント上部にはめこまれた強力な投光器も、まったく役には立っていない。かろうじて、外視界スクリーンの増感映像と赤外線映像でまわりの様子を確認することができるが、それもせいぜい手探り程度の見通しである。良好というには、あまりにも輪郭が判然としていない。

「まいったな」ジョウは肩をすくめた。

「とんでもないナビゲータだ」

「何をほざく」操縦レバーを握るブロディが笑った。

「過大な期待を博士に抱いた、おまえが悪い」

「ちっ」

ジョウはそっぽを向いた。

「そう恨むな」レオドール博士が苦笑しながら言った。

「何もわしが方向音痴というわけではない。計器はすべて正常に動作し、針路に誤りがないことを示している。ただ、この天候では、それを肉眼で確認することができない。だから、わからんと言ったのだ」

「天候か」ジョウは前窓から車外を眺めた。

「ざあざあ降るのも、いいかげんにしろ！」

ぱんと、平手で窓枠を叩いた。

「いらつくな」レオドール博士が穏やかに言った。

「こういうときは利点のことだけを考えろ。最悪の天気でも、いいことのひとつやふたつは必ずある。たとえば、ロボットバードだ。中央司令部のまわりには、それこそロボットバードがうようよしている。ところがこの豪雨では飛ぶこともできないし、映像を送ることも不可能だ。おかげで、わしらはキム・ソンナンの意表を衝き、攻撃を仕掛けられる。武器も乏しければ、兵士も足りないわれわれにとって、これにまさる味方があるかね？」

「ふむ」

ジョウはうなり、鼻を鳴らした。

「言うねえ、博士」ジョウにかわって、ブロディが感心した。「医学だけでなく、軍略にも通じてるんじゃないのか」

「テロ組織の中にいたのだ」レオドール博士は顔をしかめて言った。「いやでも、このくらいのことは覚える」

「博士」

口調をあらため、ジョウが言った。

「なんだ」

「いま現在、テュポーンは何体くらい残っている？」

「テュポーンか」レオドール博士は腕を組んだ。「ロボットバードより厄介なやつらだ」

「この豪雨の中でもテュポーンは動けるの？」

アルフィンが訊いた。

「多少は影響されるが、なにしろ準不定形生物だ。気にもかけないだろうな」

「何体いるんだ？」

じれったそうに、ジョウが訊き直した。

「戦闘用テュポーンは、第一次計画分の十五体だけだ。いまは、おそらく五体も残ってはいない」

　レオドール博士は答えた。

「五体」ジョウの表情が、より険しくなった。

「警備隊員は何人だ？」

「中央司令部にいるのは、さて、何人だろう」レオドール博士は、指を折った。

「半分は脱走したわしを追って外にでたはずだ。となると、いいとこ三十人といったところだな」

「多いじゃねえか」

　ブロディが、ぶすっとつぶやいた。

「いや」ジョウはかぶりを振った。

「俺の予想よりも少ない。かりにも《クリムゾン・ナイツ》の次期主力戦闘員養成所の中央司令部だ。その程度の警備隊しかおいてないのが、むしろ不思議だ」

「テュポーンに頼りきっていたからじゃよ」レオドール博士が説明した。

「戦闘司令のキム・ソンナンは、テュポーンの採用を総裁に進言した幹部だ。その面子にかけて、警備隊を増員するわけにはいかなかった。そういうことだ。やつは、テュポーンがクラッシャーにやられることなど、考えてもいなかった」

「中央司令部には総裁の正体と、その居場所を示す手懸りがあるんだろうか」

シモノビッチに課せられた期限のことが、ふとジョウの脳裏に浮かんだ。タイムリミットまで、あといくらもない。総裁を探して、また放浪の旅にでるとなると、その期限には絶対に間に合わない。

「メインコンピュータのデータに隠されているはずだ」レオドール博士は言った。

「問題は、その暗号を解読できるかどうかだな」

「着いたら、まず何から吹き飛ばす？」

ブロディが訊いた。のんきな質問だ。勝ち目に乏しい戦いを前に、雰囲気が深刻にならないよう気を遣《つか》うのが、かれの性格らしい。

「最初に狙うのは、ＥＣＭだ」ジョウはそのブロディの配慮に応じた。

「妨害電波を排除できれば、インファーノに集められたクラッシャーを無線で呼ぶことができる。戦力が充実すれば、間違いなく、こっちが有利だ」

「ドンゴが修理を終えるころだから、〈ミネルバ〉だって飛んでくるわ」

アルフィンが言った。そのとおりだ。〈ミネルバ〉や他のクラッシャーの宇宙船が参加すれば、戦局は確実に逆転する。

「そろそろだな」計器の数字を読み、レオドール博士が言った。

「中央司令部が近い。戦闘準備にかかったほうがいいぞ」

「待ってました」

ブロディは、地上装甲車を停止させた。勢いよくセーフティベルトを外し、シートから立ちあがる。

「爆弾をくれ」

ジョウがアルフィンに言った。手榴弾を改造してつくった時限爆弾である。

まず中央司令部の周辺に、この爆弾を仕掛けていく。

この戦いは、そこからはじまることになっていた。

2

「まだ行方がつかめないのか？」

キム・ソンナンが顔を真っ赤にして、怒鳴った。コンソールについた操作員は、ひとり残らず浮き足立っている。キム・ソンナンの命令に応じようにも、打つ手がひとつもない。

「第十一小隊から、定時連絡がありません」

また、副官のラモスが飛んできた。顔色がいっそう悪くなり、いまやどす黒い。

「なんだと！」キム・ソンナンの怒りが爆発した。

「事故か？　それともミスか？」

席を立ち、キム・ソンナンはラモスを睨みつける。ラモスは震えあがった。

「向かった方角からして、タロスたちに遭遇した可能性が大ではないかと思われます」

消え入りそうな声で、ラモスは答えた。

「………………」

「しかも、やはり、あのエリアでクラッシャードレークを見失っています。重傷を負っていましたから、たぶんもう死んでいるはずですが、万が一、生きていてタロスたちと合流していたら――」

「十三号、十五号はどうした？　タロスのほうに差し向けたのだろう」

「そのとおりです。しかし、ロボットバードを撃ち落とされて以来、詳細がまったくつかめず、十三号と十五号は、いまだにタロスたちを捜索している状態です」

「馬鹿者！」

みなまで聞かず、キム・ソンナンは咆《ほ》えた。怒り心頭に発している。

「申し訳ありません」

ラモスは首をすくめ、腰をふたつに折った。

「おまえはクラッシャーを甘く見すぎた」キム・ソンナンは声荒くつづける。

「目を放したら、やつらは何をしでかすかわからん。あの小娘ですら、六号を倒した。

臆病で、能なしのちんぴらとはわけが違う。チャンスがあれば、すかさず反撃に転じ、敵を倒す。それがクラッシャーだ」

キム・ソンナンは、シートにすわり直した。

「警備隊がやられたとなると、ここは知られたとみなすべきだ」テュポーンの配置図が表示されているスクリーンに視線を向けた。

「テュポーンの残りは、何体だ？」

「スカルパを追っている三号と、溶岩台地に派遣した四体、それに十三号と十五号です」

ラモスは早口で言った。

「スカルパの三号と十三号、十五号はこちらに呼び戻せ。ジョウをさっさと片づけて、中央司令部の防衛につかせるのだ。レオドールの捜索に割《さ》いて、頭数が足りなくなった警備隊を補完させる」

「はっ」

キム・ソンナンの指示に一礼し、ラモスはきびすを返そうとした。そこへ、操作員のひとりが息を切らして駆けてきた。キム・ソンナンが副官と打ち合わせている間、一般の操作員は、そのやりとりに割りこむことが許されていない。それをあえて報告にきたのは、よほどの緊急事態が発生したに違いない。ラモスは不吉な予感にかられ、足を止めた。

「報告します」操作員は言った。

「溶岩台地のテュポーン二号、五号、七号、九号が、生体反応を停止しました」

「!」

キム・ソンナンの髪が、いちどきに逆立った。

地上装甲車の外は全開のシャワールームになっていた。落下してくる水のすさまじい圧力で、自然に腰がまがり、前かがみになっていく。

「頼むぞ」

ジョウが言った。バズーカ砲を背負ったブロディが、おおとうなずいた。ジョウはアルフィン、ウーラを連れて、降りしきる雨の向こうへと消えた。

レオドール博士の話によると、中央司令部には三か所の出入口と、数か所の換気筒があるという。いずれも岩塊に偽装されていて、見つけるのは相当にむずかしい。ジョウたち三人は、そのうちの機関区メンテナンス用非常口から中央司令部に侵入する。ブロディの役目は、そのための陽動作戦だ。出入口、排気口等、とくに目立つ場所の近くに時限爆弾を仕掛け、しかるべきタイミングで爆発させて警備隊の耳目をそこに集める。あとは三人が突入するのを待ち、それによって外部が手薄になったら、ブロディもそこから侵入する。うまくいけば、レオドール博士も地上装甲車で突入できる。

ぬかるみと滑る岩に足をとられながら、ブロディは手探りで爆弾を仕掛けてまわった。時間が決められている上、場所も教わったところに正確に仕掛けねばならないので、容易な作業ではない。豪雨のおかげで発見されないことだけが幸いだ。

ゼロアワーの八十秒前に、作業は完了した。岩蔭に飛びこみ、背中を丸めて頭をかかえた。

最初の爆発が起こった。

爆発は二秒置きにつづくようセットしてある。爆風が渦巻き、火柱がつぎつぎと暗黒の中に高く聳《そび》え立つ。先に吹いていた強風とあいまって、あたかも水の竜巻があらわれたような眺めだ。ブロディの上に水の塊がなだれうって落下してくる。衝撃が強い。

近い位置の爆発が、ブロディの脇を瞬時に駆け抜け、轟音と炎が遠くに離れていった。

いまだ！

ブロディは岩蔭から這いだし、急坂を一気に登りはじめた。爆発に驚いた警備隊がどう反応するか、少し距離を置いて、高所から観察する。爆弾にはアートフラッシュを混ぜておいたから、炎は長く持続する。それを頼りに人影を追えば、この豪雨の中でも、様子はうかがえる。それに、暗視ゴーグルもある。

とつぜん、おびただしい数の人声と銃撃の響きが聞こえてきた。どうやら、警備隊が出動したらしい。ブロディは巨岩のひとつの背後にまわり、バズーカ砲を構えて暗視ゴーグルをかけた。炎を取り巻くように蠢く黒い人影が、何体も見えた。

そのときだった。ふいにはっきりとした会話が耳に飛びこんできた。雨音で意味まではわからないが、すぐ近くだ。

振り返った。声は急速に接近してくる。考えられるのは、博士を追っていた警備隊員の帰還だ。だとしたら、放置はできない。

あわててバズーカを構え直した。雨の壁の先に、ぼおっと白い影が浮かびあがる。影はふたりだ。ひとりはやけに小さい。もうひとりは、かなりの巨漢で、何かを背負っている。

バズーカ砲を、ぐいと前方に突きだした。

ふたりの動きが、ぴたりと止まった。大声で言う。

「動くな。じっとしていろ」

「…………」

ふたりは素直に言うことを聞いた。

「ようし、両手を上に挙げて、ゆっくりと一歩ずつ前に進め」

「…………」

この指示にも、あっさりと従った。大きいほうはやはり何か背負っているらしい。手の挙げ方がぎごちない。

距離五十センチほどのところまで近づいた。

「止まれ」

バズーカを構えたまま、暗視ゴーグルを外した。

「なにい」

思わず頓狂な声を発した。見覚えのある男が三人、ブロディのほうを見て、にやにやと笑っている。

「かっこいいじゃねえか」

タロスが言った。

「お久しぶり」

リッキーも言った。

「元気だな」

タロスに背負われた、包帯だらけのドレークは右手を振った。

「何をしている？　おまえら」

ブロディは、そう言うほかない。

「決まってるだろ」タロスが答えた。

「中央司令部をつぶしにきたんだ」

「けっ」ブロディは指を立て、背後の火柱を示した。

「そいつは、俺がもうやっている」

「ひとりでか？」

「いや」ブロディはかぶりを振った。

「ジョウとアルフィンとウーラとレオドール博士が一緒だ」

「ひえっ」リッキーが言った。

「オールスターキャストでやんの」

「テュポーンはいるのか？」

タロスが訊いた。

「わからねえ」ブロディは肩をすくめた。

「それよりも武器はあるのか？」

「あるよ」

リッキーがふたつのクラッシュパックを広げてみせた。ドレークの持っていたライフルもある。

「だったら、ジョウのほうを援護してくれ。もう司令部の中に突入している。武器はねえし、人数もたったの三人だ。こっちのほうは、もう手薄になった。俺ひとりでなんとかなる」

「わかった」タロスは強くうなずいた。

「派手に暴れてきてやる」

そして、タロスはドレークを地面に降ろした。ドレークの表情が、さっとこわばった。

「てめえ、まさか」

「怪我人は留守番だ」

「それでも仲間か？」

「歩くこともできないやつが、ごちゃごちゃぬかすな」

タロスはドレークをかかえあげ、上部が庇《ひさし》のように張りだしている巨岩の下に置いた。抵抗できないドレークは、むっつりと口を閉じている。

「じゃあな」

タロスは手を振り、リッキーがクラッシュパックを広げたところに戻った。

「武器はできるだけ持ってってくれ。ジョウたちに渡すんだ」

ブロディが言った。

タロスはレイガンを腰のフックに提げ、ライフルを肩にかけて、ブラスターを右手に持った。リッキーはバズーカ砲を二本と、レイガンを選んだ。ブロディもライフルと熱線銃を受け取った。

「右手の排気口から入るんだ」ブロディは燃えあがる火柱のひとつを指さした。

「あそこのすぐ脇にある」

「…………」

タロスは黙ってあごを引いた。それで、すべてが通じた。

三人の男が、火と硝煙の中へ猛然と身を躍らせた。

そのころ。

ジョウは苦戦していた。

侵入はうまくいった。が、そのあとの幸運がつづかなかった。武器といえばライフルが二挺にレイガンとブラスターが各一挺。メンバーも、ひとりはまるっきりの素人である。いかに虚を衝いたとはいえ、これでは訓練された警備隊員を圧倒できるはずがない。持ちこめて互角だろう。むろん、敵の数が増えれば、逆にあやうくなる。唯一の強みは、機関区を背景にしていることだ。これがあるために、向こうは総攻撃をかけられないでいる。しかし、それも時間の問題だ。すでに、ビームが集中しはじめている。どうやら、人数を見極められたらしい。増援も到着しつつあるようで、ジョウたちは明らかに押されている。弾丸とエネルギー節約のため、反撃も思うにまかせない。頼みの綱はブロディの援護だが、たったひとりで、ここまでたどりつけるとは、とても思えない。

敵が迫ってきた。そろそろ限界だ。

いったん退却するか。ジョウはそう思った。そのとき、爆発が起こった。敵の後方だ。予想外の椿事《ちんじ》である。警備隊が算を乱した。爆発が連続する。さらに火球が広がる。

チャンスだ。

ジョウは隠れていた装置の蔭から飛びだした。ライフルを腰だめに構え、乱射しながら前進した。アルフィン、ウーラも、それに倣《なら》った。警備隊員が、行手でばたばたと倒れた。ジョウたちの武器によるものではない。ブラスターに撃たれている。

「ジョウ」

声が響いた。野太いその声は。

「タロス！」

ジョウは目を疑った。いる。たしかに自分の前にタロスがいる。

「なぜ、ここに？」

茫然として、ジョウは訊いた。

「話はあとです」タロスが言った。

「ブロディとリッキーがＥＣＭを切りに行ってます。こっちはテュポーンの指令室を狙いましょう」

早口で言った。

「わかった」

勢いづいた四人は、警備隊員を一気に蹴散らした。通路を抜け、階段を下り、地下の指令室をめざす。

その四人の姿を。

キム・ソンナンは司令室のメインスクリーンで見ていた。

ぎりぎりと歯を噛み鳴らしている。額に青筋が浮かんでいる。

「おのれ！」シートから立ちあがった。

「ラモス」

副官を呼んだ。ラモスは転がるように飛んできた。直立不動の姿勢をとる。

「はっ」

「ニードルガンをよこせ。わしが行く」

「司令がご自身で？」

ラモスは驚愕し、自分のニードルガンをキム・ソンナンに渡した。その顔を見て、キム・ソンナンの怒りが爆発した。

「うつけ者！」

ニードルガンの銃把《じゅうは》でラモスのあごを殴った。ラモスは吹き飛び、床に叩きつけられた。前歯が折れ、口から血泡を吐いている。

「きさまのせいだ。きさまらがふがいないために、こうなった。この責任は、きさまが負え！」

キム・ソンナンは怒鳴った。その直後だった。

鈍い衝撃とともに、司令室全体がぐらりと揺れた。

3

キム・ソンナンの顔色が変わった。さっと蒼ざめた。

操作員がきた。

「どうした？」

キム・ソンナンは訊いた。

「ECMのコントロール装置を破壊されました」

「なに！」

キム・ソンナンは絶句した。まさか、そこを狙われるとは思っていなかった。

そこへ。

バズーカの砲撃を先頭に、一団がひとかたまりになって司令室へと突入してきた。

ジョウ、タロス、アルフィン、ウーラだ。操作員たちは、いっせいに腰を浮かした。

バズーカ砲が火を噴く。コンソールパネルの上でロケット弾が爆発した。操作員は逃げた。警備隊員がかわりに反対側からあらわれた。ライフルの弾丸とレイガンのビームが、それを迎え撃った。警備隊員はばたばたと倒れた。

キム・ソンナンはニードルガンで応戦した。が、距離が遠かった。数万本の針が逃げまどう操作員のひとりを挽肉に変えた。

ジョウがキム・ソンナンに気がついた。

一目でここのボスだと見抜いた。

「ちいっ」

ジョウとキム・ソンナンの目が合った。キム・ソンナンは身をひるがえした。ジョウたちが侵入してきたのとは、べつの通路に向かった。

「逃がさん」

ジョウがあとを追った。アルフィンとウーラも、そのあとにつづいた。

キム・ソンナンは、小型ジェット機の格納庫をめざして走った。この中央司令部は、もうだめだ。実にぶざまな形で終焉《しゅうえん》を迎えようとしている。いまとなっては、ここを捨てて逃げるしか、打つ手がない。

「ざまあみろ」

ありったけの手榴弾を投げこんでECMのコントロール装置を破壊したブロディは、バズーカ砲で警備隊員とやり合っているリッキーに向き直った。

「ここはいい。タロスの応援に行く。仲間を通信機で呼ぶんだ」

「あいよっ」

ふたりは出口に走った。警備隊員の残党には、リッキーが手持ちの手榴弾を贈った。

出口の前まできた。そこで、いきなりブロディが立ちすくんだ。リッキーはブロディの背中に激突した。あわてて、行手を覗き見る。

テュポーンがいた。鮮血に染まったテュポーンが一体、出口の向こう、通路の真ん中に立っている。形状は、人間のそれだ。

テュポーンは丸い塊を手にしていた。それをブロディの前に、ごろりと投げた。

「う！」

ブロディは声を失った。顔から血の気がすうっと引いていく。

床に転がるそれは、レオドール博士の生首だ。博士は岩山の蔭に停めた地上装甲車の中にいたはず。それが、こんな姿になってしまった。

事情は察しがついた。おそらく、ここに戻ってきたこのテュポーンを博士が見つけたのだろう。そして、みずからこれを狙止しようとし、逆に返り討ちにあった。

やってくれたな。

ブロディの血が逆流した。頭がかっと熱くなり、足ががたがたと震えた。思考が混乱し、何をすべきかがわからなくなった。

「があっ！」

わけもなく、大声で叫んだ。

ブロディは、バズーカ砲を構えたままテュポーンに向かい、ダッシュした。テュポーンは動きが速い。離れた位置から撃っても簡単にかわされるだけだ。そのことを、からだが覚えていた。

テュポーンが跳んだ。

ふたりの姿がひとつに重なった。ブロディは身を捨てて、魔獣の動きを止めた。バズーカ砲が咆えた。テュポーンのからだが真ふたつに裂けた。血と内臓がブロディに降りかかった。テュポーンは床に崩れ、仰向けに倒れた。

「ブロディ！」

成り行きに気を呑まれ、凝然と立ち尽くしていたリッキーが、ふいに我に返った。

うろたえ、ブロディのもとに駆け寄った。

「ブロディ」

声をかけ、リッキーはブロディの顔を覗きこんだ。

「！」

全身が凍りつく。

ブロディは死んでいた。

テュポーンに喉を掻き切られ、絶命していた。

ジェット機を目前にして、キム・ソンナンは、格納庫の壁に追いつめられていた。ライフルに撃ち抜かれ、片足を引きずっている。ジョウは銃口を正面に向け、じりじりと前進する。

「キム・ソンナン。いや、マハリック博士と呼んだほうがいいかな？」

ジョウは鋭く言った。

「くっ」

キム・ソンナンは、横を向いた。みごとな鉤鼻《かぎばな》がシルエットになった。表情が醜く歪んでいる。その顔は、まさしくミネッティ・インダストリー・コーポレーションの研究所で会ったマハリック博士、その人だ。

「どうやら少しずつ読めてきた」ジョウはつづけた。

「クラッシャーのデータを得たいなんて体《てい》のいいことを言っていたが、あんたは俺たちの実力を試していたんだ。それで、俺たちがテュポーンの訓練用に適していると判断し、ここにくるようにしむけた。そうだろ？」

「…………」

「黙っていても無駄だ。薬を使ってでも、すべてを明らかにさせてもらう」

「…………」

すっとまた一歩、ジョウはキム・ソンナンに近づいた。キム・ソンナンは、歪んだ表情のままジョウに向き直った。

とつぜん、笑いはじめる。

からだを折り曲げての哄笑になった。何も言わず、ただ笑う。ジョウは追いつめられて気がふれたのかと思った。が、それは違っていた。

ふっと笑い声が熄《や》んだ。

キム・ソンナンはおもてをあげ、口をひらいた。

「正体をあらわせ。ウーラ」

低い声で言った。

「なに？」

ジョウとアルフィンの顔から血の気が音をたてて引いた。

ウーラはなめらかな一動作で動き、アルフィンの背後にまわった。そのままうしろから羽交《はが》い締めにした。その挙措《きよそ》は、まさにテュポーンのそれだ。

「ウーラ！」

ジョウもアルフィンも、ただ啞然とするばかり。

キム・ソンナンはニードルガンを構えた。口もとの笑みは、まだ消えていない。

「何が読めたというのだ。クラッシャージョウ」キム・ソンナンは言った。「ウーラのことを教えたのはわしだ。テュポーンとはわからぬまでも、わしの仲間と考えるのがふつうだ」

「………」

ジョウに声はない。

「ウーラ」キム・ソンナンは、ウーラに視線を向けた。「このまま、ジョウたちをここに留めておけ。わしはジェット機で、ここをいったん去る。そのあとで、おまえはこいつらを殺し、この司令部の再建にあたれ。いいな」

キム・ソンナンは勝ち誇ったようにウーラの脇を抜け、ジェット機の搭乗口へと進んだ。

と。

それを待っていたかのように、ウーラの腕が動いた。すうっと伸びた。腕は、キム・ソンナンの喉をめざした。いつの間にか、爪が長い。

血がほとばしった。

ウーラの爪が、キム・ソンナンの喉を切り裂いた。信じられないという目で、キム・

ソンナンはウーラを見た。ウーラの爪は、その顔をさらに激しく引き裂いた。

血だるまになり、キム・ソンナンは床に落ちた。ひとしきり痙攣し、すぐに静かになった。一瞬の出来事だ。もう息がない。

「ウーラ」

ジョウの口から、声が漏れた。

「マハリック先生が、あたしをこんなにした」ウーラは静かに言った。

「あたしは人間でいたかった。でも、心酔している先生の強い要請だったから、あたしは応じた」

「………」

「こんなからだに、なりたくなかった。あたしはずうっと人間でいたかった」

魂の叫びのようなウーラの告白だ。

「アルフィンを殺す」ウーラの声から、抑揚が消えた。

「ジョウ、あなたも殺す。そして、あたしも死ぬ」

「………」

「あたしは監視役として、あなたたちにつけられた。あなたの実力を試してみて、マハリックは不安を抱いた。だから、古くなった武器工場を片づけるついでに、あなたたちの中にあたしを送りこんだ。いざとなったら、あたしが逆転の切札になるという理由で。

でもマハリックは知らなかった。あたしが、かれを心から憎んでいることを」

「ウーラ」

「ジョウ。あなたが好きだった」ウーラの目から涙があふれた。

「愛しているわ。ジョウ」

ウーラの右腕があがった。爪が妖しく光る。アルフィンの喉を裂こうとする。

ジョウは動いた。思考を無視して、肉体が反応した。手にしたライフルがウーラに向けられ、弾丸がその銃口から轟然と飛びだした。

ウーラの背すじがぴくんと震え、動きが止まった。アルフィンのからだに巻きつけられていた腕の力がゆるんだ。アルフィンは意識を失い、床に倒れた。

ウーラの額に小さな穴が生じた。穴から、鮮血が霧状に散った。

穏やかなまなざしで、ウーラはジョウを見た。まだ、涙は流れつづけている。口もとに微笑が浮かんだ。

「撃ったのね、ジョウ。あたしを」

「………」

「醜い化物のあたしだから、ためらうことなく撃った」

「違う。ウーラ。俺は……」

「言わないで！」

強い言葉で、ウーラはジョウを制した。

「お願い。それ以上、何も言わないで。あたしが化物だから、撃ったことにして。ジョウ！」

「………………」

「言って。あたしが化物だから撃ったと」

「おまえ、わざと」

ジョウの声が激しく震えている。

「言って」

「………………」

「ジョウ！」

「おまえが化物だから」

「化物だから？」

「撃った」

「ジョウ」

ウーラは弧を描くようにからだを泳がせ、くずおれた。ジョウはライフルを放り投げ、ウーラのもとに駆け寄った。両腕でその腰を支えた。もうほとんど生気の失せてしまった瞳が、ジョウを捉えた。

と頭が落ちた。

「ジョウ。やさしいジョウ。そのやさしさが、とても好きだった」

かすかな声でそう言い、ウーラはゆっくりと目を閉じた。ジョウの腕の中で、ことりと頭が落ちた。

ジョウは、ウーラをそっと床に寝かせた。弾丸の抜けた後頭部はひどく破損しているが、顔のほうは額に小さな穴がひとつあるきりで、以前と変わらず美しい。

ジョウはその場に立ち尽くす。何も言えない。何もできない。

「ジョウ！」

タロスとリッキーが、格納庫に飛びこんできた。

床に横たわるウーラとアルフィンを見て、ぎょっとなった。

「アルフィンは？」

リッキーが訊いた。

「いや」ジョウはかぶりを振った。

「ウーラは死んだが、アルフィンは大丈夫。気絶しているだけだ」

「そうですか」

タロスが、ほおとため息をついた。

「そっちはどうだ。ブロディはどうした？」

「ブロディと、レオドール博士は、テュポーンにやられて死んだ。博士は二体、ブロディは一体を道連れにした」

　ジョウの問いに、リッキーが答えた。

「通信も回復しました」タロスが言葉をつづけた。

「スカルパが生き残っていて、〈ミネルバ〉もここに向かっています。暗号コードでしたが《クリムゾン・ナイツ》の情報も入手しました。期限にはばっちり間に合います」

「間に合うだと」ジョウはきっとなり、怒りの目でタロスを見た。

「そんなことはもうどうでもいい。俺は《クリムゾン・ナイツ》を根こそぎぶっつぶしてやる」

「…………」

「クラッシャーに牙を剝いたことの恐ろしさを、やつに味わわせてやる。そう。やつにだ！　俺にはもう正体がわかっている。許さない。やつは絶対に許さない」

「…………」

「アラミスを呼びだせ、タロス！」ジョウは叫んだ。

「手のあいている、すべてのクラッシャーに呼集をかける。ここに集める」

「ジョウ」

「すべての力をそそぎこみ、仲間の仇を討つ。ただのひとりも逃さない。必ず息の根を止めてやる。それがいま、俺に課せられた最大の使命だ！」

ジョウの拳が固く握りしめられた。手首から先が白くなり、ぶるぶると小刻みに震えた。

銀河系の全クラッシャーに、緊急呼集がかけられた。

4

エレベータから降りて廊下を歩きはじめたシモノビッチは、ドアのひとつがあけ放しになっていることに気がついた。

二階のいちばん奥の部屋である。

「ちっ」

軽く舌打ちして、シモノビッチはそちらに進んだ。首相官邸のドアはすべて自動開閉である。しかも特殊キーがついていて、指紋登録されていない人間には反応しない。それがあけ放たれている。考えられる原因は、故障だけだ。故障となれば、アンドロイドの執事がチェックして処置をすませておくべきことである。しかし、アンドロイドの怠慢など、あろうはずがない。

部屋の前に着いた。自然に、目は部屋の中を見る。

ぎょっとして、シモノビッチは立ちすくんだ。

ドアのすぐ内側に、黒焦げのスクラップと化したアンドロイド執事が転がっている。たったいま、ブラスターにでも撃たれたのだろうか。からだからは、まだ煙が薄く立ちのぼっている。

「久しぶりだな。シモノビッチ」

だしぬけに声が響いた。驚愕にぴくりとからだを震わせ、シモノビッチはおもてをあげた。

部屋の中央に、シモノビッチを睨みつけるようにして立つ四人の男女がいた。窓寄りにしつらえられた、ソファとテーブルの脇だ。見知らぬ顔ではない。かつて、ところも同じこの部屋に、シモノビッチみずからが案内したメンバーである。

「クラッシャージョウ」

シモノビッチの口から、言葉が吐息のように漏れた。眼前にいるのは、たしかにジョウ、タロス、リッキー、アルフィンだ。

「恐れることはない。幽霊じゃないのだから」

「ああ」

ジョウに言われ、シモノビッチは小刻みにうなずいた。目が血走っている。まだショックから完全に抜けていない。

ジョウは、わざとらしく左手首の通信機と一体になったクロノメータに視線をやり、言葉を継いだ。

「二百三十七時間十六分。契約どおり、二百四十時間以内に、ここへ戻ってきた。むろん、すべての条件を満たして」

「満たした？　本当に？」喉が干上がってしまったらしく、シモノビッチは、ひどいかすれ声でおどおどと訊いた。

「首相殺害の真犯人を探りだし、その証拠も持ってきたというのか？」

「もちろん」

ジョウはにやりと笑ってポケットに右手を入れ、中から一束のフィルムニューズを取りだした。リーダーにかけて読む、古典的な新聞だ。それをシモノビッチの足もと、アンドロイドの残骸の横にぽんと投げ捨てた。

「なんだ、これは？」

シモノビッチは身をかがめ、その束を拾いあげた。

「リーダーにかければ、すぐにわかる」ジョウは言った。

「ここ一週間のバロン・ギルバート首相の行動を克明に報道しているフィルムニューズだ」

「う……」

シモノビッチの全身が硬直した。

「顔もわからないほどに肉体を粉砕された人間が、選挙活動か。傑作以外の何ものでもないな」

「誤解するんじゃない。ジョウ」ひきつった笑いをむりやり頰に浮かべ、シモノビッチは言った。

「このバロン・ギルバートは替え玉だ。病気といってごまかそうにも、二百四十時間はあまりにも長い。そこで党員の中から顔と体格の似たやつを選び、手術を施して替え玉に仕立てあげた。そもそも、こんな苦労をするのも、おまえたちが失敗したせいだ。それを事情もたしかめずにあれこれほざくとは……」

「ほお」ジョウはまた、薄く嘲笑した。

「俺たちは事情を正確に確認したから、ここに戻ってきたんだぜ」

「………」

「たしかに替え玉はいた」ジョウは、淡々とつづけた。

「ただし、フィルムニューズに報道されている男ではない。哀れにも、替え玉は、この部屋でニードルガンのグラスファイバー針をくらい、挽肉にされた」

「嘘だっ！」

とつぜん、シモノビッチが怒鳴った。顔が真っ赤になった。激昂に身を震わせ、四人を睨む。

「もうやめろ。シモノビッチ」あくまでも静かな口調で、ジョウは言った。

「俺たちは、インファーノから脱出してきた」

「…………」

「テュポーンを殺し、キム・ソンナンを追いつめ、中央司令部を叩きつぶしてきた」

「…………」

「言っただろ。すべての条件を満たして戻ってきたと」

「…………」

「バロン・ギルバートを呼べ。《クリムゾン・ナイツ》の総裁を、ここに連れてこい」

「何を言っているんだ」額から汗をしたたらせ、シモノビッチは強引に笑顔をつくった。

「わたしには、言っていることの意味がまったくわからない」

「やめろ。シモノビッチ」

唐突に、太い声が割りこんだ。シモノビッチの背後からだった。みごとなバリトンである。シモノビッチの動きが、ゼンマイの切れた人形のように、ぎくしゃくと止まった。

ひとりの男がシモノビッチを押しのけ、ジョウたちの前に立った。

明るいクリーム地のスーツを身につけた、バロン・ギルバートだ。端正な顔に、冷ややかな微笑が浮かんでいる。鋭いまなざしで、じっとジョウを凝視する。

「キム・ソンナンが敗れたか」バロン・ギルバートは言った。

「テュポーンどもも、だらしがない」

「…………」

「恐ろしい男だよ、きみは」

「テュポーンだけが、人面魔獣じゃない」ジョウは、言葉を返した。

「《クリムゾン・ナイツ》という組織それ自体。いや、その組織を形づくるおまえたちすべてが、人間の皮をかぶった魔獣だ。俺はそれを知り、帰ってきた。おまえらこそが、人獣《テュポーン》だ！」

「つまらん演説など、聞く耳を持たぬ」バロン・ギルバートは悠然《ゆうぜん》と言った。

「わたしたちをどうするつもりだ？　それだけを、聞いておこう」

「クラッシャーの掟《おきて》はただひとつだ」ジョウの目が、強い光を帯びた。

「敵は完全に叩きつぶす」

電光のような早技だった。ジョウの右手が瞬時に動き、腰のフックに引っかけたブラスターの銃把を握った。銃口が鎌首のように持ちあがり、バロン・ギルバートの胸を狙った。

しかし。

バロン・ギルバートの動きは、それよりもまだ速かった。

指輪にでも仕込んであったのだろう。すさまじい電撃が、バロン・ギルバートの腕の先からほとばしった。

網の目にも似た放電が四人を打つ。

ショックで、四人はその場に昏倒した。


「こい！ シモノビッチ」

バロン・ギルバートは、体をひるがえした。シモノビッチも、あたふたとそれにつづいた。


「待て！」

ジョウとタロスが同時に跳ね起きた。電撃のあらかたはクラッシュジャケットに吸収された。ダメージは低い。あとは気力で補う。

リッキーとアルフィンも、頭を振りながら立ちあがった。ジョウたちが廊下に走りでようとしている。ふたりはレイガンを手に、かれらのあとを追った。

部屋をでて右手に向かうと、エレベータの前にジョウとタロスがたたずんでいた。タロスが首をめぐらし、怒鳴った。

「上に逃げた。俺たちは、このエレベータで追う。ふたりは、奥のエレベータを使え！」

「了解！」

首相官邸には、四本のエレベータラインがあった。建物の両端と、その中間点に二本である。各ラインには二基ずつのエレベータがあって、DCCシステムで稼動している。バロン・ギルバートたちは、エレベータで上に逃げる際に、となりの一基の呼びだし装置を破壊していた。屋上にはヘリポートがある。そこに着いたら、もう一基のほうも破壊するはずだ。となると、このラインでの追跡はできない。

リッキーとアルフィンはきびすを返し、いまきた廊下を引き返した。先ほどまでいた部屋は、建物の最奥部にあって、そのとなりに西端のエレベータラインがある。こちらはヘリポートから遠い。

アルフィンがボタンに触れると、すぐに扉がひらいた。リッキーとアルフィンは、転がりこむようにエレベータへと乗りこんだ。

一方。

バロン・ギルバートとシモノビッチの乗ったエレベータは、すでに屋上へと到達していた。

屋上のヘリポートから複座のVTOLで脱出し、リーベンバーグ宇宙港に逃げる。リーベンバーグ宇宙港には専用宇宙船が繫留《けいりゅう》してある。それでいったんポイニクスを離れる。バロン・ギルバートは、そう考えていた。クラッシャージョウが極秘裡《ごくひり》に官邸内へ侵入できたのは、おそらく民主平和党の協力を得たからだろう。だとすれば、警察にも軍にも、いや、へたをすると連合宇宙軍にまで、手がまわっている可能性が高い。そうなると、残されている道は他星系への逃亡だけだ。

エレベータの扉がひらき、屋上のロビーにでた。そこを左に進んでドアをくぐると、ヘリポートがある。シモノビッチが先に立ち、ガラス張りのドアを抜けた。

「ああっ」

悲鳴があがった。シモノビッチだ。凍りついたかのように動きが止まった。

「これは……」

バロン・ギルバートの目が丸く見ひらかれた。視線が上空に釘づけになった。その場から先に進むことができない。

「そういうことか」

圧《お》し殺したような声が、低く漏れた。あまりのことに、くやしさや苛立ちよりも、驚愕のほうが強い。

数千隻の宇宙船が見渡す限りの空を、びっしりと埋め尽くしている。

宇宙船の舷側には、一隻残らず青と黄色の流星マークが描かれている。クラッシャーだ。すべて、クラッシャーの船である。

「もうだめです」

シモノビッチが、涙声で言った。弱々しく、いまにも消え入りそうな声だ。

「うろたえるな」バロン・ギルバートが怒鳴った。

「まだ地下がある。向こうのエレベータで下に降りる」

向きを変えた。左手に駆けだそうとした。そのときだった。上空を舞っていた宇宙船のうちの二隻が、急速に高度を下げた。外鈑《がいはん》の一角が大きくひらく。そこから、ミサイルが射出された。

轟音と炎が、屋上を包んだ。

ヘリポートに並んでいた四機のＶＴＯＬと八機のジェットヘリが、爆発炎上した。こなごなに砕け散った。

「ひいっ！」

爆風を浴びて、シモノビッチが飛んだ。エレベータタワーのガラスが微塵《みじん》に砕けた。尖った破片が渦を巻いてバロン・ギルバートの頭上に振りかかった。爆風の直撃を免れたバロン・ギルバートだが、ガラス片のシャワーはかわせなかった。顔面が朱に染まった。

「総裁」

シモノビッチがよろよろと立ちあがった。服が裂け、顔は硝煙で真っ黒という無惨な姿になっている。ガラスに切り裂かれ、やはりスーツがすだれのようになったバロン・ギルバートのもとに、ふらつく足運びで歩み寄った。

「俺にかまうな」全身血まみれになりながら、バロン・ギルバートはまだ意気軒昂《けんこう》だった。

「早く三号エレベータに逃げこめ。このままでは宇宙船の標的にされるぞ」

「はっ」

シモノビッチとバロン・ギルバートはきびきびと動く。バロン・ギルバートは三号エレベータに向かった。さすがは暗殺結社《クリムゾン・ナイツ》の頂点に立った男だ。

三号エレベータのタワー前に着いた。が、そこから先へは進めなかった。そこには、憎悪の気魄《きはく》を全身から漂わせ、ふたりのクラッシャーがかれらを待っていた。

ジョウとタロスだ。

5

シモノビッチとバロン・ギルバートの姿を黒煙の中に認めたふたりは、ブラスターを腰に構え、じりじりと接近した。

「逃げきれると思っていたのか」ジョウが言った。

「宇宙港は警察が封鎖した。自由国民党の本部も、いまごろは軍によって手入れを受けている。ここの上空は見てのとおりだ。もうどこへも行けはしない。バロン・ギルバー

「なるほど」不気味に落ち着き払い、バロン・ギルバートは応じた。

「少し気を抜いている間に、万全の準備をととのえてしまったようだな」

「…………」

「しかし、万全と完璧は、少しニュアンスが違う。その違いを、わたしが教えてやろう」

腕を、大きく横に広げた。

つぎの瞬間。

バロン・ギルバートの姿が消えた。

錯覚ではなかった。本当に消えた。いきなり、ふっと掻き消すように。だが、それはやはり、目の錯覚であった。

だしぬけに、タロスの右腕が逆にとられた。ロボット義手の左腕も、すさまじい力で、腰のあたりに押さえつけられた。サイボーグのタロスであっても、押しもどすことのできぬ力だ。握っていたブラスターが、ぽろりと落ちた。

「きっ、きさま！」

タロスが呻いた。バロン・ギルバートだ。いつの間にか、バロン・ギルバートが背後にきていた。ジョウが振り返り、ブラスターの狙いをつけようとした。が、バロン・ギルバートは幅広いタロスの蔭にすっぽりと入っていて、狙おうにも狙えない。

バロン・ギルバートは、タロスの巨体をずるずるとひきずって、後退した。ジョウは呆気《あっけ》にとられて、そのさまを見る。こんなこと、ありうるはずがない。

シモノビッチが三号エレベータにそろそろと近づいた。呼びだしボタンを押す。ジョウは気がつかない。

「そうか」バロン・ギルバートの力に抗《あらが》いながら、タロスが叫んだ。

「わかったぞ、てめえは」

「黙れ」

バロン・ギルバートの腕に、力がこもった。タロスの巨体が、あっさりと宙に浮いた。

バロン・ギルバートは、タロスを目より高く差しあげた。バロン・ギルバートが無防備になった。タロスというプロテクターを、かれは自分の手で外した。いまならブラスターで撃てる。だが、眼前の光景に度肝《どぎも》を抜かれたジョウは、トリガーボタンを押すのを忘れた。

バロン・ギルバートは、建物の北端にいた。ちょうど正面玄関の真上にあたる場所だ。三号エレベータタワーの横である。

屋上のヘリには、高さ二メートルの防護フェンスが張られていた。バロン・ギルバートは、そのフェンスを背にして、すっくと立った。

大きく弾みをつけ、両腕を伸ばす。

「ぐあっ」

悲鳴の尾を引いて、タロスの巨体が飛んだ。手足を必死にばたつかせるが、指はフェンスに届かない。そのはるか上に投げあげられた。

弧を描き、タロスのからだがフェンスの向こうに落ちる。

バロン・ギルバートは、体重百四十キロのタロスをフェンス越しに投げ捨てた。

「タロス！」

あまりのことに茫然としていたジョウが、我に返った。急ぎ、フェンスへと走り寄った。いかにサイボーグとはいえ、五階のビルの屋上から放りだされては、無事ですむはずがない。フェンスに取りつき、ジョウは下を覗き見ようとした。しかし、ビルの直下は死角になっていて見えない。通信機でタロスを呼んだ。応答はない。

「兄貴！」

背後から声がかかった。リッキーとアルフィンだ。西端の一号エレベータであがってきて、いまようやくここに着いた。

「バロン・ギルバートは、どこ？」

アルフィンが訊いた。ジョウははっとなり、左右を見た。いない。ジョウがタロスに気をとられている隙に逃げた。

「下だ」

一声叫び、ジョウはあとを追おうとした。が、タロスのことが気にかかる。首をめぐらして言った。

「リッキー。アルフィン。べつのエレベータで一階に直行しろ。タロスが、そこから下に投げ落とされた」

「げっ！」

聞いて、リッキーの血相が変わった。そんなこと、とても信じられない。

「わかったわ」

アルフィンがかわりに返事をした。

ジョウは走った。走って、三号エレベータタワーに飛びこんだ。ロビーを駆け抜け、エレベータの前に進んだ。表示を見ると、メインエレベータが四階で止まっている。ボタンを押して呼んだ。

四階で降りたのは、バロン・ギルバートの判断だった。

首相官邸には、《クリムゾン・ナイツ》の警備隊員から選び抜いた五十人の親衛隊員が常駐している。にもかかわらず、いまになっても、誰ひとりとして総裁を救いにこない。考えられる理由はひとつだ。敵が正面から侵入してきて、その防戦に躍起《やっき》になっている。おそらく、時間を見計らい、クラッシャーの一群を突入させたのだろう。地下には切札があった。しかし、地下へ向かったことを悟られ、突入したクラッシャーたちに先まわりされたのでは、その切札も用をなさなくなる。ならば、四階のあれを解放し、官邸内を極限まで混乱させてから地下に向かうのが、得策だ。それしかない。

エレベータをでて、左に走った。そこは倉庫になっている。バロン・ギルバートにうながされ、シモノビッチがシャッターをあけて中に入った。

ややあって、そこから武装した兵士がぞくぞくとでてきた。人間そっくりだが、無表情で画一的に動くそれは、《クリムゾン・ナイツ》得意のロボット兵士だ。

シモノビッチが倉庫の中から戻った。

「総勢百二十体。すべて稼動させました」

報告する。

「三十体を三号エレベータで一階に送れ」バロン・ギルバートは言った。「十体はエレベータの前に残す。あとの八十体は、われわれと一緒に四号エレベータだ。四十体ずつ乗せろ」

「地下へは三号エレベータでないと、行けません」

「わかっている」バロン・ギルバートはうなずいた。

「一階で乗り換えるのだ。まずは、ロボット兵士で一階を制圧するのが先だ。でないと、安心して地下に赴けない」

「はっ」

「急げ」

ジョウがボタンを押すと、サブのエレベータがやってきた。DCCシステムのエレベータは、メインが使われているときに限り、サブが動く。サブがきたというのは、四階で止まっていたはずのメインが動きだしたということだ。ジョウはいやな予感をおぼえた。

エレベータに乗り、四階で降りた。扉がひらいた。

同時にエネルギーを全開にして、ジョウはブラスターを発射した。オレンジ色の炎が、塊となって扉の向こうに噴出した。

予感は当たった。

エレベータの前で、ロボット兵士がジョウを待っていた。そのすべてが一瞬にして炎に灼かれ、黒焦げになった。一撃目を免れたロボットもいたが、それも二撃目でスクラップとなった。

ジョウは足先をエレベータの扉にはさみ、廊下の左右をうかがった。人の気配は、まったくない。ふと、メインエレベータの表示に目が行った。一階で止まっている。

頭の中で、何かが閃いた。

一階はクラッシャー生え抜きの突撃隊が占拠しているはずだ。バロン・ギルバートは、そこにロボット兵士を引き連れて乗りこんだ。

なんのために？

ジョウは自問した。むろん逃げるためだ。では、逃げるためには何をするのか？

「そうか」

ジョウは手を打った。追撃されるのをバロン・ギルバートは嫌った。何をしても、一階からは逃亡できない。追撃を断ち切って逃げるとすれば、それは……。

「地下からだ」

ジョウはエレベータの中に戻った。パネルの中にひとつだけ赤く記されたボタンがある。Bのボタンだ。それをゆっくりと押した。


一階は戦争状態に陥っていた。

七十人あまりのクラッシャーが、親衛隊を相手に有利な戦いを展開している。守勢の親衛隊は、バロン・ギルバートが到着したとき、すでに人数が半数近くに減っていた。そこへ、百体を超えるロボット兵士が投入された。《クリムゾン・ナイツ》側は、一気に勢いづいた。四号エレベータ付近まで追いつめられていたのだが、三号エレベータからあらわれたロボット兵士との挟撃で、クラッシャー部隊を官邸中央まで押し戻した。これで敵に増援がない限り、しばらく互角の戦いが可能となる。バロン・ギルバートの恐れていた追撃の心配はこれで完全に解消された。

シモノビッチとバロン・ギルバートは、三号エレベータで地下に降りた。

地下は、予備発電室になっていた。停電、あるいは非常事態の際に使用される自家発電装置の本体とその管理室が置かれている。

ふたりは、管理室に入った。コントロールパネルとコンソールデスクで空間のほとんどが占められた小さな部屋だ。誰が見ても、ありふれた電源管理室である。

バロン・ギルバートはコンソールデスクのひとつに歩み寄り、その表面にずらりと並んだスイッチキーを、複雑な手順で打った。

打ち終わると、コンソールデスクが大きく動いた。横に移動し、隠されていた床の一部があらわになった。そこに、一メートル四方の四角い穴があいている。

バロン・ギルバートが、その中にもぐりこんだ。シモノビッチも、それにつづいた。

人工照明の淡い光に照らしだされ、穴の底にひそむ大型のエアカーが目に映った。その先には、直径十メートルほどのトンネルがある。

これがバロン・ギルバートの言う、逃亡の切札だ。

変形ガル・ウイングのドアを跳ねあげ、ふたりはエアカーに乗りこもうとした。

「なるほど」

いきなり、声が響いた。

ぎょっとなり、ふたりは背後を振り返った。ブラスターを構えたジョウの姿が、視野に飛びこんできた。

「クラッシャージョウ」

バロン・ギルバートがつぶやくように言った。意外の思いが、強くこめられている。

「残念だったな」ジョウは薄く笑った。

「せっかくの逃げ道だが、俺の目から逃れることはできない。――動くな！」

ジョウがブラスターを横に振った。シモノビッチが身を固くした。エアカーの中に飛びこもうとしたのを見とがめられた。

「エアカーから離れて、こっちにこい」

ジョウは、あごをしゃくった。

ふたりは顔を見合わせ、小さく肩をすくめた。それから、ゆっくりと前に進みはじめた。

「止まれ」

ジョウは自分から二メートルほどのところでふたりを停止させた。

「どうするつもりだ？」

バロン・ギルバートが訊いた。平然とした口調だ。

「アラミスに連れていき、クラッシャー評議会の裁判にかける」

ジョウは答えた。

「それは無理だ」バロン・ギルバートはかぶりを振った。

「キマイラ連邦の主権を侵害することになる。絶対にできない」

「だったら、ここで始末する」

「物騒《ぶっそう》だねえ」

「うしろを向け」

ジョウは言った。驚くほど素直に、ふたりは命令に従った。ジョウはブラスターを逆手に持った。口では殺すと脅したが、ジョウにその気はない。とりあえず気絶させて、上に運びあげる。そうしようと思っていた。

ふたりに近づき、右腕を高く振りあげた。

「がっ！」

ジョウが呻いた。何が起きたのかは、わからない。だしぬけに、みぞおちを突かれた。痛烈な一撃だ。予期していなかったので、衝撃が強い。

「う……」

からだをくの字に折り、ジョウはよろめきながら後退した。それで、何がみぞおちに食いこんだのかがわかった。細長い棒状のものだ。それがバロン・ギルバートの背中から長さ三十センチほど突きだしている。その棒が勢いよく伸びて、ジョウのみぞおちをえぐった。

棒が短くなった。するするとバロン・ギルバートの体内に戻っていく。

「きさま」

ジョウはがくっと膝をついた。バロン・ギルバートとシモノビッチが、あたふたとエアカーの中にもぐりこむ。

ガル・ウイングのドアが、乾いた音を立てて、閉まった。

6

「くそっ」

ジョウは全身の気力を振り絞った。強引に身を起こし、エアカーに向かって跳んだ。後尾に取りつき、必死でしがみついた。

エアカーが発進する。

周囲が、真っ暗になった。前方だけが、ヘッドライトでぼおっと明るい。トンネルの中には、照明がまったくない。

風圧でジョウは何度も引きはがされそうになった。時速は優に四百キロ近くでている。車体の凸部に足をかけ、車体側面の小さなくぼみに指をかけているが、もう足にも指にも感覚がない。とくに右手は親指をブラスターのトリガーガードに入れているので、車体にかかっている部分がひじょうに少ない。

二時間以上も暗黒の中を走った。よく、これほどのトンネルを掘ったものだ。一国の首相だからこそ、できたのだろう。それにしても、首相みずからが、テロ組織の総裁を兼ねていたとは。

唐突に、光の中へと飛びだした。

目がずきんと痛んだ。力が抜けかける。歯を食いしばり、それをこらえた。エアカーが上下左右に揺れる。意図的に揺らしているらしい。幸い、ジョウのからだの真下に噴射ノズルがなかった。腕と胴の間や股間といったところにノズルはあった。

トンネルの出口は、丘の中腹だった。エアカーの高度は、およそ五、六十メートル。あまり高くすると目立つので、高度は少しずつ下がっている。眼下は、よく手入れされた草原と林の連続だ。若い緑が、目にまぶしい。

ジョウは左腕をそっとくぼみから離し、手首を口もとに寄せた。舌で通信機のスイッチを入れ、仲間を呼んでみる。激しい空電ノイズが、がりがりと響いた。ＥＣＭだ。さすがはバロン・ギルバート。エアカーから妨害電波を流している。これでは応援を呼ぶことはできない。

舌打ちし、ジョウはくぼみに左手を戻した。その直後だった。エアカーの本格的な揺さぶり走行がはじまった。

車体が右にうねり、左にうねる。横倒しになって、林の中にも突っこむ。さらには急降下もおこなう。かなりの高等技術だ。エアカーの性能もすぐれているが、根本的に操縦者の腕がいい。

「やってくれるぜ」

ジョウはうなり、その拷問《ごうもん》に耐えた。左右の指は、すべて爪がはがれかけている。指先は血まみれだ。痺れがひどいので、痛みはない。

アートフラッシュをエアカーに叩きつけて墜落させる手があったと、ジョウはいまになって思った。が、それはもうできない。この状態で先ほどのように片腕を離したら、間違いなく振り落とされる。ここまできたら、やることはただひとつだ。ひたすら耐えて、チャンスを待つ。それしかない。

そのチャンスが、とつぜんあらわれた。

上空を、一機の小型ジェット機が通りかかった。偶然飛んできた、ありふれた民間機である。それを見て、バロン・ギルバートはエアカーの高度を下げた。目立つことを恐れたのだ。アクロバット走行も中断した。速度を三百キロ台に落とした。

ジョウは左手でアートフラッシュをひきちぎった。そして、それを車体に叩きつけた。火は爆発的に燃えあがった。

急制動がかかった。バロン・ギルバートが火災に気がついた。ジョウはまた振り落とされそうになる。速度が急速に落ちた。高度もどんどん下がっていく。あっという間に十メートルを切った。林の中に入った。枝が音を立てて車体を削る。車体だけではない。そこにしがみついているジョウも枝の直撃を受ける。

高度が五メートルに至った。枝がますます太くなる。エアカーは失速寸前だ。火はフロント部分のほとんどを覆った。

唐突に、エアカーが跳ねた。下面が地表に触れた。ジョウのからだがエアカーの車体に突きあげられた。それが痛烈な一撃となった。脇腹をえぐられた。ジョウはぐっと息を詰まらせ、痙攣した。力が失せていく。指がくぼみから離れた。

からだが宙に浮く。

地面に叩きつけられた。

「がふっ」

ごろごろと斜面を転がった。意識が薄れていく。それを、ありったけの気力で制した。激痛が、ジョウの味方になった。あまりの痛みに、意識がはっきりとした。

空気を震わす爆発音が前方で起こった。大地が上下に揺れる。丸い火球が視界の端で広がった。エアカーが横転した。爆風がジョウの顔を打つ。

ジョウは、強引に上体を起こした。むりやり立ちあがろうとする。肋骨は何本か折れたらしいが、手足の骨は無事のようだ。腰だけが灼けるように痛い。

よろよろと歩を進め、ジョウはエアカーの墜落地点まで移動した。

エアカーは、みごとにひっくり返り、骨組だけの残骸《ざんがい》となっていた。爆風で吹き飛ばされてしまったのだろう。一部、まだアートフラッシュが付着しているところを除いて、火はほとんど消えかけている。

車体の右側にまわった。地面とエアカーにはさまれて、シモノビッチが俯《うつぶ》せに倒れている。血が黒く地面を染めていて、シモノビッチはぴくりとも動かない。ジョウは生死をたしかめるため、その脇でしゃがみこんだ。

ばさっと音が響いた。

白い影が頭上を横切った。

ジョウの右腕に激痛が走った。

反射的にジョウは左へと跳んだ。ブラスターが、力の失せた指の中から滑り落ちた。クラッシュジャケットの二の腕部分がすっぱりと裂け、そこから鮮血がどくどくと噴きだしている。

この攻撃は。

テュポーン。

ジョウは正面に目を向けた。そこに、ひとりのテュポーンが立っていた。面長でととのった顔だちのテュポーンだ。深いアクアマリンの瞳が、黒い髪、白い肌と不思議な調和をかもしだしている。

「やっと、正体を見せたな。バロン・ギルバート」

ジョウは言った。テュポーンはあいまいな微笑をたたえて、その言葉に応えた。口はひらこうとしない。

「官邸での素早い動き、タロスを襲ったときのあの怪力。うすうすそうではないかと思っていたが、地下で肉体の変形を見せられ、確信した」

「…………」

「レオドール博士は、知性を残したテュポーンを男女二体つくったと言った。女はウーラだった。男はキム・ソンナンかと思っていたが、そうではなかった。まさか、総裁ご自身がテュポーンだったとは、本当に意表を衝かれた」

ジョウは、ポケットから一本の黒い棒を取りだした。長さは二十センチ強。ナイフの柄《つか》だけといった感じのアイテムだ。

「テュポーンと戦うために、これを持ってきた」

ジョウは、棒の先についているスイッチを押した。羽虫がうなるような音とともに、

青白い光線が柄から一メートルくらい、すうっと伸びた。先端が木の幹に触れた。木は火花を散らして、黒焦げになった。

「手術に使われている電磁メスの大型版だ。磁界バリヤーで封じこめた高温のプラズマが、触れるものをすべて灼き切る。危険すぎるので、武器としてはお蔵《くら》になっていたが、テュポーン相手となるとこういうものが必要になる。そう思って、〈ミネルバ〉の倉庫から引きずりだしてきた」

「…………」

「火器がないからといって、簡単に倒せるとは思うなよ」

ジョウは電磁刀をななめに構え、立った。

テュポーンは間合いを保ち、弧を描いて右に身を移した。電磁刀のように剣呑《けんのん》な武器を手にされては、テュポーンといえども、慎重にならざるを得ない。

テュポーンは形を変えた。細長いトカゲのような形状をとった。

相討ち狙いか。

ジョウは思った。電磁刀の太刀筋をすり抜けて喉笛《のどぶえ》に喰らいついてくる気だ。トカゲの形になったのは、からだの半分を失っても、生命力を保持するためだろう。

そうはいかない。

ジョウは、自分のほうから間合いを詰めた。向こうが相討ちを狙うなら、こちらは必殺を狙うまでだ。

テュポーンが跳んだ。

電磁刀を横に薙《な》いだ。間一髪、テュポーンが切っ先を見切った。ジョウはそのまま太刀をV字形に返し、真横一文字に払った。

ばっ。

弾けるような音が轟き、一本の木が真ふたつになった。それが、ジョウめがけて倒れかかってきた。慣れない武器で、目測を誤った。ジョウは体勢を崩し、倒れてくる木をよけた。

それが、隙となる。

宙にあったテュポーンが手近な木の幹を蹴り、方向を変えた。隙だらけになったジョウの背後にまわりこんだ。

長い爪で斬りつけた。

血が、噴水のようにほとばしった。クラッシュジャケットの背中が三十センチにわたって引き裂かれた。ジョウはよろよろと動き、横ざまに木の幹へともたれかかった。

あわてて左右を見まわす。

テュポーンの姿がない。

どこかの木蔭にひそんだようだ。出血多量でジョウが弱るのを待っているのかもしれない。傷は額にも受けた。血が頬を伝う。

思いどおりにはさせない。

ジョウは目を閉じた。なべて武道の神髄《しんずい》は平常心にある。これを保たなければ、いかなる相手にも、勝つことができない。

しん、と林が静まりかえった。

かすかに葉と葉のこすれる音がした。先ほどまでならば、風の音かと思ったろう。だが、いまのジョウには、それが自然の音か、そうでない音かの区別がつく。

〝気〟を感じた。不快な邪悪の〝気〟だ。

電磁刀が一閃した。ジョウが身を預けていた木が、両断された。

「ぐわっ」

前触れもなく唐突に傾いた木の枝上から、テュポーンが投げだされた。

「ていっ」

気合が疾《はし》った。電磁刀が青い尾を引いて水平に流れる。

白い影が、ふたつに分かれた。

どうと地に落ちた。血と内臓が、躍るように弾け散った。切断面を高温で灼く電磁刀では、ありえないことだ。それを電光の早技が可能にした。

ジョウは電磁刀のスイッチを切り、柄をポケットに戻した。

　通信機のスイッチを入れた。アルフィンを呼んだ。アルフィンは、すぐに応答した。

「ジョウなの？」

「そうだ」

「どこにいる？　バロン・ギルバートはどうなったの？」

　質問がつづく。ジョウは答えた。

「バロン・ギルバートは死んだ。シモノビッチもだ。居場所ははっきりしないが、官邸から千キロほど離れた林の中だ」

「千キロ！　どうして、そんなところに？」

「タロスはどうなった？　無事か？」

　ジョウはアルフィンの質問を無視して、逆に問いを返した。

「大丈夫よ」アルフィンは言った。

「あちこちぼろぼろになっているけど、命には別条ない。空中で回転して、足から落ちたの。それもオープンタイプのエアカーの上。運がいいわ」

「そうか」ジョウの声が弾んだ。

「それは、よかった」

「それでねえ」

　アルフィンが言葉をつづける。

指が動いた。

ジョウの足もとから、わずかに離れた場所だ。指は力なく地面をひっかいた。

ジョウが気を緩《ゆる》め、アルフィンとの会話をはじめた直後だった。そのとき、死と生の狭間《はざま》にあって、束の間の意識を取り戻した者が、かれの背後にいた。

シモノビッチである。

シモノビッチは、ゆっくりと顔を傾けた。おぼろな視界に、通信機でやりとりを交わしているジョウのうしろ姿が映った。視線を地面に戻した。そこに一挺のブラスターが落ちていた。テュポーンにはたき落とされた、ジョウのブラスターだ。

シモノビッチは自由になる左腕をそろそろと伸ばした。思ったよりも簡単に、指はブラスターの銃把《じゅうは》を握った。人差指をトリガーボタンにひっかけ、ブラスターをそおっと持ちあげた。狙いが、ちょうど血まみれになっているジョウの背中についた。

意識がまた、かすみはじめた。今度、闇の底に沈んだら、もうこの世には戻ってこれない。それをシモノビッチは本能的に悟っていた。

トリガーボタンを押した。そして、息絶えた。

ジョウの背中を炎が灼いた。

「がっ！」

呻いて、ジョウは昏倒した。

「ジョウ！」

通信機から、金切り声が響き渡った。

ブラスターの炎は、クラッシュジャケットの裂け目から服の内側へと入りこみ、ジョウの上半身をぐるりと駆けめぐった。

短い、一瞬の炎だった。

ジョウは大地に倒れ、ひくひくと痙攣した。肉の焦げるいやな臭いとともに、白い煙がクラッシュジャケットの裂け目から薄く立ちのぼっている。

やがて、痙攣が止まった。

「ジョウ！　どうしたの？　ジョウ！」

アルフィンが叫ぶ。

甲高い金切り声だけが、いつまでもジョウの左手首から流れていた。

本書は２００２年５月に朝日ソノラマより刊行された
改訂版を加筆・修正したものです。

ダーティペア・シリーズ／高千穂遙

ダーティペアの大冒険

銀河系最強の美少女二人が巻き起こす大活躍
大騒動を描いたビジュアル系スペースオペラ

ダーティペアの大逆転

鉱業惑星での事件調査のために派遣されたダーティペアがたどりついた意外な真相とは？

ダーティペアの大乱戦

惑星ドルロイで起こった高級セクソロイド殺しの犯人に迫るダーティペアが見たものは？

ダーティペアの大脱走

銀河随一のお嬢様学校で奇病発生！　ユリとケイは原因究明のために学園に潜入する。

ダーティペア　独裁者の遺産

あの、ユリとケイが帰ってきた！　ムギ誕生の秘密にせまる、ルーキー時代のエピソード

著者略歴　1951年生，法政大学社会学部卒，作家　著書『ダーティペアの大冒険』『ダーティペアの大復活』『ダーティペアの大征服』（以上早川書房刊）他多数

HM=Hayakawa Mystery
SF=Science Fiction
JA=Japanese Author
NV=Novel
NF=Nonfiction
FT=Fantasy

クラッシャージョウ⑥

人面魔獣《じんめんまじゅう》の挑戦《ちょうせん》

〈JA951〉

二〇〇九年三月　二十日　印刷
二〇〇九年三月二十五日　発行

（定価はカバーに表示してあります）

著者　高《たか》千《ち》穂《ほ》遙《はるか》
発行者　早川浩
印刷者　矢部一憲
発行所　株式会社 早川書房

郵便番号　一〇一 - 〇〇四六
東京都千代田区神田多町二ノ二
電話　〇三 - 三二五二 - 三一一一（大代表）
振替　〇〇一六〇 - 三 - 四七七九九
http://www.hayakawa-online.co.jp

乱丁・落丁本は小社制作部宛お送り下さい。
送料小社負担にてお取りかえいたします。

印刷・三松堂印刷株式会社　製本・株式会社明光社

ISBN978-4-15-030951-0 C0193